# 悚游戏

古玩城站 ↓
Antique City Station

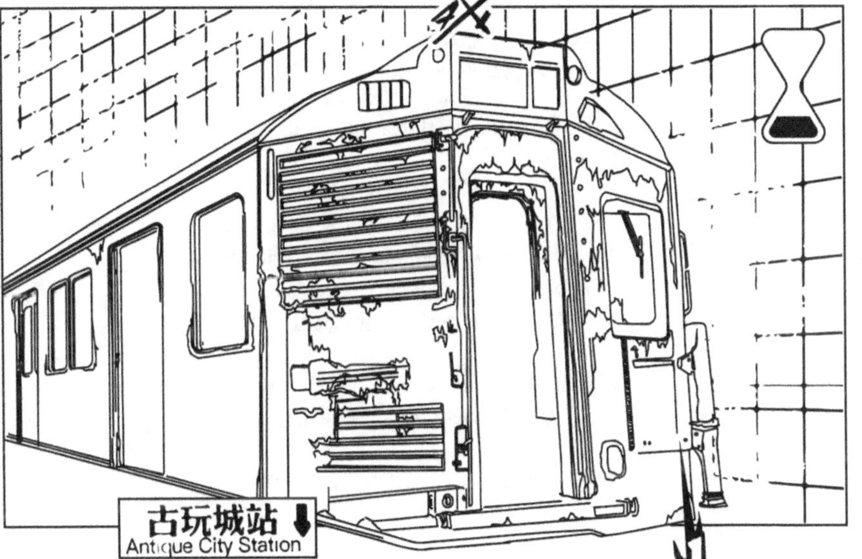

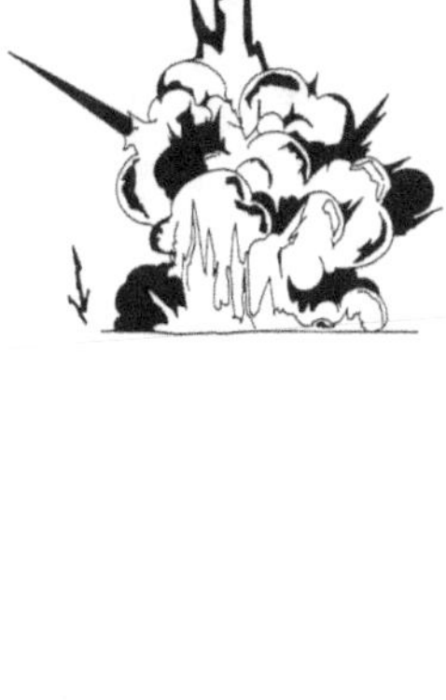

第一卷②·爆裂末班车

壶鱼辣椒 著

Via Lactea

# Embrace You till the End of the Game

An imprint of Via Lactea Ltd.



Author: Hu Yu La Jiao
Editor: Michelle; Ora
Layout Designer: Elizabeth Z

CONTACT:
Customer Support: info@vialactea.ca
Wholesale & Distribution: market@vialactea.ca
Other Cooperation: https://vialactea.ca/pages/cooperation
Discord: https://discord.gg/vialactea

Follow us on Twitter/Instagram/Facebook: @ViaLactea_Ltd
Official Website: www.vialactea.ca

ISBN 978-1-77408-322-2 (pbk)
Printed in Canada

LOCATION:
Shops At Waterloo Town Square
75 King Street South, Waterloo, ON
Canada
N2J 1P2

**Attention to passengers on this train: You have arrived at the terminal station of Antique City.**

**Please get off the train at the destination of—**

# CONTENT

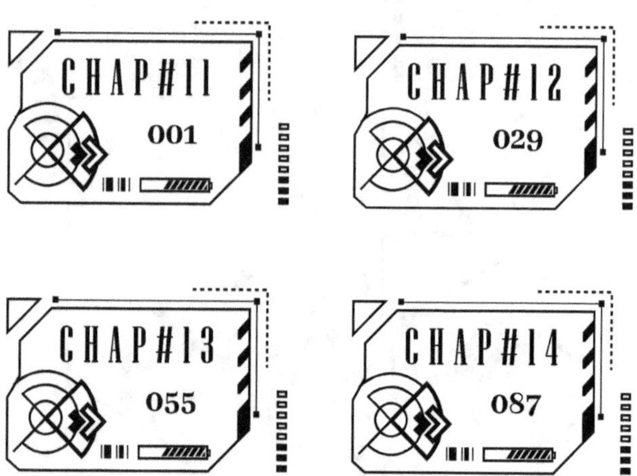

Volume 2
Explosion Subway

# CHAPTER 11

白柳刚一睁眼就收到了系统提醒。

**欢迎玩家进入《爆裂末班车》。**

你是一名乘客，现在，请你用口袋里的车票，在十分钟内进站，等待登上即将爆炸的最后一班列车。

白柳伸手探入自己的西装裤口袋，拿出了一张薄薄的硬质地铁票，上面写着"地铁4号线：古玩城→古玩城"，白柳略显诧异地挑了一下眉，这车票上的始发站和终点站居然是一样的名字，如果不是两个站台重名的情况的话……

白柳偏过头看了一眼地铁站内部，试图在这个地铁站内找一下地铁线路图，很快白柳就在售票口旁边看到了地铁线路图。

4号线是一条非常惹眼的红色线路，白柳瞬间就从线路图上找到了这条地铁线。

"果然啊，4 号线是一条闭环地铁线路。"白柳了然地看着绕着城市转了一圈的红色 4 号线，"起点站和终点站重叠了，都是这个叫作古玩城的站。"

白柳在地铁站内晃荡了一圈，除了多看了几个广告没有发现其他的信息，他唯一觉得有点违和的就是地铁站的设计。

一般来说出站口和进站口都会有自动扶梯。

常规来讲，为了方便乘客，出站口的自动扶梯应该是向上走的，而入站口的自动扶梯应该是向下走的，但这里的地铁站设计是反过来的，这让白柳觉得稍微有点不自然。

还有一点让白柳觉得很奇怪的是……他看了一眼挂在地铁站顶部的 LED 电子时钟。

## 07:34

看起来好像比较正常，但是白柳多看了这个时间几次，就发现这个时间不是往前走的，而是往后走的，白柳眼睛一眨就变成了"07:12"，这让他很快反应了过来。

"这是个倒计时，不是时钟。"白柳若有所思，"而且看起来还是给我的倒计时，我还剩七分钟就必须要入站的意思。"

尽管只剩七分多钟的倒计时，白柳也没有着急，他出了一次地铁站，发现外面是一片漆黑，没有声音没有光线，什么都没有，而出站走入这片漆黑的旅客也会消失不见，白柳没有试图走出去，他折返之后发现地铁上时钟的倒计时变成了"03:02"。

白柳又慢悠悠地去看了那个地图，这次他重点记了下 4 号线上的站台名称，"古玩城"前面那个站台是"水库"，隔了差不多几个站台有一个叫作"镜城博物馆"的站台引起了白柳的注意力。

"镜城博物馆这个名字……"白柳的视线落在上面，陷入了似有所悟的回忆中，"我怎么感觉我好像听过这个名字……"

白柳正在回忆他到底在什么地方听过这个名字，一个男声打断了他的回忆："靠！白柳！你怎么还没有进去！"

牧四诚从站台那边回眸一看就看到一个杀马特摸着下巴对着地铁线路图眯眼睛，一边无语一边走了过来："只有一分多钟了，你在这里干吗？记地图吗？"

白柳对牧四诚会追着他进来毫不意外，他扫了一眼已经进入读秒倒计时的 LED 红灯，不紧不慢地"嗯"了一声，回答牧四诚："我在想，这个地方我是不是来过……"

牧四诚一怔："你玩过这游戏？"但很快他又否定了，"不可能，你的确是新人。"

"是的，我没有在游戏中来过这个地方。"白柳承认了。

牧四诚蹙眉看着白柳："那你怎么可能会来过这个地方……"

"我没有在游戏里来过，不代表我就不能来过这个地方，我觉得我应该在现实中来过这个地方。"白柳从地铁线路上收回自己的目光。

"现实？！"牧四诚惊了，"你现实里来过这个地铁站？你怎么知道？"

"如果我没有猜错，这应该是一款根据现实事件改编而来的恐怖游戏，你听过'镜城爆炸案'吗？"

"就是那个两个盗贼把炸弹藏在古董镜子里，准备在送去当地博物馆的时候通过炸弹威胁来抢劫博物馆，结果在路上炸弹就失控了，整个地铁都爆炸了的社会新闻吗？"

白柳一边走一边和牧四诚聊，他掏出车票在进站口的地方刷卡，一声"哔"后，顺利进站："我研究了一下刚刚的地铁站分布和线路图，这游戏很大可能是以'镜城爆炸案'为原型设计的。"

"听倒是听过……"牧四诚也掏出车票跟着进站了，"但是就算知道了也没用吧，那个案子因为影响重大，而且至今不知道犯案人是怎么把炸弹藏在镜子里躲过安检的，很多信息都没有对外公布。"

牧四诚分析之后，不以为意地摊手嘲道："就算知道游戏的参考原型是这个案件，我们对于这辆要爆炸的末班车上要发生的事情还是一无所知啊，不知道具体细节，只知道一个灵感来源，一点卵用都没有好吗？"

"我说不定还真的知道这辆车上会发生什么……"白柳摸摸鼻子，对着牧四诚露出一个和蔼的笑，"我当天就在那列地铁上，我是在爆炸的前一站下车的。"

牧四诚："……"

白柳无辜地耸肩，对着震惊到木然的牧四诚和善地说："我这算不算是拿到了这个游戏可以通关的重要资料？"

"当然，牧四诚，我可以告诉你我知道的一切信息，但不会免费给你。如果你不信的话，可以验证我说的是不是真的，我记得你有个道具可以测谎。"

这是在进入游戏之前牧四诚对白柳说过的话，现在白柳原封不动地奉还给了牧四诚。

牧四诚沉默良久，憋闷地"操"了一声。

你他妈这也可以！！这货居然就在这列车上！！

牧四诚静了一会儿，啧了一声点开了自己的积分钱包："把你知道的告诉我，你要多少积分？300 积分以下我可以考虑买你的资料。"

这就是准备用积分来买白柳的信息了，看白柳玩过一遍游戏的牧四诚已经发现白柳此人的爱钱本质了。

这人绝不会拒绝送上门来的积分，也绝不会多浪费一个积分。

白柳在爆炸中活了下来，他属于在现实中坐过这个"爆裂末班车"还成功"存活"的那种玩家，白柳的"信息资料"对于目前对游戏一无所知、贸然跟进来的牧四诚的确很有价值，牧四诚不可能拒绝送上门来的通关宝典。

"积分你看着随便给点就行。"白柳把手放入自己的外套口袋里，摸到了一个旧钱包，他脸上的笑意越发真诚，"牧四诚，

我想和你聊的是，我告诉你这个游戏的设定和信息，在必要的时候你伸手帮我一下，我们互利互惠互相合作怎么样？"

牧四诚上下扫视了白柳一圈，白柳眼神十分诚恳地望着他，牧四诚抱胸挑眉，露出了一个意味深长的微笑："和我合作？那你资料免费送我？"

"也不能免费吧，你这么有钱一个玩家，白嫖我含量丰富的游戏资料有点无耻了……"白柳叹息，装作很大方地挥手道，"这样吧，你随便给一两百积分有点象征意义就行了。"

牧四诚脸上的笑容忍不住开始变得恶劣："一两百？想得倒是挺美，又要和我这种高玩合作，又要我花一两百积分买你口中不知道有多少参考价值的资料，你倒是会做梦，你之前花 1 积分偷我快 2000 积分的道具的账我还没跟你算呢！"

白柳："……1 积分也行。"

"等等，不对，白柳，我觉得很奇怪，你居然会在游戏里和其他玩家寻求合作？"牧四诚上下打量了一下白柳，眼睛微微眯起，"你不像是这么天真轻信他人的玩家，你真的觉得我口头上答应你了，到时候就真的会帮你救你？"

"虽然你是一个新人，但我是把你当成竞争对手来看的，不会随意看轻你，你这家伙后手非常多，说不定连我都会着了你的道，你向我寻求合作太奇怪了，看起来就很像一个阴谋。"

牧四诚很怀疑地看向白柳，他不相信白柳没有想到过这些。

除了有公会这种场外限制的玩家的合作有一定效力，其余玩家在这个游戏里的合作都是一张空头支票，没有任何信誉可言。

比如牧四诚作为一个新星排行第四的 A 级别玩家，等他套到了白柳口中的信息，到时候还不是他牧四诚愿意帮就帮，不愿意帮，难道白柳能拿他怎么样吗？

"没有阴谋，我是真心想向你寻求合作的。"白柳摊手，"这是一个死亡率高达二级的游戏，我的面板属性只有 F，如果不向你这种大神寻求合作，我太容易死亡了，其次，我觉得我们有共同的敌人。”

牧四诚挑眉：“共同的敌人？”

“‘提线傀儡师’也在这个游戏里面。”白柳微笑，“你应该不想单独面对‘提线傀儡师’这种群攻类型的玩家吧？”

牧四诚脸色一变：“你怎么知道他在这个游戏里面？！”

不怪牧四诚反应这么大，在牧四诚举步维艰的新人时期，此人就已经是他的心理阴影了。

“提线傀儡师”一度想让牧四诚做他的傀儡，在采用各种手段招安牧四诚被拒绝之后，这个“提线傀儡师”依旧没有放过牧四诚，在游戏里联合其他玩家不择手段地围剿抓捕过牧四诚非常多次，下手狠辣，几乎不顾牧四诚死活。

每次牧四诚都是九死一生地通关逃跑，如果不是因为牧四诚的个人技能可以让他移动速度非常快，他早就被傀儡师抓起来做成木偶傀儡了。

在牧四诚还没成长起来的一段时间，“提线傀儡师”就是牧四诚的天敌，就算现在牧四诚实力强悍起来了，他对这个傀儡师也极其恶心，非常不想在游戏里遇到这人。

同样是聪明人，如果说白柳玩游戏的思路是旁门左道，这个“提线傀儡师”玩游戏的做法就是歪门邪道。

“提线傀儡师”在和牧四诚不停的追逐战中，很快意识到在这里根本不可能有玩家能抓住牧四诚，于是“提线傀儡师”迅速转换了做法，他用自己的 93 点智力的脑子，很快又想出了新的抓捕牧四诚的办法。

而那一次，牧四诚真的差点被抓起来做成傀儡。

无论牧四诚跑得再怎么快，也存在可以抓住他的人——在不会让牧四诚跑的人的面前，他就可以被轻而易举地抓住。

牧四诚在新人时期是和他一个朋友合作玩游戏的，因为单打独斗对于一个新人来说，实在是有些艰难了。

而且那人也是他现实世界认识的人，和牧四诚算是前后脚进

入游戏的，两人经常一起组团下游戏，因为有现实世界的联系，一开始两人关系还不错，牧四诚没有轻信这个朋友，但也没有对对方多加提防。

"提线傀儡师"不知道用什么策反了牧四诚的这个朋友，让朋友加入了国王公会，并且暗中配合了他围剿牧四诚的计划。

牧四诚被这个朋友刻意引入了一个游戏，"提线傀儡师"提前进入游戏埋伏在里面，而牧四诚根本不知道他一进入游戏就会面临大型屠杀和攻击。

最终牧四诚断掉了一双手，精神值掉到 18，狂暴状态下杀死"提线傀儡师"当时手下所有的"傀儡玩家"才从游戏中通关出来，他出来的时候半个身子都已经异化（怪物化）了，全身都是血，模样惨不忍睹，几乎是神志不清的半疯状态。

从此之后，牧四诚对"合作"这种东西敬谢不敏，抱有很强的敌意。

按理来说白柳这个第一个进入游戏的人，是不应该知道后续进来的玩家是谁的，为什么白柳会知道后面来的玩家里有"提线傀儡师"……

除非是白柳早就和"提线傀儡师"约好了进入同一个游戏。

这让牧四诚想起他早期被埋伏的经历，脸色越发不好看，他眼中红光好像危险提示的警报灯般一闪一闪。

牧四诚手变成一只灰黑锋利的黑色猴爪，并屈指成爪藏在身后，脸上神情晦暗不明地盯着白柳："白柳，如果你没有办法给我一个合理的理由解释为什么你知道'提线傀儡师'也在这个游戏里，或许你的游戏之旅到这里就会结束了。"

白柳非常坦然地把自己的游戏管理器打开给牧四诚看，游戏面板上赫然有一个标成红色的帖子——

**提线傀儡师进《爆裂末班车》放话说要抓白柳做傀儡了！**

牧四诚脸上危险的表情一顿，眼中红光消退许多："你怎么能打开论坛？我记得进入游戏后就不能打开论坛和外界交流了。"

"我的个人技能，我在论坛上看到你也遇到过这样的事情，被人追捕做傀儡。"白柳没有多谈，他微笑着对牧四诚伸出手，"总而言之，我们现在处于同一阵营了，合作吗？"

"当然，我不接受白嫖啊，1积分也可以展示合作的诚意嘛。"白柳好似开玩笑一般笑眯眯地补充道。

牧四诚眼睛眯了眯，撕开一根棒棒糖含入嘴里和白柳对视良久，最终牧四诚伸出了手，凭空在指尖变出1积分的硬币。

他露出一个同样十分虚伪的微笑，好似打发叫花子般，居高临下地把这1积分的硬币摁在白柳的手心："OK，那就合作吧，我们信息共享，互相帮助，我不白嫖，1积分的诚意给你。"

……牧四诚还记着白柳用1积分说"我不白嫖"耍他的仇，也这样给了1积分给白柳。

白柳收拢手指握住了这枚积分硬币，脸上的笑容越发深邃："我感受到你的诚意了。"

"我的诚意就是：如果到时候你哭着求我帮忙，"牧四诚把他戴在头上的巨大猴子耳机用手指往下一拨，挂在了脖子上，猴子诡异尖厉的声音戛然而止，牧四诚双手插在运动服的兜里，斜眼嗤笑一声，"哭得诚恳一点，我也不是不能勉为其难地伸出援手。"

白柳微不可察地扬了一下嘴角，他顺从地顺着牧四诚的话说了下来："没问题，我一定哭得非常诚恳，你一定会忍不住来帮我的。"

同时，他的脑中响起系统的提示音。

**系统提示：玩家白柳和玩家牧四诚的合作交易达成。**

**交易内容：在《爆裂末班车》的游戏中，在玩家白柳求助的任何时刻，玩家牧四诚必须竭尽全力帮助玩家白柳，如玩家牧四诚不愿配合，系统会强制玩家牧四诚配合。相应的，玩家白柳要**

**告诉玩家牧四诚自己所知道的所有信息，并且必要时刻给予玩家牧四诚一定帮助——1 积分酬劳的定额帮助。**

看着温顺微笑的白柳，牧四诚还没来得及让白柳快点说出他知道的一切信息，脊背突然一阵恶寒。

这种要被人占大便宜的预感是怎么回事？

在白柳和牧四诚等待末班车的时刻，游戏大厅和游戏论坛都已经完全炸开了锅，多人游戏区更是人满为患，全都是来围观这么多个大神齐聚一堂的罕见场面的。

"我去！真的是傀儡师、牧神和小鹦鹉，我天，他们仨怎么凑一块了！"

"现在大神很少撞一个游戏了，都会彼此注意一下避开，这次是怎么回事？三个大神都在一个游戏？而且还是一个从来没有人通关过的二级游戏？！"

"大神想玩点刺激点的吧……但这也太刺激了！"

"我现在好纠结到底看谁的啊，我是小鹦鹉的粉丝，但是小鹦鹉每次都是一路躺赢，游戏趣味性太差了，我想看点精彩的，牧神和傀儡师我选谁的小电视啊？"

"我也很纠结，我还有个新墙头，就是那个白柳，呜呜呜他上次好帅的！我推荐你选他的小电视！精彩程度不比牧神和傀儡师的视频差的！"

"好烦哦，又来了又来了，哪里都是强行安利这个新人白柳的，一次多人游戏都没有玩过的人不要开麦好吗？"

"我刚刚去看了一眼，他居然还和牧神聊合作，到底有多蠢才会和牧神聊合作？不知道牧神因为被人背刺过所以从来不和人合作吗？把爷看笑了都，牧神答应了他，我估计白柳要被牧神耍着玩了。"

白柳现在风头很盛，虽然他排名不算很高，但讨论度却很高。

上次白柳那种个人风格强烈的通关视频吸引了一些喜欢他的观众。

但有人喜欢就有人讨厌，特别是白柳这种冲得特别快，但个人面板数据极差的玩家，无法服众，因此白柳在底层玩家之间的风评非常差。

在论坛上讨论白柳的帖子大部分都会以撕逼结束，绝大时候的撕逼都是围绕着白柳上次上了一次的"核心推广位"，以及白柳配不配得上这个推广位展开。

很多玩家认为白柳实力那么差，就会耍一点小聪明，配不上那么好的推广位，也有很多玩家认为人家白柳就是上了，配不配得上与你何干？

王舜围观了几次撕逼，总结了一下，大部分讨厌白柳的玩家都觉得白柳"德不配位"。

上一次掀起这种"德不配位"大型撕逼讨论的人，还是新人时期的杜三鹦。

杜三鹦幸运值100，无论干什么都顺得不行，积分像不要钱一样源源不断地涌入这家伙的账户里，看得不少玩家眼红得不行，每天都在骂杜三鹦这种靠幸运值躺赢的货色就不配存在，迟早要死在游戏里。

有人就说杜三鹦也是有实力的，杜三鹦个人技能很厉害，但大部分时候这种辩解都会被"你有本事让杜三鹦幸运值清零再来说自己有实力"这种话怼回去。

不过这种撕逼辱骂杜三鹦的情况，在到后期杜三鹦稳坐新星榜前三，敢发言得罪他的玩家少了许多后，就好转了很多。

现在，白柳幸运值为0，纯靠实力和思路爬上了"核心推广位"，这群人还是看他不顺眼，还是觉得他"德不配位"。

看来"德"不"德"的不重要，重要的还是那个位置，只要有人爬上那个位置，无论是谁，反正他就不配，只要这爬上去的人不是自己，他们总能挑出错处，然后放大给所有人看。

　　王舜摇摇头，不再去听这些玩家的讨论，不过看着面前的小电视墙，王舜也在纠结一样的事情——到底选谁的小电视围观？

　　"提线傀儡师"的小电视开了收费模式，牧四诚的小电视也开了收费模式，杜三鹦虽然是排名第三的新星选手，但因为这人玩游戏向来没有什么波澜，对付费观众的吸引力一般，所以杜三鹦的小电视直播是从来不开收费模式的。

　　白柳一个新人当然也没有开收费模式。

　　但白柳这个不收费的玩家，观众数量却远远低于牧四诚和"提线傀儡师"的观众数量，更不用说和杜三鹦对比了。

　　杜三鹦人气向来很高，又不收费，这次又是这种三神齐聚话题度很高的游戏小电视直播，一些不愿意付费的玩家几乎都涌入了杜三鹦小电视的观赏区域，远远看去杜三鹦的观赏区域人头密集，看起来观众数量比牧四诚和"提线傀儡师"的还要多一个量级。

　　就连"提线傀儡师"手下的三个"傀儡玩家"，比如李狗这种玩家，因为有"提线傀儡师"这种大神出镜带着玩，小电视的直播人气都还相当不错，比白柳的要高很多。

　　只有一个白柳，门庭冷落。

　　怀揣着一点看不下去的心情，王舜叹着气走入了白柳的直播区域。

　　这种多个大神撞在一个游戏里的情况，大部分观众看大神的小电视都看不过来，哪会去关注你一个新人？白柳小电视的流量被吸走大半，无人问津是很正常的事情。

　　**新增 301 人赞了白柳的小电视，新增 170 人收藏了白柳的小电视，210 人正在围观玩家白柳的小电视，新增 0 人为白柳的小电视充电。**

　　**请玩家白柳努力！你的点赞数只有《爆裂末班车》同期玩家中小电视综合数据排名第一的玩家杜三鹦的 1%！**

　　"杜三鹦的点赞都三万了，游戏这才开始多久啊……"王舜发自内心地感叹，他看到杜三鹦瞬间就获得了第一个推广位，离开这个分区去中央大厅了，王舜叹着气给白柳点了一个赞，"加油啊白柳，别掉到无名区去了啊……"

　　杜三鹦站在站台外面，几乎把眼镜贴在了车票上看上面的地点，自言自语："好奇怪啊，这车票怎么始发站终点站都一样……"

　　他背后的站台LED时钟倒计时已经跳到了"00:10"，下一刻，随着秒表进入10秒倒计时，车站彻底一暗，在短短一秒之后又亮起，只不过不再是正常的白色日光，而是闪烁不定的暗红色灯光。

　　地铁站变得红黑交错，光线衬得整个地铁站像个洗照片的暗室，轨道的尽头一辆车头灯发红的列车从黑暗深邃的隧道里呼啸而来，好像一头眼睛发红亟待吞噬猎物的猛兽般高速驶进站，又缓缓停在了杜三鹦的面前。

　　地铁站的广播的女声机械冰冷地播报着："列车上乘客已到达古玩城终点站，请目的地是古玩城的乘客下车，列车即将开始下一轮运转，请需要从古玩城出发的乘客现在登上列车——Attention to passengers on this train: You have arrived at the terminal station of Antique City. Please get off the train at the destination of–"

　　随着女声的播报，列车的车门在杜三鹦的眼前缓缓拉开，一股肉类烧焦的气息伴随着列车高速到站的风席卷着冲出车门，浓烈的爆炸过后的焦煳味道充斥着杜三鹦的鼻腔，让他忍不住捂住口鼻呛咳了几声。

　　杜三鹦抬眸看向这辆他即将登上的4号线地铁——在一闪一闪的灯光的照耀之下，杜三鹦看到列车内一会儿空无一人，列车上面的扶手孤独地晃荡着，一会儿装满各种各样面目模糊的乘客，好似天朝大城市高峰期的地铁一般，拥挤到杜三鹦根本挤上不去。

　　杜三鹦背后的红色LED时钟屏幕刺啦一声，跳到了"00:05"，这个跳跃好似一个信号，地铁站的空调通风口突然全部停止运作。

整个地铁站的温度开始迅速升高，地铁广播的扩音器变得像是蜡烛一般开始滴落融化，广播的女声变得扭曲拉长，最后卡顿在一个奇异的字上，"44444"地反复着，杜三鹦觉得她应该是想说4号线。

杜三鹦周围那些同样等着上车的乘客开始步履缓慢地往列车上走，这些乘客的身影在红黑闪烁的灯光下变得诡异，走着走着有好几个突然就腾的一声燃烧起来，然后变成了一具具正在剧烈燃烧的尸体。

这些正在燃烧的"乘客"脸上的皮肤被火焰烧灼得崩裂开来，皮肤表层烧黑卷曲，露出里面被烤得融化的淡黄色人体油脂，油脂黄油般地融化滴落在地面上，四肢在大火的熏烤下痉挛收缩，冒出刺鼻的黑烟，但是他们似乎对自己正在燃烧的这件事一无所知，还在往列车里面走。

列车里逐渐堆满了这种烧焦的尸体，他们或坐或站，有些手挂在扶手上，有些靠在地铁门上，火焰烤化了塑料的扶手，融化的塑料奶油一样滴落在这些"乘客"的身上，地铁的玻璃在高温下发出毕毕剥剥好似在碎裂的声音，而"乘客"们低着头看着自己手上已经被烧得曝露出线路来的手机，好似对这些可怕的景象毫无察觉。

如果不是他们身上那熊熊不灭的火焰，他们看起来就像是正在乘坐末班车回家的，疲惫的正常人。

**系统提示：请玩家杜三鹦迅速登上列车。**

"不是吧……"杜三鹦有点无语，"这游戏怎么回事，开车杀吗？这车烧成这样了，我进去不是做活体烧烤吗？"

杜三鹦小电视前的观众都在笑——

"开车杀笑死我了！放心，杀谁都不会杀你的小鹦鹉！"

"小鹦鹉你要对自己的幸运值有自信！你上去说不定这一车

的火就灭了！”

“靠，不对！！你们注意看！列车上有没有在燃烧的人！列车上有玩家！！”

“我去！谁这么彪直接就上去了！不怕死吗？！”

在无数烧焦发黑的尸体乘客里，有一个肤色白净，穿着白衬衫和西装裤，看起来就像是正常上班族的人，正在偏过头和旁边一个人寻常地说着话。

他正在说话的对象含着棒棒糖，双手插在兜里看起来像个大学生，偏头把耳朵靠近了上班族，似乎在听上班族说话，听着听着这含着棒棒糖的大学生挑眉露出一个不怀好意的坏笑，配上他招人的五官十分惹人眼目。

在一辆烟浓火燎，全是被烧得漆黑发干的“乘客”的列车上，这两个看起来过于正常，外貌出色的乘客十足十地招人注目。

杜三鹦小电视的观众瞬间就炸锅了——

“靠靠靠！！！是牧神！！！牧神好帅！！！”

“我去，那个上班族玩家是谁，好淡定啊。”

牧四诚有点好笑地看着白柳恢复成原来的面貌：“你怎么又调回来了？不当杀马特了？”

“直播都开始了，把面貌调回来当然是为了勾引观众。”白柳整理了一下自己的衬衫衣袖，十分厚颜无耻地说道，“人都是外貌生物，我长了一张还不错的脸，当然要好好利用起来圈钱。”

“不过还有一个原因，”白柳侧头看了牧四诚一眼，“为了让那个要来抓我的傀儡师，容易找到我一点。”

牧四诚嘴角的笑意微收，他略有些烦躁地啧了一声：“白柳，你真要用自己做诱饵来引张傀？他实力不错，技能很厉害，你那个计划有很多漏洞，就算我和你合作也不一定可以成功杀死——”

“嘘。”白柳把食指放在了嘴唇上，他目光看着列车外面那个LED倒计时时钟显示着的“00:01”，低声说，“倒计时要归零了，有玩家要上来了。”

"随便你吧。"牧四诚无语地抱胸靠在了车门上，"反正你那个计划容易死的是你不是我，我无所谓，你自己愿意送死就行。"

杜三鹦着急忙慌地在最后一秒前踏进了车内，车厢内闷热得要命，但却没有他臆想的那种可以把人烧死的高温，那些悬挂在吊环上一晃一晃的尸体和车厢内的其他乘客尸体也都保持在原地，没有上前攻击他，火焰燎过杜三鹦的发梢，虽然有点烫，但却没有火焰的真实质感。

白柳和善地对着杜三鹦笑笑："你好，我叫白柳，是这个游戏的玩家之一。"

杜三鹦有点尴尬地伸出手："那个，你好，我叫杜三鹦……"

牧四诚看着杜三鹦，表情显露出几分惊诧，似乎没料到杜三鹦也在这个游戏里，但很快他冷哼了一声，抱胸偏头冷笑一气呵成，当没有看见这个人一样，没有打招呼。

杜三鹦似乎早就料到了牧四诚会这样，脸上的笑容越发尴尬，缩在角落里几乎一声不吭，最后实在是憋不住了才开腔询问道："白柳，你们……是怎么知道上车不会受到攻击的？"

"这些应该就是一个简单的过场动画。"白柳分析道，"因为我们还没有拿到第一个给积分的任务，说明游戏还没有正式开始，那这些东西估计只是吓一下玩家，以及交代一下故事背景，不会真的杀死玩家的。"

说完，白柳饶有趣味地打量了一下牧四诚和杜三鹦，这两人明显不和，他转头看向从杜三鹦上来后就一言不发的牧四诚："怎么，你和这个杜三鹦小朋友有什么仇怨吗？"

牧四诚满含戾气地冷眼扫了杜三鹦一眼，杜三鹦被他这一眼扫得手脚都没有地方放了，有点无措地缩在一具燃烧的尸体后面偷偷看他们交谈。

杜三鹦看起来不高，比白柳都还矮半个头，厚瓶底方框眼镜和瘦瘦小小的身材让他看起来像一个备考过度的高三学生，身上散发出那种很浓郁的无害的书呆子气息，所以白柳这种进入社会的人才会喊杜三鹦小朋友。

"你和杜三鹦玩过一次游戏就知道了。"牧四诚好似想起了什么让他很不爽的经历，嘴里的棒棒糖咬得略吱略吱作响，"这货幸运值是100，无论你怎么努力，他最后在游戏里都会是第一，以各种你想不到的方式夺走你的胜利成果。"

杜三鹦的小电视观众瞬间笑开了——

"牧神是不是想起了上次多人游戏小鹦鹉捡了他的漏当了第一的事？"

"小鹦鹉那不叫捡漏，那叫天降快递，他都没有弯腰捡，是牧神自己过来送的，不得不说牧神的送货服务还是很到位的。"

…………

"所以杜三鹦这人虽然是新星榜第三，但却连'开场动画'这种信息都不清楚。"牧四诚嗤笑道，"因为这人是一路躺赢上位的，完全不具备游戏意识，我劝你最好别和他打交道，不然你收集到的通关道具、消息之类的，最终都会莫名其妙地落入他手里。"

"他倒是幸运了，但是靠近他的人都不幸了，每次和杜三鹦处在一个游戏里的玩家，幸运值都会出现一定程度的下降。"

牧四诚说是这么说，好像很看不起杜三鹦连车都不敢上的样子，但其实刚刚白柳淡定地拉着牧四诚上这辆正在燃烧的列车的时候，牧四诚也被吓了一跳，后来是白柳说他们还没有领到积分任务，这个开场很有可能只是一个动画效果，牧四诚才反应过来。

一般玩家很少想到开场动画这种东西，就算想到了也不敢那么确定地上车，也只有白柳敢毫不犹豫地上车试试。

白柳此人赌性极重，如果不是赌博非法，这个人可能就去赌了，他是个猜测成功率大概有百分之八十，就百分百敢尝试的人。

如果是后来的牧四诚，是绝对不会那么老实地跟胆子贼大的白柳上车的，但是现在的牧四诚还没有搞懂白柳的这一属性，很容易就被白柳十分笃定的表情糊弄住了。

话说回来，牧四继续给白柳讲解杜三鹦。

"喏。"牧四诚点开游戏管理器，给白柳看了下自己的幸运值面板，他脸色开始发沉，"我的幸运值从 56 跌到 43 了，啧，杜三鹦这货杀伤力越来越大了，白柳，你的幸运值也会受到影响下降……"

白柳默默地和牧四诚对视一眼，然后说："怎么，你们这游戏的幸运值属性还可以有负数？"

牧四诚："……"

操，他忘了白柳幸运值是 0 了。

杜三鹦看到牧四诚在和白柳讲解自己让别人幸运值下降的能力，似乎也知道自己讨人嫌的本事，不自在地抓了抓脸，略微往角落缩了缩，结果车门突然关上吓了他一跳。

车厢里所有燃烧的尸体突然全变成了正常的乘客，头齐齐一转，对着白柳他们诡异地微笑，然后化成灰烬消失不见。

车厢里的广播女声甜美地播报："各位乘客，欢迎登上 4 号线，下一站——镜城博物馆。"

白柳转头注意了一下地铁站上那个 LED 倒计时灯牌，清零之后，这个灯牌又变成了"60:00"。

一个小时的倒计时，白柳心中思量，差不多就是一班列车从起点站到终点站的时间，看来爆炸会发生在一个小时后。

白柳记得在"镜城爆炸案"，也就是这个叫作《爆裂末班车》游戏的案件原型中，爆炸发生在镜城博物馆这个地铁站，那个时候他就是在上一站下车的，但现实中上一站并不是白柳他们上车的"古玩城"，地铁的线路设计也不是包绕了城市的圆形设计。

白柳当时坐的也是末班车，和陆驿站一起。

他本来要在镜城后面几个站下车，但是陆驿站临时有事拉着白柳和他一起提前下车了，不然白柳这个游戏内外都一样倒霉的家伙，已经在"镜城爆炸案"里被爆炸成碎片了。

"镜城爆炸案"的发生是因为两个盗贼偷窃了一面价值连城

的古董镜子，假装是古董镜子的主人，说要把镜子捐献给白柳所在当地的博物馆，但必须要他们亲自押送进入博物馆。

那面古董镜子据说价值过亿，博物馆很少接到这样大手笔的捐赠，于是也就同意了对方一些有点无理取闹的小要求。

白柳所在的城市叫作镜城，博物馆的名字就叫作"镜城博物馆"，两个盗贼的真实目的是在运送古董镜子进入镜城博物馆内部的过程中，借着藏在镜子里的炸弹威胁工作人员，抢劫博物馆里的藏品。

而且这两个盗贼也不知道怎么想的，死活不愿意用汽车运送古董镜子，一定要选择用地铁运送，于是博物馆不得不派专人陪着运送，但在乘地铁运送的过程当中不知道出了什么差错，藏在古董镜子里的炸弹就那么爆炸了，那节车厢上的人几乎全部当场死亡，包括那两个贼和护送古董镜子的博物馆专员。

这两个贼死后不久，他们盗窃古董镜子以及想要抢劫博物馆藏物的罪行便暴露了出来，引起公众激烈讨论之后，最终被盖棺定论为一件恐怖分子性质的盗窃案，归于平息。

白柳事后和陆驿站讨论过这个与他们擦肩而过的巨大爆炸案，他们一致认为整个爆炸案件还是疑点重重，主要有下面两点——

第一，这两个贼是怎么把足够炸掉一整节车厢的炸药藏在镜子里通过安检，运送上地铁的。

第二，这两个贼是图财才搞出这件爆炸袭击的，那为什么那面价值连城的古董镜子，这两个贼那么大方就捐献给镜城博物馆了？

据白柳所知，镜城博物馆的藏品评估价格并没有高于这面镜子的，如果这两个贼是为了钱，完全可以自己私下出售古董镜子，没必要大费周章地把镜子运进镜城博物馆然后再抢劫里面的藏品。

这样的操作性价比太低了，而且还是通过炸弹这种蠢不可及风险很高的手段，出现了炸弹，这两个贼在盗窃之后哪怕一人不伤，那也是完全跑不掉的。

白柳和陆驿站在聊起这起爆炸案的时候，白柳说如果他要抢

博物馆，他会直接卖掉古董镜子，用高价贿赂守馆人放他进去盗窃，然后反手杀死守馆人嫁祸在守馆人身上，做得干净一点就能拖延时间，他就可以跑到国外销赃，用炸弹太蠢了。

陆驿站听到白柳的分析就完全无语了，他说白柳，我问你这个爆炸案是想让你给我想一下破案思路，不是让你站在犯罪者角度上思考更完美的犯罪方法的！

白柳就毫无诚意地道歉，说对不起，我只会站在既得利益最高的人的角度上思考。

陆驿站义愤填膺地指责白柳，说白柳你这种思路，迟早有一天要出大问题！

现在问题就来了，白柳身处于《爆裂末班车》这个游戏内，他需要思考这两个蠢贼为什么会做这种蠢事。

白柳眼睛眯了眯，头脑飞速转动着——这两个贼不愿意坐汽车这种空间狭小的交通工具，不愿意和这面镜子单独待在一起，倾向于地铁这种人员众多的公共交通工具，还不怕镜子损坏地在价值连城的镜子里藏巨量炸药。

宁愿用这面镜子去交换博物馆里的其他藏品都不愿意出手这面镜子，这显然与是盗贼敛财的本性相违背的。

综上，白柳可以得出一个显而易见的结论——这两个贼害怕这面镜子。

这两个贼不敢和镜子单独待在车上，一亿的镜子，这两个贼说不定出手过，但不知道为什么没有成功，"镜子"又回到了他们的手里，两个贼才在崩溃之下假装主人寻求权威的博物馆，希望可以"捐赠"，或者说"关押"住这面镜子。

这两个贼甚至为了毁掉镜子，疯狂地往里面塞了炸药，但就算这两个贼做了这么多试图摆脱这面镜子的事情，不幸的事情还是发生了——镜子在地铁上爆炸了。

所以，如果白柳没有猜错，这个游戏的关键不是这辆即将爆裂的末班车，也不是这些被烧死的乘客，更不是那些乱七八糟的杜三鹦正在凑近打量的地铁站名。

而是那面镜子。

**恭喜玩家白柳首先触发主线任务——收集末班车上碎裂的镜片（0/？？？）。**

这个系统通知的声音是从地铁上的广播通报出来的，也就是所有人都能听到白柳触发了主线任务。

杜三鹦和牧四诚都一愣，齐齐看着靠在位置上双目失神的白柳在无意识地玩弄着他手上的硬币。

白柳这人刚刚就一直坐在地铁位置上发呆，而牧四诚和杜三鹦都积极地在车厢内寻找线索，白柳就表情淡淡的一句"我要整理一下脑内信息"就坐在座位上不动了，搞得牧四诚也很是无语。

白柳之前把所有他知道的爆炸案的消息都告诉了牧四诚，但牧四诚没有深想，因为现在重点是在车厢内寻找线索触发主线任务。

《爆裂末班车》是一款收集向的恐怖游戏，根据牧四诚的游戏经验，是需要找到第一个要收集的东西才能触发主线任务的。

但牧四诚不知道的是，游戏只要解析出游戏背景中需要收集的关键事物，也可以触发收集向的主线任务。

其实这也不能怪牧四诚没深想，这都是思维定式。

通常来说新人登入游戏信息不足的话，的确只能靠在地图里找到第一个需要收集的东西才能触发任务。

但白柳这货是个 bug，他是个新人又是个游戏设计师，没有这种思维定式，习惯从游戏背景出发推敲游戏是如何设计关卡的，再加上白柳知道足够多的背景消息，就干脆逆推来寻找需要他收集的事物。

他就还干脆地撞对了。

听到白柳触发主线任务的系统提示音，牧四诚和杜三鹦齐齐一呆，转头看向坐在座位上休息的白柳。

杜三鹦和白柳不熟不好上前问，但他看着白柳的眼神已经快好奇死了，他很想知道这人是怎么一动不动地触发主线任务的。

牧四诚就没有那么多顾忌了，他直接一步上前问出了自己心中的疑问："你怎么触发的主线任务？你都没动过！"

这也是广大观众的心声，刚才那个系统提示音一出来，很多人都听傻了一下，没有人想到在一个新星榜第三第四以及"提线傀儡师"都在的多人恐怖游戏里，第一个触发主线任务的居然是一个坐着不动的新人玩家！

这根本不科学！

"靠！他怎么触发的！我保证他从头到尾都没有动过！"

"……会不会是他刚刚一屁股直接坐在碎镜片上触发任务的？哟，我突然屁股一痛！"

"这种好事不是一般都是小鹦鹉的吗？怎么会轮到这个新人？"

牧四诚直接双手穿过胳肢窝把白柳提了起来，疑惑地看着白柳的座位下面："你刚刚一屁股坐镜片上了，才触发了主线任务？"

白柳面无表情地握紧了拳头："牧四诚，放我下来。"

一米七六的白柳最恨别人这样弄他！白柳小时候有段时间理想就是一砍刀削掉所有比他高的人的脚踝！

有人敢这样把他提起来，白柳会让他明白长得高是一种罪行，如果不是因为等下白柳还用得到牧四诚……

白柳停止了自己过于暴虐的构想，牧四诚背后一凉，迟疑地放下了白柳，转头看向他："没有镜片，你是怎么触发任务的？你刚刚根本没动。"

"我怎么没动。"白柳拍拍自己身上的被牧四诚碰过的地方上并不存在的灰尘，抬头和蔼地看着牧四诚，"我脑子在动啊，牧四诚。"

牧四诚："……"

白柳这种看智障的眼神，他感觉自己受到了凌辱。

白柳整理好了自己的衣服之后，气定神闲地掀了一下眼皮对着牧四诚说："而且我不都告诉过你关键信息了吗？你自己想不出来？你智力值多少啊？这点东西都想不出来？"

牧四诚："……"

你他妈就和我说了镜子一亿，如果是你你会杀掉守馆人偷走镜子和藏品大规模圈钱，这他妈算哪门子的关键信息！

还有白柳你这个变态停止用这种看低级生物的眼神看我！

白柳拍拍手，边走边和牧四诚解释了一通，杜三鹦不近不远小心翼翼地跟在他们身后，白柳的音量并没有刻意压低，他身后的杜三鹦听得微微露出惊讶的眼神——原来还可以这样推断出来。

观众也惊了——

"这新人玩家叫什么名字，我感觉他的思路有点意思，想去围观他的小电视。"

"……我还是第一次看到有人在杜三鹦在的收集向游戏里，比他更先触发主线任务……这新人好牛逼，比幸运值 100 的杜三鹦触发得都快……"

………………

"主线任务是收集镜片，还是不知道确切数量的收集……"牧四诚含着棒棒糖斜眼瞟了一下跟在他们身后假装在寻找的杜三鹦，有点暴躁地舔了下被糖渍粘住的嘴唇，"你就这样直接把信息说给他听？等下他会找到很多镜子碎片的。

"这家伙幸运值逆天了，在找东西上很有一手，而且就算是我们找到的镜片，都很有可能以各种各样奇怪的方式落入杜三鹦的手里，你不防他一下？"

白柳奇怪地看牧四诚一眼："我为什么要防他？"

牧四诚脸色很不好看："我不是和你说了吗，我们找的镜片，也有可能——"被杜三鹦拿走……

"谁和你说我们要找镜片了？"白柳斜看了牧四诚一眼，他余光从背后的杜三鹦身上扫过，又若无其事地收了回来，"我们不找，让杜三鹦找，他不是擅长找吗？就让他慢慢找够，找完能

集齐最好。”

“你是想……”牧四诚一怔，“等杜三鹦收集完直接抢他的？”

白柳：“嗯。”

牧四诚用舌头舔了一下自己的后牙：“虽然我也很想执行你这个计划，但行不通的，白柳，你根本不懂杜三鹦的幸运值 100 是什么概念。”

说着，牧四诚似乎想到了什么让他不堪回首的憋屈回忆，后牙咯吱咯吱地用力摩擦着，看上去面目十分狰狞：“只要你试图抢杜三鹦的东西，你的幸运值就会下跌，不断下跌，遇到各种倒霉事，哪怕是你已经手伸进了他的系统仓库了，都能被怪物打断，总而言之就是抢不到。”

“哦。”白柳还是很无所谓，“那是你不行，我说不定可以。”

牧四诚真的因为白柳的固执烦躁了一下：“我说了，杜三鹦幸运值 100，任何玩家都抢不到他的东西，就连黑桃都不行。”

正如系统说的那样——【杜三鹦是幸运之神的宠儿】。

“你说过，杜三鹦是靠影响周围事物的运势来运行他的幸运值的对吧？”白柳终于舍得给了牧四诚一个正眼，他又用那种叹息般看傻子的眼神看牧四诚，“但我不会被他影响啊，我的幸运值是 0，不能下降了，他的幸运并不能使我更不幸。”

牧四诚一怔，白柳又眼神平静无波地转头回去，嘴角微勾：“那我的不幸说不定就能使他更不幸了，你说呢，牧四诚？”

鬼鬼祟祟跟在白柳和牧四诚背后的杜三鹦后颈一凉，莫名起了一身鸡皮疙瘩，他有点迷惑地看向前面的白柳。

那种奇怪的，让他不幸又幸运的预感又来了。

牧四诚终于被白柳的说法勾起了兴味：“不找碎镜片，那你要在这个收集向的游戏里干什么？就像刚刚一样干坐着不动？”

“当然不是。”白柳微笑着，他目光看着前方空无一人的车厢，露出了好似看到了金银财宝般的愉悦神情，“你刚刚和我说这个游戏里是允许抢劫的对吧？你觉得傀儡师有钱吗？”

牧四诚嗤笑一声："你口气倒是大，到时候死的可能是你。"

"有可能。"白柳不以为意，"不过如果我是他，我一定会让我活下来，因为我存活的价值很大，他想把我做成傀儡应该就是意识到了这一点。"

"就看谁成为谁的傀儡吧。"白柳轻笑着说。


张傀眯着眼睛扫视了整个车厢一圈，他两只手上十根手指都牵着透明丝线，分别延伸出去刺入其他三个玩家的后颈正中。

他食指微动，透明丝线颤抖，其中一个伏趴在地上正在寻找东西的玩家就好似被牵动一般直挺挺地站立起来，张傀口气不是很好地询问这个玩家："李狗，找到碎镜片了吗？"

李狗回答："没有。"

张傀有些不耐地喷了一声，一张油彩木偶的脸生动地呈现出倒八字眉和下撇的嘴，显示他已经生气的事实。

"已经找了快半列车了，还没有找到。"

三个木偶战战兢兢地站在一起低着头，木偶额头上出现一颗一颗的巨大的淡蓝色汗滴，就像是动画一样一卡一卡地向下流动。

李狗畏惧地上前，低声又重复了一遍："主人，的确是没有找到任何碎镜片。"

"别找了。"张傀手指跃动着，三个傀儡好似军训般齐齐整整地站好在他面前。

站在中央的李狗小心地询问："主人不找了吗？这游戏不是要收集碎镜片才能通关，不找的话，怎么通关啊……"

"蠢货。"张傀有些自傲又有点鄙夷地看了李狗一眼，"不要质疑智力值 93 的我做的任何决定，懂吗？"

"主线任务不是我们触发的，但我们应该是最先开始找的，因为有人数优势找了差不多半列车都没有找到，你还不明白吗？"张傀斜眼看着李狗。

李狗额头上冷汗直冒，但他的确也很迷茫："明白、明白什么？"

张傀倨傲地哼笑一声："蠢货就是蠢货，那三个人里有一个是白柳，这家伙的面板属性很差，移动速度根本不如在我操纵下的你们快，他搜车厢的速度不可能快得过你们。"

"而牧四诚这人移动速度虽然快，但是智力不如白柳高，找东西这一项他是比不过我这个又有智力又有你们这些傀儡玩家的，除非这两人联合，否则我一定是搜寻车厢搜寻得最快的玩家。"

"但这两人是一定不会合作的。"张傀的笑变得恶意了起来，他随便地用脚踹了他面前的三个傀儡的其中一个，那傀儡应"踹"而倒，低着头喔唧一声跪在了张傀面前。

张傀漫不经心地踩在这下跪的傀儡的背上，低下头凑近这个傀儡的面前笑道："喂，牧四诚曾经的好朋友，刘怀，你说是吧？"

这个叫刘怀的木偶玩家一声不吭，四肢微微颤抖着。

"我知道这个游戏里有牧四诚，就特地把你带过来了。"张傀啧啧笑着，"牧四诚也不会想到你成了我手下的傀儡玩家吧？"

"当初他因为你的背叛差点就成了我的傀儡，但最后牧四诚居然精神值降到18还能保持镇定，靠着狂暴杀死我当时手下四个傀儡逃掉了，我死了那么多傀儡玩家，只好拿你顶缸了。"

"不过做我的傀儡待遇不错，想必你也很开心吧？等下如果见到牧四诚，记得好好表现扰乱他心志，懂吗？如果再让他跑掉，等着你的就不是做我的傀儡这么好的差事了。"

张傀一边说一边用手轻拍着刘怀的脸，刘怀的木偶脸上源源不断地滴下冷汗，一句话也不敢说。

张傀似乎也觉得无趣，很快收回了自己的手："牧四诚这人是绝对不会和任何人合作的，更不用说白柳这种一看就心眼很多的，就算是白柳有意和他合作，牧四诚也必然会阳奉阴违。这两个人无论是单独行动、还是配合，搜寻车厢的速度都比不过我，我们应该是游戏里找东西进度最快的玩家了，但我们还是没有找到，可能性只有两个。"

他说着，比出两根手指，阐述道："第一种可能性：这破游戏说要收集的碎镜片根本不在列车内。"

"还有一种——"张傀的眼睛意味深长地眯起，"这游戏一共有七个玩家，牧四诚和白柳，我和你们三个就占去了六个名额，还剩最后一个玩家名额，而最后进入的这个玩家，有能力抢在我们之前找到所有碎镜片。"

李狗虽然恐惧，但依旧抬头困惑地提问："但是主人，我们已经搜了半辆车了，而且都是全速，依旧没有看到任何碎镜片，总不可能所有镜片都在另外半截车厢里，还正好被这最后一个进来的玩家飞快收集好吧？"

"怎么不可能？"说起那个人的名字，张傀也有点咬牙切齿，"如果最后进来的这个人是杜三鹦，那就算是所有碎镜片都堆在他面前等他捡都有可能！"

白柳稍微转头看了一下背后的杜三鹦，杜三鹦有点苦恼地挨个查看着车厢座位，他没有发现任何碎镜片，但他已经跟着白柳他们走了两个车厢了。

"不应该啊……"杜三鹦自言自语着，他是真的觉得很奇怪，"怎么一个碎镜片都没有找到？"

他之前做这种收集向任务都是无往不利的，这次居然找了这么久还空手。

杜三鹦推了推自己的眼镜，在点击游戏管理器确定了自己的幸运值依旧是 100 之后，陷入了深深的迷惑中。

……怎么会呢？幸运值 100 的自己找东西一向很厉害啊……

而且杜三鹦有很强烈的预感，就是跟着白柳一定能成功通关，虽然会伴随着让他毛骨悚然的不适感，但是杜三鹦从来不怀疑自己的直觉，他的直觉告诉他跟着白柳能通关，那就一定可以。

白柳在看到杜三鹦查看面板幸运值之后就收回了目光，他转头很笃定地和牧四诚说："车厢里没有任何碎镜片。"

牧四诚已经放弃靠自己去思考白柳的推断过程了，他直接问：

"为什么？"

"如果列车里有碎镜片，幸运值 100 的杜三鹦不可能一直都没有发现。"白柳说。

牧四诚挑眉："你忘了这游戏里还有一个傀儡师吗？虽然杜三鹦找东西的确很厉害，但是傀儡师那边有四个人，傀儡玩家在他的操纵下移动速度很快，很有可能会先我们一步找到这些车厢的碎镜片。"

"不太可能。"白柳摇头，"第一，你说过杜三鹦的幸运值在这种游戏里的优势；第二，如果傀儡师已经找到碎镜片，确定了这个游戏的通关关键，这个时候他多半会来攻击我们了，我们走了两节车厢都没有遇到他们，我觉得他们在有意地避开我们、规避冲突，这不像是找到了的表现。"

牧四诚抱胸移开视线，有点讽刺地笑了一声："你们聪明人倒是能互相理解，都喜欢玩这一套。"

"我不喜欢他那一套。"白柳听懂了牧四诚的嘲讽，淡淡地替自己澄清了一下，"如果我需要一个人配合我，我会让他心甘情愿和我合作的。"

"就像我和你的合作是吗？"牧四诚假笑两声，"白柳，我和你这种无凭无据的口头约定可不太牢固。"

"是金钱交易。"白柳强调道，他微微笑了一下，"你可是给过我 1 积分的，牧四诚。"

牧四诚嘲弄地笑了两声，没有和白柳在这件事上多纠缠："那如果如你所说列车上没有碎镜片，那碎镜片会在什么地方？列车外？地铁站里？我们是等到站下车去地铁站里找？"

白柳摸着下巴思索了一会儿："其实我觉得碎镜片在地铁站上的可能性也很小。"

"不在列车上，不在列车外，地图就这么大。"牧四诚摊手，"那你觉得还能在哪里？"

白柳没有回答，因为列车到站了，女广播声音打断了嘴唇微张的白柳："列车已到达'镜城博物馆'，请需要在此站下车的乘客有序下车，请需要在此站上车的乘客有序上车……"

列车的车门缓缓打开，牧四诚和杜三鹦看到了列车外的东西，脸色瞬间一变，白柳倒是早有预料地保持住了淡然的表情。

车门外的站台上是被烧焦的各种各样的尸体，这些尸体有些眼珠子都被烧化了，有些尸体更是被烧得四肢萎缩，牙齿外露。

诡异的是这些尸体都维持着一种正常人的形态，有个尸体正在低头看表，尽管他手腕上的表早已经被烧得看不清痕迹。

这些烧焦的乘客密密麻麻地分布在地铁站内，随着车门的打开头齐齐地一抬，黑黢黢的眼眶看向车内的白柳一行人，杜三鹦情不自禁地咽了一口唾沫，往后贴在了车窗上。

地铁站更是一片狼藉，到处都是被烈火焚烧之后的发黑的炭烧痕迹，人肉被烧焦的味道浓郁到让人忍不住喉咙发痒。

杜三鹦弱弱地靠在了白柳的身后，小小声地询问："白、白柳，你觉得这个也会是过场动画吗？他们会，会攻击人吗？"

"我大概不会在一个游戏开场里设计两段差不多的过场动画。"白柳说，"太无趣了，浪费时间。"

杜三鹦越发地虚弱了，他汗毛都立起来了，那种危险的预感让他无时无刻都想逃跑。

但一旦离开了白柳，那种他很有可能死亡的不幸感又会如影随形地笼罩着杜三鹦，杜三鹦现在感觉他不走也不是，走也不是，只好欲哭无泪地问："白柳，那你会怎么设计？"

"如果是我的话……"白柳一边说话一边飞快地从自己的系统界面里找道具，等找到想要找的道具，白柳才继续往下说："我大概会设计一场很高危的列车追逐战来增添游戏开场的刺激感。"

牧四诚听懂了白柳的意思，他看着车门外的焦尸，神色阴沉地操了一声。

这是要追逐战了。

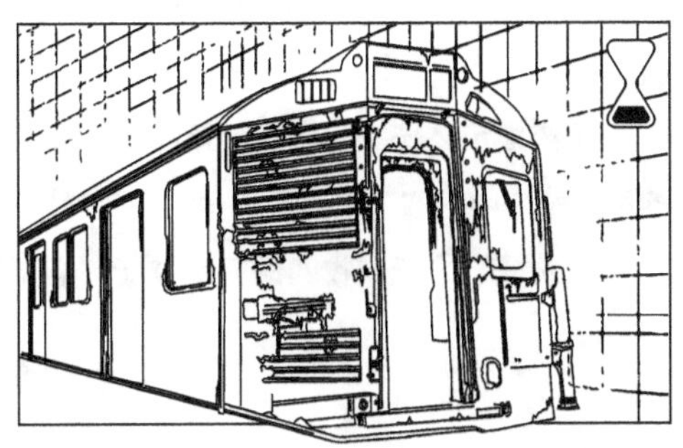

# CHAPTER  12

　　"我建议你们用加移动速度的道具。"白柳穿好道具之后抽出注意力看了一眼外面向车门聚拢的"乘客"，"这些怪物的移动速度应该很快。"

　　牧四诚飞快穿好了提高移动速度的道具护腕，含着棒棒糖突然很奇怪地笑了一声。

　　白柳听到这诡异的笑声转过头去，就看见牧四诚双脚踩在列车的车壁，用猴爪抓住车壁吸附在了上面，身上还穿戴好了提速道具——这是一个蓄势待发要逃跑的姿势。

　　牧四诚见白柳回头看他，他笑嘻嘻地松开一只猴爪对白柳用两指比了一个敬礼的手势，看着白柳的眼神带着很明显的不怀好意："那我就先走一步了，白柳，我不准备参与你那个全是漏洞的杀死傀儡师的计划了，你自己好自为之。

　　"以及，"牧四诚挑眉，对着白柳晃了晃自己手里一个白色的人鱼小雕像，"你的道具'人鱼的护身符'，我牧四诚就拿走了，这就是你骗了我快2000积分的代价，我说了，没有人能让我吃亏。"

"顺便告诉你一声，白柳，"牧四诚一只猴爪用力一踩，整个人像一阵风一样瞬移开，白柳只能听到牧四诚恶劣无比地哼笑了一声，"我这人最讨厌和人合作了，这次就当给你上了一课，如果你还能活下来，不用谢我，bye！"

**系统提示：玩家牧四诚使用技能"盗贼的猴爪"从玩家白柳的系统背包中窃取了道具"人鱼的护身符"。**

**系统提示：玩家牧四诚使用技能"盗贼的潜行"，移动速度+7000。**

几乎是一个晃眼，牧四诚就化作一道残影，彻底消失在了白柳的眼前，留下看傻眼的杜三鹦和依旧淡定的白柳面面相觑。

杜三鹦都懵逼了，他看向白柳，用手在牧四诚离开的方向和白柳之间来回比画，用一种比白柳还震惊的表情质问白柳："你、你们不是合作关系吗？！牧四诚怎么抛下你跑了？！他怎么还偷你东西啊！你们不是朋友吗？！"

看到牧四诚果然下手了，小电视前王舜心中复杂地长叹一声——果然，牧四诚这个盗贼盯上白柳跟着进游戏，是因为想偷白柳身上他想要的道具。

《塞壬小镇》最近都是新人专属的热身游戏，游戏墙上倒是很少刷新出现，老玩家进不去，新玩家出不来，"人鱼的护身符"这种要集齐怪物书页后才能有的道具更是千金难求，王舜之前就听闻牧四诚在收购这个"人鱼的护身符"，估计之前卖人情给白柳也是为了这个道具。

但估计是白柳的抠门和不要脸让牧四诚意识到了白柳根本不会领他的情把"人鱼的护身符"卖给他，就准备直接对白柳下手偷盗了。

但白柳这家伙不愧是幸运值为 0 啊，王舜叹息——在收集向游戏里撞上了幸运值 100 最擅长这个的杜三鹦，寻求合作的对象是厌恶同伴心怀不轨的牧四诚，还被心狠手辣的张傀放话说要抓起来做傀儡……

这简直是把所有能踩的雷都踩了个遍，难为他了。

不过也不是每个人都有王舜这种体谅白柳的心情，大部分的观众都是薄情且现实的，白柳这个主动寻求合作，结果被牧四诚背刺的操作让一些对他怀有期望的观众十分失望。

白柳本来就被三个大神级别的玩家吸走了不少观众，剩下的观众原本就不多，加上他又接连发挥失误，虽然没有观众点踩，但是点赞的观众也屈指可数，这导致了白柳的小电视数据相当不好看。

新增 107 人赞了白柳的小电视，新增 161 人收藏了白柳的小电视，新增 0 人为白柳的小电视充电。

新增 120 人正在观看白柳的小电视，和上次游戏视频数据相差过大，玩家白柳即将从"多人游戏专区"下降至"坟头蹦迪区"，请玩家白柳认真游戏！

坟头蹦迪区对玩家白柳的欢迎标语：Yo ～你的表现就像是在死亡线条上反复横跳～ Yo ～拙劣得我想笑～ Yo ～坟头蹦迪区欢迎各位不想好好玩游戏的玩家，为各位玩家倾情准备高级八心八砖坟头形状小电视作为各位玩家蹦迪的场所！

和这个形成鲜明对比的是牧四诚的小电视，这个背刺白柳偷东西的操作带来的节目效果让牧四诚的小电视数据瞬间暴涨，牧四诚的小电视紧跟着杜三鹦的小电视离开了分区，顺利进入中央大厅。

"坟头蹦迪区？"王舜看到这个区的名字脸色终于一沉，变得难看了起来，"只有上一次和这一次表现差太远的玩家才会进入这个区域，虽然白柳现在数据不算太好，但也不至于直接把白柳打到这个区吧！这才游戏开始多久！"

　　但很快王舜反应过来为什么白柳会被直接打入这个区了——因为不是这一次的表现太差，而是上一次的表现太好了。

　　系统评定白柳在……不认真游戏，也就是划水，因此对白柳做出了警告。

　　王舜在不赞同之余也不免有些哭笑不得，但无论再怎么不赞同，王舜也无力改变白柳要去这个"坟头蹦迪区"的事实，他心情沉重地收拾东西，以一种百感交集的心情往"坟头蹦迪区"去了。

　　跟着王舜走的观众也有，但更多的观众都皱着眉头唱叹一声就离开了白柳的小电视，转身就投入了其他大神的小电视。

　　王舜几乎是孤零零地来到了一片惨白的坟头蹦迪区，这里的小电视都头顶十字架，看起来就像是一个小墓碑，门口放着两个硕大的花圈，挽联从花圈两边掉落在地，挽联的一边是"万众瞩目之星"，另一边是"死无葬身之地"。

　　"坟头蹦迪区"的装修风格很像是放置骨灰坛的储藏室，里面盛放的小电视里的画面也是黑白色调的。

　　上面的玩家多半形容凄惨，配上黑白的色调看起来和遗照差不多，一看就不是什么阳间小电视直播区域，氛围非常阴间瘆人。

　　这里的观众数量也很少，大部分都是很焦急和很暴躁地在给小电视里的玩家加油，人人都是一副无法置信的恨铁不成钢的样子，和王舜现在脸上的表情差不多。

　　这也正常，因为"坟头蹦迪区"别称"新星陨落之地"，上一次数据太高这一次数据太差的玩家就会被系统判定不认真游戏，然后被发配到这个地方。

　　这里也算是游戏大厅的"冷宫"了。

　　被打入"冷宫"的玩家很多，但能离开"冷宫"的玩家，可谓是少之又少——因为玩家离开"坟头蹦迪区"的要求是玩家的小电视数据要在这个"坟头蹦迪区"里超越上一次的小电视数据，系统才会给你分配新的推广位让你离开。

白柳上次的小电视综合数据是十万多，王舜从进入游戏以来，还从未听说过有玩家能在"坟头蹦迪区"直播出超十万的数据，但如果白柳被困死在这个"坟头蹦迪区"，很容易直接掉进"无人区"，那可就再也爬不起来了啊……

和王舜现在的凝重心情不同，论坛上简直是看不惯白柳的底层玩家的狂欢——

**热烈祝贺被吹为明日之星的新人白柳喜提八心八砖的坟头小电视！**

**我急了我急了我急了——白柳到底什么时候掉进无人区！来押！我赌三个小时之后他就掉进去了！**

**我现在就想问问，之前狂吹这位白柳的那些人呢？是都去冷宫陪这位白娘娘了咩？之前不是屠榜夸白柳吗？现在出来对线啊！**

白柳对他身上这些腥风血雨一无所知，他现在面临更严峻的挑战。

车外的烧焦尸体疯狂地涌入了车厢内，他们，或者是它们以一种奇异的姿态伏趴在地，头往上仰着，一直贴到后背，脖子就像是被折断了一般，四脚着地疯狂地刨动着，好似一只只人面蜘蛛，焦煳一片的脸上露出各种很正常的表情。

好似一个正在麻木地刷着手机的正常乘客随着拥挤的乘客挤入地铁内，有些"乘客"没来得及跑掉，被后排涌入的"乘客"啪一声挤在了车窗玻璃上，瞬间就被挤成了一片血肉模糊的肉末，给白柳一种这辆列车正处于早高峰的错觉。

杜三鹦一个闪身躲开进来的一个尸体乘客，拍拍胸口心有余悸地道："这怪物速度和力度都好高。"他一边说着，一边给自己装备道具。

**系统提示：玩家杜三鹦使用道具"幸运的碰碰车"，移动速**

度 +1890，可以幸运地避开所有来撞击你的生物哦，使用时限 1小时～

杜三鹦瞬间坐进了一辆粉红色的有五彩装饰的碰碰车里，上面还有一些小马宝莉的图案，看起来非常幼齿，但瘦瘦小小的杜三鹦坐在里面竟然没有什么违和感。

杜三鹦对着白柳焦急招手："白柳，快上来，我开车带你跑！那群怪物要进来了！"

杜三鹦也不是随便救白柳的，他有种很强烈的第六感，这场游戏里白柳才是他通关的关键，所以无论如何，这个人不能死。

白柳表情还是淡定的，他婉拒了杜三鹦的帮助，也给自己装备了一个道具。

**系统提示：玩家白柳装备了道具"雕像的外壳"，防御力＋100，因为这是一件沉重的装备，玩家白柳的移动速度 -13。**

"噗！！"杜三鹦看到白柳穿了一件大理石的笨重盔甲外壳，压得整个人没站稳晃了下，一下跪在了地上，杜三鹦一下子喷了。

他脸都裂开了地对着白柳挥手，嘶吼道："白柳！你穿错道具了！穿成防御性道具了！这道具明显是降速度的啊！你快脱下来！"

白柳被几十斤重的大理石盔甲压得跪在地上，站都站不起来，不过说话倒是很有骨气："没穿错，我不脱。"

白柳这副尊容让杜三鹦小电视的观众一下全喷了——

"他这是干啥？！掉入坟头区之后的自暴自弃吗？"

"他应该不知道自己掉入坟头区了，不过在追逐战里背石头这操作也是值得被纳入迷惑行为大赏了……"

"我看小鹦鹉看得好心焦啊！！你快别救这傻缺了！管他跪着去死吧！你自己先跑吧！"

杜三鹦快急死了，他的预感疯狂地让他去救白柳："你有什么交通工具吗！加速度的那种！算了，你快把这个没有用处的盔甲脱下来！来不及了快上我的车！"

"这个盔甲有用处的。"白柳点击了个人技能，平静地说道，"我有交通工具的，你不用担心我。"

杜三鹦急得不行："你交通道具移送速度多少？！如果低于1890你还是坐我的车吧！"

"移动速度吗？"白柳点击了面板里的个人技能"旧钱包"，终于露出了一个有点奇怪的笑容，"大概是牧四诚的移动速度吧。"

杜三鹦惊了："超七千移动速度的交通道具？有这种道具吗？"

白柳背后燃烧的乘客以一种扭曲的形态奔跑着，无数燃烧的漆黑发干的手冒着火星和硝烟试图去触碰白柳的后背，火星飘过白柳白皙的面颊，他的眼神毫无波动。

在这种千钧一发生死存亡的时刻，白柳的双手却围成了一个喇叭，大声地，拉长声音地，懒洋洋地喊着："牧四诚，我需要你的帮助，help——！"

杜三鹦蒙了："？？？"

牧四诚刚刚不是才偷了你东西走了吗！为什么你要向牧四诚求助？！怎么想牧四诚这人都不可能来帮你的吧！

杜三鹦小电视的观众也是个个头顶问号，几乎已经被白柳的各种谜一样的操作震木了，不禁产生了一丝这家伙可能真的是个神经病的想法。

不然实在是无法解释白柳这些诡异的举动。

但更头顶问号的是牧四诚小电视的观众。

他们眼睁睁地看着愉悦逃离盗窃现场的牧四诚在听到了一声"牧四诚，我需要你的帮助"的声音之后，脸色猛地一变，好像是被什么东西勒住了前进的步伐，一下顿住停在了原地。

**系统提示：因玩家白柳发动了个人技能，玩家牧四诚必须配**

合玩家白柳的一切行动。

现在，玩家白柳要求你倒转回去，如他所愿的一切，倾你所有地帮助他，带他离开危险之地——

"操你妈的！！！"牧四诚脸色漆黑，仿佛被操控了一般僵直地倒转身体回去，开始往自己离开的那节车厢飞速地赶去，"操你妈的白柳！！！"

"你居然用个人技能操控了我！！！你这家伙的个人技能不是偷东西吗！！！"

牧四诚几乎把"白柳这个瘪三暗算我"的愤怒写在了脸上。

几乎在一个呼吸之间，杜三鹦眼看白柳就要被背后的怪物吞没，急得抓耳挠腮，而白柳却只是微笑着垂眸，他穿着那件沉重的大理石盔甲，跪在地上仰着头微微张开了自己的双臂，好像在等着什么人来接他一样。

这举动看得杜三鹦又摸不着头脑又急又好奇："白柳，你穿着盔甲到底有什么用啊？！"

"这盔甲加防御。"白柳本来想耸肩，但却因为盔甲的外壳太沉重了耸不起来，"我怕我时速超七千的交通工具等下会因为生气揍我，所以先穿上，这样扛揍一点。"

"？？？"杜三鹦木了。

揍人的交通工具？！这他妈都是什么和什么啊！！

在杜三鹦都想爆粗口骂人的一瞬间，一道几乎快到看不清形状的人影就狰狞怒吼着抓住了白柳的衣领，把他一把扯起来："白柳——你这畜生——你对我做了什么——！！！为什么我被你控制了——！！！"

牧四诚用尽全力地往回一扯，白柳身后那些个已经张开口的烈焰乘客，以及那些手臂上燃烧起来的火球就恰好从白柳的眼尾扫过，白柳将将躲过，却还是被燎燃了一点眼睫毛。

白柳就那么眸光平静地抬起自己燃烧的睫毛，慢悠悠地眨了

两下把火眨灭了之后，很欠揍地微笑着："我只是向你求助了啊，牧四诚，我们不是说好了的吗？

"我向你求助，而你前来帮助我，这不是你答应过的事情吗？怎么能说是控制呢？这多见外。"

牧四诚阴沉着脸色扛着白柳往前跑了几节车厢，杜三鹦看着牧四诚状态好像不对，急急忙忙地开着自己的小碰碰车跟着往前走了。

牧四诚反手就把白柳像块破抹布一样砸在地上，表情暴虐地一只脚踩在白柳的脖子上，牧四诚双眼赤红，呼吸急促，胸膛剧烈地起伏着，他额头上的青筋都暴出来了，抓住白柳衬衫领口的手臂也暴出了青筋。

牧四诚恶笑着，低着头凑近直视自己脚下的白柳的眼睛，从牙缝里挤出这几个字："很好，白柳，你真牛。"

"我这辈子，最讨厌别人控制我。"牧四诚咬牙切齿地，让人毛骨悚然地笑着，"你真的惹到我了。"

说着牧四诚一拳砸在白柳的身上，白柳身上的那件大理石外衣好似风干的石膏般，缓慢碎成一块一块，掉落在地，白柳的嘴角也渗出鲜血来，但他还在笑，好似早有预料牧四诚会挥出这一拳。

**系统提示：玩家白柳的盔甲因抵挡了玩家牧四诚的一次击打而彻底损坏，无法修复，玩家白柳生命值因为受到攻击下降至 40。**

"你确定要杀了我吗？"白柳张开满是鲜血的嘴唇，笑着问，"我对你用的这个技能是可以捆绑我和你生命值的控制技能，我死了，你说不定也会死，牧四诚。"

白柳这就是在诈牧四诚了。

控制技能的确有很多是捆绑被控制的人和操纵者的生命值的。

牧四诚收敛了脸上所有表情，他深吸了好几口气调整了一下呼吸，眸中惊涛骇浪，牙都要咬断了："这次游戏之后，我会找到解除我们关系的办法，然后杀了你的，白柳。"

白柳微笑，他知道自己诈成功了："那是之后的事，现在呢？"

牧四诚和好像一切都在掌握之中的白柳对视几秒之后，没忍住骂了一声："真想直接操死你这个狗逼！"

骂完，牧四诚扫了一眼又跟上来的那些焦黑的尸体，他一把扯起白柳的后领子，面带着寒意地往前飞快跑了。

**系统提示：玩家牧四诚使用技能"盗贼的潜行"，移动速度+7000，因携带玩家白柳（重量 57kg，轻伤中），速度下降——最终移动速度 +6900。**

杜三鹦已经看傻了，他呆呆地望着牧四诚离开的背影，又看了看地铁上白柳那件被牧四诚一拳砸碎的盔甲，自言自语："所以说，白柳说的那件移动速度超七千，会揍人的交通工具，是牧四诚吗？"

杜三鹦一向靠着幸运值通关，是从来没有见过白柳这种不择手段把玩家当成交通工具的凶残玩法的天真玩家，看着牧四诚提溜着白柳咬牙切齿离开的背影，杜三鹦没忍住打了个寒战。

怎么回事，这种好像预见了自己和牧四诚一样被白柳利用的工具人未来的恶寒感。

太可怕了，这家伙，他不怕自己被牧四诚一气之下打死吗？还能那么冷静地说自己的交通工具喜欢揍人，牧四诚刚刚可是真的动了杀心的……

心灵受到极大震撼的杜三鹦痴痴呆呆地开着自己的小马宝莉碰碰车，跟着白柳他们的脚步往前走了。

同样心灵受到极大震撼的观众陷入了长久的凝滞中，好几分钟，所有人都在沉默地看着小电视，似乎并不知道该说什么，似乎说什么都是对几分钟之前嘲讽白柳的自己的打脸，过了有一会儿，才有观众尴尬地咳了两声，装模作样地出声道："这个白柳，有两把刷子嘛，哈哈哈哈……"

"……何止是两把啊……"有人心情无比复杂地附和，"他居然控制了牧神，这可是当初提线傀儡师倾尽了整个国王公会的力量都没有办法做到的事情……"

"这家伙的个人技能和提线傀儡师一样吗？都是控制玩家？？"

"应该是，这下有的看了，两个有操纵技能的玩家打擂台，虽然提线傀儡师那边三个傀儡，但这边牧神也成了白柳手里的傀儡了，四对二。虽然我还是觉得还是傀儡师赢面更大，但是白柳这一手操作太厉害了，赢面扳到四成了……"

"可怜牧神，躲得过初一没有躲过十五，终究还是做了别人手下的傀儡。"

"我想去看看白柳的小电视，牧神视角好多东西都不清晰啊……"

"我也去白柳那边看看……他在坟头蹦迪区对吧？可惜了，他这手操作早一点出来，也不会掉到坟头区……"

牧四诚的观众不断往白柳那边转移着。


渐渐有观众涌到"坟头蹦迪区"，人群渐渐簇拥在白柳的小电视旁边，但这都没有吸引王舜的注意力。

王舜只是专注看着小电视里的白柳，愣怔了两秒，他也记得，白柳的个人技能不是偷东西吗？

最终王舜有些心惊地摇摇头——难道从那个时候白柳就开始布局骗牧四诚了？为的就是让牧四诚降低警惕以为白柳的技能是偷东西，然后好控制他？

白柳如果是别的个人技能牧四诚都会有所提防，唯独偷东西这个个人技能，牧四诚是绝对不会提防的。

——因为牧四诚是这个游戏里"偷盗技能"判定最强的盗贼，牧四诚曾经从黑桃的手里偷到过东西，可以说是无敌的盗贼了。

　　但白柳却一次又一次地从牧四诚这个最强盗贼的手里偷到了东西。

　　第一次是精神漂白剂，第二次是体力恢复剂，第三次是牧四诚整个人都被白柳偷走了。

　　第四次——王舜的目光在他面前越来越多的观众身上聚焦，他心情无比复杂——白柳还从牧四诚那边偷走了他的观众。

　　新增 1776 人赞了白柳的小电视，新增 2006 人收藏了白柳的小电视，新增 345 人为白柳的小电视充电，玩家白柳获得 345 积分。

　　新增 2004 人正在观看白柳的小电视，玩家一分钟内获得赞超一千五，玩家白柳终于认真起来了！

　　Yo ～你的表现恢复正轨～ Yo ～我的惩罚不会推诿～ Yo ～直到你会一直飞～ Yo ～

　　距离玩家白柳离开"坟头蹦迪区"还需 47294 个玩家点赞，50860 个玩家收藏，14724 点积分充电。

　　…………

　　牧四诚在整辆车来回跑了不知道多少遍，一直到到了新站台，这堆"乘客"全部下车才有喘息的机会，他仰躺着给自己灌体力恢复剂，擦了擦汗湿的面颊上粘着的头发，面色阴沉不善地扫了一眼同样在歇息的白柳。

　　"白柳，你是不是早就猜到了我的个人技能是偷东西？"牧四诚做出了和王舜同样的猜测，"你之前用偷我的东西诱导我，让我以为你的技能就是盗窃，降低我的警惕性。"

　　"之前你在游戏登入口也是故意假装没有猜对我的技能，随口胡说我的技能是五感强化，其实你他妈早就知道我的技能是盗窃了，对吗？"牧四诚目光如电，他冷静地直视白柳。

　　"是的。"白柳供认不讳。

　　牧四诚深吸了一口气，他死死盯着白柳："你什么时候知道的？"

　　个人技能这种东西，在论坛上大家是心照不宣不会大肆讨论的，因为暴露个人技能会得罪人，除了傀儡师这种需要招聘玩家把自己的技能摊开在明面上的情况，其他玩家的个人技能大家都不会明面上讨论。

　　白柳一个新人，唯一知道个人技能的方法就是购买牧四诚的游戏视频来看。

　　但玩家的技能面板对观众是不开放的，也就是观众是看不到玩家具体的技能是什么的，白柳如果要知道他的个人技能，只能靠多次购买牧四诚的视频猜测他的个人技能是什么，或者是和其他老玩家线下讨论。

　　但白柳根本就没有购买过牧四诚的视频，而且在白柳上次登出和这次登入间，都是牧四诚最先找到他的，他根本没机会和其他知道牧四诚技能的玩家讨论！

　　这家伙为什么会知道他的个人技能是什么？！

　　白柳："我登出《塞壬小镇》遇到你的时候，就知道你的技能是什么了。"

　　牧四诚无法置信地看着白柳："从《塞壬小镇》登出的时候？！几乎是你一登出我就找到你了，你不可能有时间知道我的技能是什么！"

　　"我刚开始的确就是想骗你一瓶精神漂白剂，没想到要布局套你。"白柳揉揉鼻子，"是你的反应暴露了你的个人技能是盗窃的，而且你自己不是说你是新星榜第四吗，实力看着还挺好的，所以我心想你来都来了，不对你做点什么我好像有点吃亏，于是我就顺水推舟……"

　　神他妈来都来了，不做点什么有点吃亏，这货是葛朗台吗，雁过拔毛？！

　　牧四诚被气得胸膛都起伏了一下，十分不服地质问："我的反应怎么暴露我的个人技能了？"

白柳转头看着牧四诚：“因为在我‘偷’到你的精神漂白剂之后，你的第一反应就是我的技能就是盗窃。”

“不然呢？”牧四诚无语，“还能有别的技能可以直接从我的系统仓库里拿走东西吗？”

白柳平静提示：“可是你是知道在系统大厅里是明确禁止盗窃的，但在我第二次拿到你体力恢复剂的时候，你的反应还是执着无比地认为我的技能是盗窃，我觉得正常的玩家都会换个思路去思考我的个人技能了，比如我可以操控你赠送我东西，但你没有。”

“你甚至到我进入游戏之前，都没有改变过我的技能是盗窃这个观念。”

牧四诚一愣。

白柳扫了牧四诚一眼：“这是你下意识的反应——这说明你潜意识里对盗窃这件事有很强的执念，个人技能是和欲望挂钩的，所以我就猜测你的技能，多半是和盗窃挂钩的。”

“操。”牧四诚脸色难堪地打断了白柳的话，“就算你从那么早的时候就想操控利用我，但你根本不能百分百保证我下一次会跟着你进游戏，如果我没有跟着你进入游戏，你这些铺垫就都打水漂了！”

“我的确不能百分百确定你会跟着来。”白柳很坦然地承认了，“但我大概有百分之八十的可能性确定你会跟来。”

白柳抬眸：“因为我身上有你想偷的东西，‘人鱼的护身符’，不是吗？”

牧四诚呼吸一滞。

“我之前还觉得很奇怪的一点，就是你为什么会来游戏登出口找我。”白柳继续说道，“你是这个游戏里实力相当不错的玩家，就算是对我的个人技能好奇，也不至于在亏损了不到 2000 积分之后还一直黏着我。”

白柳抬眸：“你又不是傻子，无利不起早，我身上一定是有什么你想要的东西，并且你有很强的自信可以得到，所以你才会

在我一登入游戏就来找我，确认我把这件你想要拿到的东西带在了身上，用你们盗贼界的行话叫作……踩点，对吧？"

牧四诚这下脸色终于全黑了："你早就知道我想偷你身上的'人鱼的护身符'了？你用这个东西来钓我上钩？"

白柳换了种委婉的说法，他和蔼地笑笑："怎么能叫钓你上钩呢牧神，我主要是向你寻求合作，这个东西就当是我送给你的礼物，你看，我现在可以操控你了，我也没叫你还给我不是吗？"

白柳睁眼说瞎话的本事登峰造极，其实他不能操控牧四诚还给他那个"人鱼的护身符"，目前白柳和牧四诚的技能还真的就是合作，白柳是无法强制让牧四诚做一些事情的。

但牧四诚听了这话之后脸色却稍微好转一点了，白柳没有让他还，至少说明白柳此人不像是傀儡师那种把自己手下傀儡抽筋扒皮不顾生死的用法，他暂时是安全的。

牧四诚不再和白柳这个气得自己肝疼的玩家说话，他打开了自己的面板看了一眼。

### 玩家牧四诚的个人面板

生命值：94（被火焰灼烧后下降）

体力值：30（耗空，正在恢复中）

精神值：75（因被乘客攻击而轻度异化）

如果是牧四诚自己跑，体力下降根本不会这么严重，而且也不会被那群怪物不小心烧到，都是因为带了一个白柳，为了维持原来的速度，他使用技能耗费的体力几乎翻了几倍。

牧四诚现在不清楚白柳这家伙对他的控制到了什么程度，他不敢轻举妄动伤害白柳，但这不妨碍牧四诚言语上讽刺白柳："你被我提着跑，体力居然都消耗完了，你面板属性弱成这样，你本来早该死了。"

"这不是有牧神对我伸出援手，我没死吗？"白柳还是悠悠哉哉地回道，他打开了面板，"大难不死必有后福，我们触发第一个怪物书了。"

**《爆裂末班车怪物书》刷新——爆裂乘客（1/3）**
怪物名称：爆裂乘客
特点：移动速度极快（1000 点的移动速度，火焰有加成效果）
弱点：？？？（待探索）
攻击方式：烈火灼伤（被灼伤后生命值和精神值都会下降）

"触发第一个怪物书有什么用？"牧四诚嗤笑一声，仰头喝干了体力恢复剂，"你该不会想在《爆裂末班车》这种二级副本里集齐怪物？白柳我告诉你，就算是我这种等级的玩家，都不敢在完全没有任何人通关的二级游戏里去集齐怪物书。"

"凡事总有第一次。"白柳总是有气死人不偿命的本事，他闲散地一笑，"这次不是有我吗？牧神要不试试集齐？我们合作嘛。"

"合作"这两个字一出，白柳几乎就是明面威胁牧四诚说要强制控制他帮助自己集齐怪物书了。

牧四诚只感觉心头好不容易沉下去的怒气再次上涌，他深呼吸两口气调整自己的心跳和呼吸，免得自己被活活气死："你他妈面板生命值都要清零了还想着集齐怪物书，真是要钱不要命。"

白柳受之无愧："你说得对，我就是这种人。"

牧四诚："……"

牧四诚说得没错，白柳的面板属性比牧四诚 A 级的属性面板凄惨多了——

**玩家白柳的个人面板**
生命值：31（被玩家牧四诚攻击以及火焰灼烧后下降）
体力值：8（耗空，正在恢复中）
精神值：90（因被乘客攻击而轻度异化）

牧四诚深呼出一口气，他平静了一下自己的憋闷的心情，现在他和白柳绑在一艘船上，他勉强保持冷静和白柳说道："精神值下降的后果你已经体验过了，可能你还意识不到生命值的重要性，我和你说一下生命值下降的后果。"

"生命值是唯一一个玩家在游戏里无法自动恢复的属性，你清零就是死亡，用什么道具都没有办法恢复，听着白柳，你现在生命值只有 31 了，已经很危险了，这个二级副本里随便一只怪物多弄你几下你就死了，我劝你最好不要想着去收集怪物书。"

白柳没说好或者不好，他岔开了话题："那碎镜片我们总是要收集的。"

牧四诚闭眼休息恢复体力没有搭话，白柳继续分析："这个游戏看来是一个站同时上下乘客，上乘客的时候我们就要面临追逐战，下乘客的时候，乘客一走完地铁门就会关上，如果说列车上没有任何镜片，镜片在列车外的地铁站上，那我们只有一个机会可以搜寻镜片。"

白柳若有所思："那就是乘客上车的时候，我们要趁它们上车的时候去地铁站上搜寻碎镜片，并且要在车门关闭之前回来，不然我们就要在地铁站里和那些'乘客'待在一起了，我觉得那个什么傀儡师，应该在我们刚刚追逐战的时候去地铁站搜寻过了。"

"你怎么知道？"一直躲在角落里的杜三鹦终于好奇地问了一声。

他算是几个人当中状态最好的了，虽然他那辆小碰碰车已经满身血污，小马宝莉的脸上糊满了各种焦黑的肉末，但杜三鹦本人没有受到任何伤害。

"因为我们刚刚追逐战的时候在整辆车里来回跑，并没有遇到过其他人。"白柳靠在墙上擦了擦自己脸上的汗水，"如果不是每次都那么巧和这位傀儡师擦肩而过，那就是这位傀儡师在我们被追着跑的时候，根本不在车上。"

"啊——！"杜三鹦有点焦急，"那提线傀儡师岂不是可以很快收集完镜子碎片，然后通关？"

"这个嘛，我觉得可不一定。"白柳掀起眼皮看了杜三鹦一眼，"我觉得他很可能没有在站台上找到碎镜片。"

杜三鹦一愣："为什么你会这么觉得？"

"因为如果我是他，我在确定了碎镜片在站台上之后我只会做一件事情，"白柳竖起食指比出一个"1"，目光沉静，"那就是来找我们。"

"为什么如果确定了碎镜片在站台上，就会来找我们啊？"杜三鹦越听越迷糊。

"地铁站的停靠时间只有两分钟，我勘察过这个地铁站的面积，傀儡师要在这两分钟之内搜索一个站台再回到列车上是不可能的事情，就算傀儡师有三个牧四诚那种速度的傀儡也不可能。"

牧四诚听到这里咬牙摩擦了一下。

"因为找东西是需要时间、需要搜寻，和速度没有太多关系。"白柳面不改色地继续说，"这条 4 号地铁线有十一个站台，除开我们上车那个起点终点站'古玩城'，这条线还有十个站台。"

"刚刚我们从出发到第一个站台就已经花了三分多钟，加上停靠的两分钟，每个站台花费的时间大概是五分多钟，走完一条线十个站台就是五十多分钟，倒计时只有一个小时，证明很有可能这条 4 号线在爆炸前我们只能走一次，也就是说，如果碎镜片在站台上，我们有且只有一次搜查站台的机会，但傀儡师的三个傀儡根本无法在两分钟内搜完整个站台。"

"所以他会来找我们。"白柳下了结论。

杜三鹦听得两眼变蚊香："为什么啊！！"

白柳你刚刚说的最后一句话和你的结论根本衔接不起来啊！

三个傀儡没办法在两分钟内搜完整个站台，然后傀儡师就会来找我们！为什么啊！我们又不会帮这个傀儡师搜站台——等等！

杜三鹦猛地清醒过来，他有些愕然地看着白柳。

"因为他缺人。"白柳看向摇晃的列车空荡的尽头，"在确

认关键线索的确是要去站台上找碎镜片之后，他一定会想方设法地把我们都变成他手下的傀儡。”

　　“但在确认关键线索之前，他应该不会轻举妄动来找我们。”

　　“主人，碎镜片不在站台上。”李狗极为小声，姿态恭敬到了如履薄冰的地步，“我们三个没有办法搜完整个站台，只是按照您说的搜寻了大部分的靠近地铁轨道的地方，的确是没有的。”

　　“一个碎镜片都没有？”张傀那张木偶脸上眼睛眯成一条细长的墨缝，“奇了怪了，这个游戏应该可以在站台上搜寻到碎镜片才对，是因为没有全部搜完吗？”

　　李狗小声说：“只有站台上面没有搜了，但上面那种燃烧的乘客太多了，我们根本上不去。”

　　“我知道，我站在门边操纵你们，我长了眼睛能看到。”张傀不耐地挥手，他手指上牵动着透明丝线，让李狗瞬间就跪下了，“我在想我们下一步的计划，不要打断我！”

　　李狗咬牙等了一会儿，看张傀似乎是从思绪中抽出来了，又忍不住小声提议：“主人，如果游戏暂时没有思路，为什么我们不先对白柳他们动手？”

　　李狗因为那个推广位的事情一直对白柳耿耿于怀，但白柳之前崭露头角，要是他单独一个人可能还不会选择对白柳出手，但是现在他背靠大树，恰好这“大树”对白柳也十分不满，他要是不顺水推舟做掉这个抢了自己推广位的小贱人，那就是心胸过于宽广了。

　　要不是白柳上次抢了他的推广位，他早就集齐出狱需要的所有道具的积分，现在已经在外面快活了！

　　李狗真是一分一秒都不想再待在那个监狱里面！

　　“在我明确镜片到底藏在什么地方之前，不要随便对白柳这个人下手。”张傀居高临下打量李狗的眼神就像是在看一个愚不可及的蠢货。

"对他下手就要起冲突，他们那边有个牧四诚，和我有仇，起冲突的话一定会来当搅屎棍给我添堵，我们这边一定会有损耗，我们游戏通关的难度会提升。这可是个二级游戏，确保游戏通关才是第一位的，在知道游戏的关键线索之前，我们不要轻举妄动，先确保游戏通关再去做这些附带的事情，不要本末倒置。"

李狗咬咬牙，低声应和："是的，主人。"

隔了一会儿，李狗又很不甘心地问道："那主人，碎镜片不在站台上，也不在列车上，那会在哪儿啊？"

"等等，"张傀好像突然想到了什么，脸色一变，"该不会在……"

"牧四诚，你有尝试过去偷怪物身上的东西吗？"白柳挪了挪，凑近了牧四诚问道。

牧四诚不耐地推开凑过来的白柳："不可能，我可以偷玩家身上的东西，黑桃的我都偷过，但怪物身上的不行的。"

"为什么？"白柳托腮深思，"是系统判定无效无法偷到吗？还是……？"

牧四诚斜眼瞟了白柳一下："我不知道你有什么花花肠子，我直接告诉你吧白柳，我的确可以偷到怪物身上的某些物品，但是偷到之后那个怪物的仇恨值会一直锁定在我身上，我会被一直撵到游戏结束。就算是在一级游戏我也很容易死亡，更不用说在二级游戏了，如果你还要用我，最好就不要拿我来做这种一次性的蠢事。"

"仇恨值啊……"白柳陷入思索，他手指有一下没一下地拨弄着自己手上的硬币，突然抬眸看向角落里正在吃饼干恢复体力的杜三鹦。

白柳眼睛眯了眯，露出一个很像是大灰狼欺骗小红帽的和蔼微笑："杜三鹦，你玩过大型网游吗？"

小红帽杜三鹦嘴角还沾着饼干屑，迷茫地张嘴"啊"了一声之后，老老实实地回答了大灰狼的问题："玩过。"

"知道仇恨值转移这种玩法吗？"白柳转身蹲着又凑近了杜三鹦。

杜三鹦不知道为什么脖子后背有点发凉，往后挪了一点，吞了一口唾沫，缩着脑袋小小声地说道："知，知道一点，就 OT 什么之类对吧？"

"是的！"白柳打了个响指，笑得越发和善，"就是比如牧四诚去偷了一个怪物的东西之后，这个怪物的仇恨值锁定在他身上了，我就攻击这个怪物，直到这个怪物把仇恨值转移到我们身上，我们把怪物吊走，方便牧四诚偷东西。开火车知道吧？吊一长串怪物在我们背后——"

"等等！"杜三鹦完全没有注意到白柳的用词已经从"我"变成了"我们"，他有点结巴困惑地打断了白柳的话，"这不是一个收集向的游戏吗？这和网游和开火车、仇恨值之类的有什么关系？我们的主要任务不应该是找碎镜片吗？"

"对啊。"白柳抬眸，他摊手道，"你觉得碎镜片不在列车上，也不在站台上，还能在什么地方？"

杜三鹦越发茫然："……还能在什么地方？"

白柳勾起嘴角："我之前就觉得碎镜片在列车外的可能性不大，因为镜子是在车厢内爆炸的，不太可能在站台上。如果车厢没有，那这些碎镜片有没有可能因为爆炸，飞溅嵌入了乘客的体内呢？"

杜三鹦："……"

牧四诚："……"

草（一种植物）！！

"所以——"白柳状似无辜地看向牧四诚，"牧神，看来你还是得试试偷点这些非人类的东西了。"


"距离下一站六角大道还有一分钟，请要下车的乘客做好下站准备。"广播女声甜美清晰地播报着，"下车乘客请勿在车门拥堵阻碍上车乘客上车，先上后下——"

牧四诚脸色黑如锅底，他握了握他的手，侧头扫了一眼和杜三鹦一起坐在那辆小马宝莉车里的白柳："白柳，要是你没有办法转移仇恨值怎么办？这些怪物的仇恨值要是一直锁定在我身上，我很容易死亡的。"

"你不是有我的'人鱼护身符'吗？"白柳不疾不徐地说，"你还可以靠这个道具瞬移逃跑一次，我们这次只是试试，万一不行再说。"

"你他妈该不会让我从你手里偷这个道具就是为了用在这里吧？！瞬移了有个屁用！"牧四诚爆了粗口，"怪物的仇恨值会从头到尾地锁定在我身上，只要见到我就会追。"

杜三鹦心情复杂地看着白柳："白柳，那碎镜片真的在乘客身上吗？那这游戏也太……"难了点。

"如果碎镜片真的在乘客上，"牧四诚给自己换了一个加速度的腕带，一边揉捏着手腕一边嗤笑，"那这游戏难度估计在二级游戏里都不算低，白柳，你挑游戏的眼光可真不错。"

"我应该有把握转移仇恨值。"白柳说，"我有一个判定很强的攻击武器，就是这武器有点费体力，哦对说起这个——"

白柳好像突然想起了什么似的，他从自己的兜里掏出了 1000 积分，递给了正在发蒙的杜三鹦，"等下我会不断地购买体力恢复剂，估计我这边的体力恢复剂会涨价，你帮我拿着点，如果你那边没有涨价，就你帮我买。"

"哦哦哦。"杜三鹦注意力正在车门外呢，情绪上也因为要开始作战紧张得不行，白柳这么一打岔他虽然一头雾水，但还是下意识接过了白柳给他的积分，"我帮你买体力恢复剂是吧？好的。"

同一玩家大量购买同种物品的确是会拉升玩家商店里该物品的单价。

在杜三鹦接过积分的一瞬间，白柳突然笑眯眯地拍了一下杜三鹦的肩膀："在这个游戏过程中，我们要好好合作，该帮我的

你要帮哦，杜三鹦。”

杜三鹦手上拿着白柳给的 1000 积分，蒙蒙地点了个头："好，好的。"

**系统提示：玩家白柳使用 1000 积分和玩家杜三鹦达成了代购体力恢复剂以及合作关系，玩家白柳需要帮助时，玩家杜三鹦应及时给与帮助。**

"列车已到站——"

牧四诚冷面看着车门外等候着的焦黑尸体，或者说乘客们，他心浮气躁地啧了一声，把他头上戴的那个猴子耳机往下一压，牧四诚整张脸就变得像个猴子一样，眼中冒出刺目的红光，獠牙从嘴唇里冒出，双手变成了细长紧实的黑色猴爪，指甲尖利无比，脖子上还能看到淡黄色的粗硬毛发从牧四诚的领口冒出来，一根黑白相间的尾巴从裤子里探出卷成一个问号形状。

**系统提示：玩家牧四诚使用个人技能"盗贼的全副武装"。**
**系统提示：玩家牧四诚个人技能身份形态变化——进入"盗贼驯养的卷尾猴"状态。**

白柳反身站在车上，脚踝被杜三鹦用碰碰车上的安全带绑着，防止被甩下去。

他从自己的腰间缓缓抽出了一根雪白的骨鞭，抖动手腕轻轻使用适应了一下，目光专注地看着牧四诚。

白柳做事情的时候注意力一向非常集中，但在他需要更加集中注意力的时候，这种集中可以到达一个匪夷所思的地步。

杜三鹦在白柳下沉身体开始盯着牧四诚之后，几乎听不到白柳的呼吸声，他整个人都沉浸在了一种近似于物体的不动状态里。

聚精会神和全神贯注这种简单的成语都不足以形容白柳的专

注，杜三鹦怔怔地看着瞳孔缓慢收缩，近一分钟没有眨眼的白柳，杜三鹦一瞬间觉得自己的车上站着的都不是一个人类。

而是一台正在瞄准攻击对象的精密武器。

车门缓缓打开，烧灼的风和张牙舞爪的黑色燃烧尸体冒着火星冲入了车厢内，牧四诚一只手和一只脚挂在吊环上，他看着这些扑面而来的尸体，就算是维持着表面的镇定，温度的迅速攀升也让牧四诚的汗从鬓角滑落而下。

高温迅速地扭曲了所有人的视野，连列车的胶质门框都在进入的乘客的触摸下融化了，牧四诚深吸一口气，他缓慢活动了一下自己颤抖的猴爪。

看着这些在烈焰中燃烧翻卷哀嚎逃脱不能的乘客，无法遏制的恐惧侵袭了牧四诚。

如果白柳的推测是错误的，如果这些怪物身体里根本没有碎镜片，如果白柳根本无法转移仇恨值，如果白柳只是想利用他验证一下自己的想法……

假如白柳的计划有任何一环出现了错误，最先死的玩家，就是他这个直面怪物的。

这些在烈火中燃烧，死不瞑目的乘客就是牧四诚未来的样子。

牧四诚的心中出现了无数的质疑、焦虑、畏惧，甚至杀意和绝望，所有的情绪在他心中火焰一般地翻滚交叠，浓烈得让他呼吸不畅，在生死和永不停息的烈焰焚烧的痛苦面前，牧四诚在动摇着，他的猴爪微不可察地发颤。

或许在这个场景面前，没有人能不动摇，白柳那样的为了钱不顾一切的怪物除外。

但他已经没有退路了，白柳掌控了他，要他死他就必须死。

"牧四诚，"白柳忽然出声了，他眼睛呈现一种无机质的冷静，语气淡然无波，"你是我手中最有用的牌，你太有价值了，我不会让你死的，你会活下来。"

"所以不要犹豫，做你该做的事情，剩下的交给我。"

牧四诚隔着浓烈的硝烟、飞舞的火星、成群的尸体和白柳对视了一眼，整个车厢都陷入了无法扑灭的火焰中，"乘客"凄厉翻滚的哀嚎充斥在他们耳边，黑色的尸体在火浪火海里狰狞地伸出四肢。

他们好像身处必死无疑的焦尸烈火战场中央，而白柳这一句话仿佛贪婪残忍的主将蛊惑士兵为他冲锋陷阵，为他赢取更多利益。

但离奇的是，牧四诚居然真的荒唐地被鼓舞了。

他在那一瞬间看到映在白柳无波无澜眼睛里的自己和跳跃的火舌，牧四诚居然真的觉得白柳不会让自己死。

"啧。"牧四诚转身忽然一笑，他深吸一口气平复鼓噪的心跳声，"如果我死了，白柳，我做鬼都不会放过你的。"

在这句话说完的一瞬间，牧四诚眼中的红光暴涨，他头上猴子耳机刺耳的笑声响彻车厢，牧四诚的尾巴勾在车厢里的吊环上，飞快地靠着手脚移动着，一边移动一边用一种人眼几乎看不见的速度去触碰这些怪物，猴爪飞快地插入一个又一个烧焦的尸体，又飞快地拔出，带出碎末和黑灰，杜三鹦几乎看不清牧四诚的全部动作，只能看到残影。


**系统提示：玩家牧四诚被火焰烤伤，生命值 -1，精神值 -1**
**系统提示：玩家牧四诚被火焰烤伤，生命值 -1，精神值 -1**
…………


汗液从牧四诚的耳后滴落下来，滴在车厢的铁地板上，发出烧红的烙铁浸入冷水之后的嗞嗞声，在牧四诚下降了五点生命值之后，终于，系统的提示音变了。


**系统提示：玩家牧四诚获得碎镜片（1/？？？？），恭喜玩家牧四诚成为游戏中首位获得碎镜片的玩家！**

一颗大约三克拉钻石那么大的碎镜片被牧四诚滚烫的黑乎乎的猴爪用两指捏着，散发出晶体晶莹莹润的光泽。

牧四诚没忍住吹了声口哨，转头看向白柳笑骂道："到手了，你猜对了，妈的，这坑比游戏，碎镜片居然只有这么一点大，我差点就错过了，你知道我抓这个东西多费力吗？"

"不过，现在才是硬仗的开始。"牧四诚看着那些被他袭击过后的"乘客"摇摇晃晃地站起，那一双双被火焰烧得近似于融化的眼珠子死死地盯着他，身上燃着火焰飞速向他攀爬而来。

**系统提示：玩家牧四诚盗窃了 5 位乘客的东西，乘客很愤怒，他们决定抓住这个卑鄙的小偷，狠狠地惩治他。**

牧四诚一个侧身上升身体，贴在吊环上躲开一个"乘客"伸过来的手，但另外四个乘客迎面就对他扑了过去，他青筋暴出地大吼道："白柳——！！！引开他们！！"

白柳站在一辆粉红色的碰碰车的车头，单手执骨鞭，热风灌入白柳有些宽大的白衬衫，吹得衬衫猎猎作响鼓胀起来，从领口里逸出来的风拂开白柳额前的发丝，露出白柳专注到不可思议的眼神。

他一个抖腕，鞭子腾空而起，分毫不差地打在了要抓住牧四诚的一个"乘客"的手背上，发出"啪"一声清脆的响声。

**系统提示：玩家白柳使用"塞壬的鱼骨"抽打了乘客，目标仇恨值转移，他决定抓住白柳这个顽皮的玩家，狠狠地惩治他。**

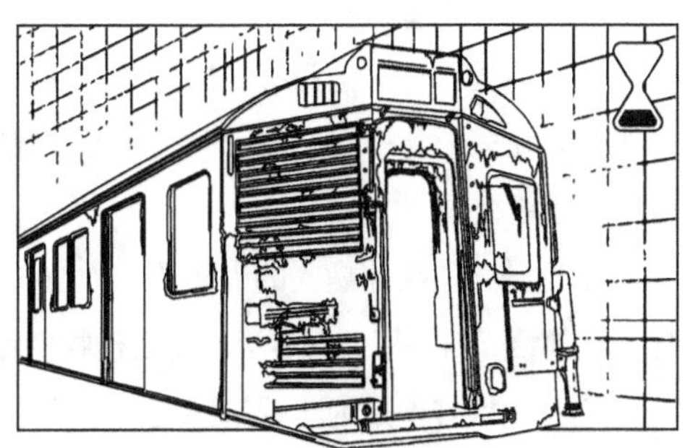

# CHAPTER 13

  抽完这一鞭子，白柳被鱼骨这个高等级道具耗空了体力条，他一个喘息脚一软半跪在了车盖上，脸色惨白，汗液湿透了他的衬衫。

  **系统提示：玩家白柳因使用道具"塞壬的鱼骨"体力值下降80，请玩家白柳及时补充体力！避免体力耗空无法行动！**

  那个被白柳抽打的乘客喉咙里发出疼痛的哀吼声，靠着一根烧焦的神经固定在眼眶里的眼珠子晃动着一转，立马转身四肢贴地飞快地朝着白柳跑过来了。

  白柳仰头喝完一瓶体力恢复剂，眼神平静地又是反手一鞭抽在了另一个正准备袭击牧四诚的"乘客"上，他嗓音嘶哑："第二个。还有三个。"

**系统提示：玩家白柳使用"塞壬的鱼骨"抽打了乘客，目标仇恨值转移，他决定抓住白柳……**

一鞭又一鞭，白柳大多数时候是嘴里含着一瓶体力恢复剂再用眼角余光瞄准乘客抽鞭子，体力的迅速抽空又补充让白柳的状态下降得肉眼可见。

他一张脸雪白，浑身都在出冷汗，握着鞭子的手腕抖得非常厉害，人在车上几乎立不住，只能靠着那根绑在他脚踝上的安全带勉强固定在车上。

就这种宛如绝症病人的虚弱状态，白柳居然还是鞭无虚发，每一鞭都恰好打在了"乘客"准备袭击牧四诚的手背上。

而且白柳好像是为了保持判定，他几乎每一鞭抽打的位置都是相同的。

杜三鹦几乎都看呆了。

太强了……现在新人的素质都这么离谱了吗？！

杜三鹦很想知道为什么白柳可以做到像一个神枪手那样去瞄准，因为这家伙，虽然面板所有属性都在疯狂下跌，体力值更是长期在 0 左右反复横跳，换杜三鹦来，他这个时候已经神志不清像条死狗了，但是……

白柳凝聚在牧四诚身上的注意力，一丝一毫都没有分散过。

"第五个。"白柳整个人宛如从水里被捞出来，头发湿漉漉地贴在他额头上，眼珠子在汗水的浸透下越发地黝黑，其中只映着一个牧四诚，他笑着呼出一口气，"继续，牧四诚，计划有效，继续实施。"

他说完这句话体力就再次耗空了，双腿一软又浑身是汗，差点直接从车上滑下去，还是杜三鹦眼疾手快地拉住了白柳的脚腕把他拉了上来。

白柳仰躺在车盖上一边喘息一边又拿了一瓶体力恢复剂灌下去。

杜三鹦一边开着碰碰车在车厢内到处乱晃吊着后面的五个对着他们穷追猛打的"乘客"，一边担忧地看了一眼几乎连站都快站不起的白柳："白柳，你状态亏空太严重了！你要不要休息一下！"

"不用，列车快要开了。"白柳堪称残忍地对自己和牧四诚同时下了命令，他摇摇晃晃地撑在车盖上站起，眸光淡定，"继续，牧四诚你不要每一个乘客都去抓，这样你生命值下降太快了，你试着定位一下里面谁有镜片。"

"我也不想啊！！"牧四诚也很暴躁，他抓一个就会被火焰烫一下，生命值就会下降 1 点，这么多乘客他根本不可能每个人都去抓一下，那完全就是找死，"但我根本分不清他们当中谁有镜片啊！"

所有的乘客都是焦黑的一团，还在"嗞嗞"地燃烧，谁他妈能从里面找出只有几克拉那么点大的碎镜片啊！

"寻找赃物不是你这种盗贼最擅长的事情吗？"白柳这个时候居然还有心情调侃牧四诚。

他说话的时候第一次移开在牧四诚身上的目光，飞快地在一堆乘客里巡睃了一次，火焰蒸腾，灰烬飘散非常影响人的视线，白柳也无法大概地判定出到底谁有镜片。

无法从乘客身上下手推出结论，就从结果身上下手倒推。白柳目光又快速地挪动到跟在碰碰车后面那五个乘客，这五个乘客里有一个是被牧四诚找出了碎镜片的，白柳看得眼睛一眯。

五个被牧四诚抓过的乘客里面，有一个跑动速度比其他四个慢得多，火焰也小一截，好似无头苍蝇一般在乱晃，而这个就是牧四诚之前偷到碎镜片的那个"乘客"。

但之前白柳依稀记得，碎镜片还在这个乘客身上的时候，这个"乘客"移动速度要快得多。

"牧四诚，有碎镜片的乘客的弱点就是碎镜片！"白柳语速飞快，"这个碎镜片对这些'乘客'好像有加成效果，你找乘客里面移动速度快，火焰比较旺盛的抓，你的视角能看到谁移动速度比较快，火焰比较旺盛吗？"

"不行！"牧四诚吊在吊环上背部贴在车厢顶，他随手挥舞了一下面前飞舞起来的灰烬，眯着眼睛试图分辨下面红与黑交错的一团，无果。

牧四诚咳嗽着："我这里只能看到大火和一堆乘客粘成一团，我之前是盲抓的！"

说着，牧四诚突然用尾巴吊在吊环上，猛地下沉身体进入火焰中，咬牙伸手又抓了一个乘客。

**系统提示：玩家牧四诚被火焰烤伤，生命值 -1，精神值 -1。**

"停止，牧四诚，你不能继续抓了，你生命值下降得太严重了，再抓你很容易就会死了，而且你抓了五个只有一个是有效的，效率是百分之二十，你这次也很有可能是无效——"白柳几乎是在牧四诚的爪子插入的一瞬间鞭子就抽了过去，打开了那个试图袭击牧四诚的乘客。

牧四诚挑眉对白柳示意自己手中又偷到的一个碎镜片，咧嘴笑着打断了白柳的话："不好意思，这次是有效的。"

**系统提示：玩家牧四诚获得碎镜片（2/？？？？）**

白柳迅速抬头看向挂在吊环上的牧四诚："你能分辨？"

"完全掉进乘客堆里就能看出来。"牧四诚擦了一下自己脸上被烤出来的烟熏痕迹，对白柳挑眉露出了一个略有些肯定的笑，"你抽得很准，不然我不敢这么做，掉进去偷东西太容易被仇恨值锁定我的乘客反杀了。"

"我保证我每一次都抽得这么准。"白柳抬眸一笑，鞭子一挥做了一个请的手势，"你继续。"

牧四诚用尾巴吊在吊环上，就像是猴子捞月一样一次又一次地掉入火海和焦尸堆里，无数次和因为仇恨值锁定他所以要反咬他一口的乘客擦脸而过。

有时候和张开乌黑大口的乘客面对面，乘客口中那些喷射而出的火焰都能灼烧到牧四诚的脸，但在牧四诚感受到恐惧之前，一根雪白的骨鞭必定会披荆斩棘地划开一切，打开这个狰狞的"乘客"要咬在牧四诚肩膀上的嘴巴。

这是一次毫无后顾之忧的盗窃。

牧四诚到了后期什么都不用考虑，他甚至会一次盗窃两个乘客、三个乘客、四个乘客甚至更多，他完全不用考虑这些乘客会反过来袭击他。

白柳正如他说的那样，他每一次都抽得精准无比，并且永远都能兜住牧四诚胡作非为的上限，无论牧四诚一次偷多少乘客，白柳都能游刃有余地抽开这些乘客，给牧四诚一个安全的盗窃环境。

白柳极有保证力的扛怪表现让牧四诚的注意力渐渐全部集中在了"偷碎镜片"这件事上。

或许也正是如此，牧四诚已经完全忘记了他托付背后以及生命的，是一个才第二次参加游戏的 F 级面板的玩家。

这个玩家每挥舞一次鞭子，就会耗空所有的体力，而牧四诚偷盗过的那些乘客现在全部都跟在白柳所在的碰碰车背后，所以牧四诚才会觉得压力骤减，偷盗碎镜片变得越来越得心应手。

但是相应的，白柳这边，杜三鹦的压力一下就大了不少。

杜三鹦的碰碰车移动速度很快，并且可以贴在车壁上行驶，还有一个"幸运 buff"的加成，哪怕是有几个乘客迎面撞过来，大部分都会被这辆车 miss 掉，但就算这样，现在开着车的杜三鹦脸色也发白了，他后面吊了一长串的焦黑尸体，有些尸体速度飞快，都能扒到车上了，在杜三鹦的惨叫里被白柳一鞭子抽开。

"白、白柳，"杜三鹦用余光看着那一长串的尸体像是奇行种一样飞快地追赶着他们，个个表情无比狰狞，眼神怨毒地看着白柳，一堆乘客滚在一起让火焰大了不少，都把杜三鹦的碰碰车的车尾巴给烧化了，看得杜三鹦心惊胆战，说话都结巴了，"白、白柳，我们这里不能吊了，再吊更多怪物我们这里就要翻车了！"

"谁翻车你都不会翻车的。"白柳无动于衷地继续给牧四诚清扫"乘客"，眼神都没有分给杜三鹦一个，语调却是赞扬的，"要相信自己，你的幸运值可是100。"

杜三鹦第一次听到一个和他在同一个游戏里的玩家用这种赞扬的语气说他幸运值100，但杜三鹦却一点都高兴不起来。

掌握着方向盘的杜三鹦只想哇哇大哭："我幸运100也不是一直无敌的！！白柳，我也会翻车也会死的！幸运100只会保证我死的概率小一点，不会保证我不会死！"

"不行！！我不能再开了！！"杜三鹦脸色青白，他刚刚差点被一个从侧边袭击过来的乘客咬住脖子，如果不是他预感强烈下意识地侧头躲过了，他现在就死了，"白柳！我可以把车给你，我要下车！"

刚刚一瞬间，杜三鹦突然出现一种非常强烈的不幸运的感觉。

杜三鹦一直都是直觉性生物，而且他的直觉也一向精准无比，让他躲过无数次灾难。一般来说，出现这种预感就代表他身上很有可能要发生很不好的事了，他一定要快跑！

"我说了，要相信自己，杜三鹦。"白柳站在车上，他斜眼睥睨着人的时候有种冷淡的感觉，眼珠子黑得燃烧到极致的碳，却一点多余的热度都没有，配上他脸上看似和蔼的笑意更是奇怪到不行，有种让人后背发毛的感觉，白柳笑着对杜三鹦低语着，"我需要你，杜三鹦。"

杜三鹦一瞬间全身的汗毛都竖起来了，那种"危险！快跑！"的预感达到了顶峰，杜三鹦进入游戏之后从没有体验过如此强烈的危机感，还是从一个玩家的身上，他下意识就想跳车逃跑，但——

**系统提示：玩家白柳需要玩家杜三鹦帮助，玩家杜三鹦需要给予玩家白柳帮助，请玩家杜三鹦配合玩家白柳的一切行动！**

杜三鹦崩溃了："你什么时候控制的我！！！我给自己穿了'防止控制的外衣'的！穿了这个之后连'提线傀儡师'都无法控制我！你为什么还可以控制我！！"

"我说了我没有控制过你们。"白柳虚弱地咳嗽了一声，他擦去自己嘴边溢出的体力恢复剂，微笑道，"我只是一个向你们求助的合作者，以防万一用了一点小手段而已。"

"继续开。"白柳看着杜三鹦说，"杜三鹦，如果你现在跑了，我和牧四诚都会死，所以你一定要稳住，懂吗？"

白柳垂眸看着瑟瑟发抖的杜三鹦："放心，我不会让牧四诚死，我也不会让你死的。"

他笑起来，脸颊上的血渍和灰烬给这个原本和善的笑带出了一股残忍的感觉："你们对我，都很有价值。"

"列车即将启动——请各位要下车的乘客排队依次下车——"

那群焦尸从血肉模糊的车厢里依次出去了，留下三个虚脱后靠在一起的人。

杜三鹦双目无神四肢瘫软地仰躺在面目全非的碰碰车里，感觉下一秒自己就要口吐白沫了："我再也不想开车了……"

牧四诚一只膝盖屈着，头后仰靠在车门上，他已经从那种卷尾猴的状态变成了正常的人的形态，但浑身上下都是焦黑的，嘴角、颧骨和双手手背的皮肤都被烧伤得很严重，露出了红色的肉，耳机上的猴子似乎也奄奄一息，蜷缩成可怜的一团发出叽叽的哀叫，眼睛里的红光微弱。

但三个人当中状态最差的还是白柳。

他浑身上下没有一点血色，白得像是被雪捏成的假人，咳嗽了几声，嘴角有血滴落，口腔里全是鲜血和内脏碎片，被白柳漫不经心地擦去，他指尖缓慢地玩弄着牧四诚收集而来的碎镜片凝聚而成的，像一块钻石一样的东西。

反复的体力充满和清空对玩家的消耗非常大，这种消耗是一种肉体状态上的消耗，会让生命值下降，和精神值下降是一个道理。

精神值下降代表玩家精神状态不好，生命值下降代表玩家生理状态不好。

牧四诚是知道这种体力被抽干之后又强行补充之后的恶心感和晕眩感的，好像整个人都进入滚筒洗衣机内滚了一圈，五脏六腑都有种要胀裂的感觉，白柳的周围散着一地的空瓶子，全是体力恢复剂的空瓶子，配上白柳现在好似有点魂不守舍的神情，衬托得白柳像一个宿醉者。

牧四诚简单地瞄了一眼白柳脚边的空瓶子，说不出什么感受地啧了一声。

这疯逼，喝了这么多体力恢复剂，下车站都站不稳了，第一件事居然是问他要碎镜片。

"白柳，你生命值还有多少？"牧四诚问道。

白柳慢吞吞地点了一下自己的面板，他手腕因为挥鞭子已经没办法很快动作了。

### 玩家白柳的个人面板

生命值：21（被玩家牧四诚攻击以及火焰灼烧后下降）

体力值：31（耗空，正在恢复中）

精神值：89（因被乘客攻击而轻度异化）

"21。"白柳回了牧四诚一句，"刚刚那一波清掉了我 10 点生命值，牧四诚你的生命值呢？"

牧四诚点开了自己的个人面板，脸色瞬间就沉了。

### 玩家牧四诚的个人面板

生命值：70（被火焰灼烧后下降）

体力值：59（耗空，正在恢复中）

精神值：61（因被乘客攻击而轻度异化）

"啧，我生命值被吃了 24 点。"牧四诚目光晦暗，"虽然后面我注意了一下，火焰烧到我没怎么降精神值了，但我精神值还是镶边了，我要漂一下。"

"你先别忙着漂，你的低精神值我有用。"白柳说，他继续点击自己的面板，查看怪物书和主线任务完成进度。

**主线任务——收集末班车上碎裂的镜片（20/？？？）**

### 《爆裂末班车怪物书》刷新——爆裂乘客（1/3）

**怪物名称：爆裂乘客**

**特点：移动速度极快（1000 点的移动速度，火焰有加成效果）**

**弱点：碎镜片（1/3）**

**攻击方式：烈火灼伤（被灼伤后生命值和精神值都会下降）**

"不太妙啊，我这边遇到了大麻烦了……"白柳的表情越发凝肃了。

此话一落，牧四诚和杜三鹦都紧绷了起来，白柳此人很少会说这种话，一般遇到什么困境这货都是"遇到什么困难都不要怕！克服困难最好的办法就是战胜它！"的样子，堪称当代奥利给大师，之前这人下车手软脚软都还是一副淡定胜券在握的样子，这下居然说自己遇到了大困难！

"怎么了？"牧四诚和杜三鹦都面色紧张异口同声地问道。

"我买了 80 瓶体力恢复剂，刚刚用掉了 33 瓶，还剩 47 瓶，但是接下来还有好几个站台，这 47 瓶不一定够用……"白柳面色沉痛无比，"但我刚刚发现，我已经没钱买更多了，我穷了，这麻烦大了。"

**系统提示：白柳账户积分余额 179，余额无法购买体力恢复剂。**

"我需要你们的帮助！"白柳殷切地看向杜三鹦和牧四诚，"你们可以资助我一点积分吗！谢谢谢谢！"

杜三鹦和牧四诚："……"

一边利用他们还一边向他们要钱，这货可以更无耻一点吗！

"坟头蹦迪区"。

这个区域罕见地人流密集，所有的人几乎都会集流往一个地方，白柳的小电视前堆满了观众，所有人都仰着头目不转睛地看着白柳的小电视。

从刚刚乘客上车开启第二轮追逐战，不对，应该说偷盗战，牧四诚开始偷盗碎镜片被袭击，到白柳挥鞭子转移仇恨值，到杜三鹦崩溃反水，再到白柳控制全局，这么多事情其实只发生在短短两分钟之内。

所有人都看得眼睛都不眨，下意识屏住了呼吸，在这个过程还不断地有观众从四面八方涌来，悄无声息地加入仰头观望白柳小电视的队伍里。

几乎没有人出声，在这种激烈的战况里，在结果出来之前，一切的讨论都是苍白无力的。这是白柳主导的一场战役，一场豪赌，一次胜负不明的对决，在知道到底是谁赢之前，他们这些游戏外的观众的评判都会很片面。

只有成功或者失败的结果，才能评估白柳疯狂举动的对错。

而他这个疯子，操控了新星榜第三和第四的玩家，他成功了。

站在离白柳小电视最近位置的王舜长长吐出一口气，他刚刚因为心情过于紧张，长达两分钟呼吸都很缓慢，现在一下子深呼吸反而心跳很快，有种指尖发麻的感觉。

王舜有些恍惚地看向屏幕里白柳依旧安静的脸，一时之间竟然找不到一个合适的词汇来评价这个新人。

白柳再次刷新了王舜对他的认知。

寻找碎镜片，破解怪物书，这本来是很正常的一个游戏流程，

但是很少有人能保持着白柳这种高度准确的判断和近似于残酷的冷静，毫无犹豫地执行决策。

就像是牧四诚的动摇，杜三鹦的恐惧，人类在会决定生死的游戏里，很难把生死放在胜利后面，尽管这两者在某种程度上是挂钩的，但在会致死的情况下，很少有玩家愿意不顾一切地放弃生命去攫取胜利。

但白柳……这人从头到尾，考虑了牧四诚的存活率，考虑了杜三鹦的存活率，考虑了游戏进程，唯独没有考虑的是他自己是否能存活。

体力在几秒之间抽干又充满，身体在极致的消耗下溢出血液，生命值一点一点地跳动下降着，白柳挥舞了不知道多少下鞭子，到后期他因为状态非常不佳，整个人是趴在车上，脚腕被一根安全带吊着来回晃的状态。

但他的鞭子却从头到尾没有降低过精准度，而白柳下车的第一件事就是死死抓住牧四诚的衣服，让他把碎镜片给他。

白柳这种疯狂的，坚定到让人不寒而栗的求胜欲望在游戏内震撼了牧四诚和杜三鹦，在游戏外震撼了所有看过白柳表现的观众，他们都忍不住来到"坟头蹦迪"这个区域，想要在第一视角看这个新人到底能走到哪一步。

"这家伙，真是有够不择手段的。"王舜动了动自己发麻的指尖，他再次深呼吸，低头打开了自己的积分钱包，"看你这么拼命，要是因为没有钱输掉，太憋屈了。"

其他观众也都低着头窃窃私语着。

"这位叫白柳的玩家如果这次能活着出来，以后一定是大神。"

"只有 21 点的生命值了……但我总觉得他不会输是怎么回事？"

"好恐怖啊……两分钟 33 瓶体力恢复剂，这新人面板不是 F 吗？！我天，他怎么受得了的，我 C 级面板，一分钟抽干又给我充满体力值三次我就会吐……"

"……我是杜三鹦小电视那边过来的观众，我从来没见小鹦鹉那么拼过……"

"我是牧神那边过来的，我也从来没有见过牧神被逼成那种样子……"

"白柳一个新人怎么有这么强的魄力，新星榜第三的杜三鹦和第四的牧四诚，完全被他压制住了，在听他的指挥行事……"

小声的讨论，意见的交换，低头点摁自己积分钱包的声音连续不断地响起，王舜回头看了一下不知道什么时候在他背后聚集起来的观众人群，以及他们脸上被折服般的赞扬表情，心情复杂又略带欣慰地叹了一口气。

白柳此人，掉到"坟头蹦迪"都能靠着绝对的表现力迅猛翻盘。简直和那位积分榜排名第一的黑桃有的一拼了。

新增 9706 人赞了白柳的小电视，新增 10006 人收藏了白柳的小电视，新增 7990 人为白柳的小电视充电，玩家白柳获得 12081 积分。

新增 15900 人正在观看白柳的小电视，你拥有了坟头蹦迪区 99% 的观众，你是这里的坟头小电视人气王！

距离玩家白柳离开"坟头蹦迪区"还需 37588 个玩家点赞，40854 个玩家收藏，2643 点积分充电。

**系统提示：玩家白柳获得积分充电 12081，是否购买道具？**

白柳嘴角微勾："大丰收啊，我要购买道具。"

向观众卖惨骗吃骗喝完的白柳一边在脑内回复系统，一边飞速地滑动系统商店的界面，他好似发现了什么事情一般，不停滑动的手指终于停住了："为什么这游戏里，火箭炮、原子弹、消防栓、高压水枪这些东西都显示无法购买啊？"

**系统：游戏会禁止玩家购买会大幅度破坏游戏平衡的道具。**

"会大幅度破坏游戏平衡的道具啊……"白柳眯了眯眼睛，"帮我查找一些炸弹类别和水类别的道具有没有能购买的。"

系统沉默一秒：

**抱歉，玩家白柳都无法购买。**

……果然都不行啊……难怪刚刚牧四诚硬扛而不是试着买道具用水浇灭乘客身上的火，原来是根本买不到啊……

白柳似有所悟："看来炸弹和水都只能就地取材了啊……"

"白柳，你猜对了，碎镜片的确是在乘客体内，但你那个计划对我们所有人消耗都太大了。"牧四诚暗哑的声音唤回了出神的白柳的注意力，"一个站我就被清掉了 24 点的生命值，我根本撑不过剩下的 8 个站台，满打满算，我也就还能撑 3 个站台。"

牧四诚停顿了一会儿，又说："包括你自己，白柳，你生命值只有 21 了，你最多还能撑两个站台，我们根本搜集不全碎镜片。"

"的确，不过我也没打算一直靠消耗你的生命值来偷盗碎镜片。"白柳看了看自己手里的碎镜片，突然把这一坨碎镜片抛给了角落里缩着脖子降低自己存在感的杜三鹦，"碎镜片你收着，杜三鹦。"

杜三鹦手忙脚乱地接过碎镜片，愕然地用食指指着自己的鼻尖："我？！你确定要给我？！"

"确定给你。"白柳在牧四诚皱眉开口之前做出了解释，"杜三鹦，你拿着这个东西是最安全的，所有人都没有办法从你手里轻易拿走，尤其是'提线傀儡师'。"

牧四诚似有所觉地看向白柳："你又想干什么？"

白柳却没有正面回答牧四诚的问题，而是盘腿坐着，答非所问地用手指在地面上开始写写画画，分析起整个副本的剧情："刚刚我去商店逛了一圈，这个游戏所有水系和消防系的道具都被禁了，也就是玩家根本无法利用道具扑灭'乘客'身上的火焰。"

"我猜测是系统要强制玩家拿到一个碎片，就要被'乘客'烧一下，降低 1 点生命值，这应该也是这个游戏的难度所在，也就是玩家要用生命值来换收集物品才能通关。"

白柳用手指尖蘸了一点地面上的黑灰写了两个数字，"700"和"20"。

"我们一共有七个玩家，总的生命值也就是 700，再按照这个游戏的死亡率 50% 到 80%，以及 1 点生命值等同于一个碎片这个等式来算，总生命值 700 乘以 50%～80%，这游戏里小碎片的数量区间应该在 350～560 之间。"白柳用手指在地面上写了"350～560"这个区间。

然后白柳又用手指在"20"那个数字上画了一个圈，语气平静地继续说道："我们刚刚一个站，搜集到了 20 个碎片，我们三个人基本占据了一半的车厢，傀儡师四个人在另外一半，那么假设傀儡师收集碎片的数量和我们相同，那么一个站的总碎片数量大概在 40 左右。"

"一共有 10 个站台，那么总的镜片数量应该在 400 左右。"白柳又在"350～560"这个区间上点一点，"这个碎片数量是在这个区间的，我倾向于这很有可能就是总的需要收集的碎片数量了。"

"400 个碎片，代表了需要消耗 400 点生命值。"白柳的语气毫无起伏，"这里就有两种通关方案，第一种，七个人达成合作关系，每个人主动消耗 57 点生命值换取碎片，所有人都存活，达成大团圆的通关结局，这个通关方案张傀那边是不会同意的。"

"那么第二种方案，消耗四个玩家 100 点生命值，换取我们通关游戏。"白柳微妙地停顿一下，他的脸上又带上了那种欠揍又胸有成竹的微笑，"我知道你们两个人之前和我合作都是被逼无奈，但是我相信你们也看到了我不会轻易让你们去死的决心，你们大概也不会想成为这被消耗的四个玩家之一，对吧？"

"或许我们真的可以彼此坦诚地合作一下？"

牧四诚嗤笑一声："你不是可以控制我们吗？何必来谈合作，你操纵好就行。"

"接下来的方案里我很有可能分不出心思来控制你们。"白柳没管牧四诚的阴阳怪气，他诚实地表明，"当然，你们如果不想和我合作，可以现在离开——如果你们觉得自己独自一人不会被傀儡师盯上，当成目标用来消耗获取碎片的话。"

白柳说完，三个人之间陷入了一种奇怪的寂静，只能听到列车运行当中呼啸而过的风声、列车微微摇晃碰撞发出的哐当声和三个人之前近乎于无的呼吸声。

就算是白柳使用了"消耗"这种稍微委婉一点的词汇，也无法掩盖游戏中即将弥漫开的血淋淋的味道。

隔了很久之后牧四诚才面无表情地开口道："你的具体方案，说说。"

杜三鹦咬着下唇，他还在犹豫。

他的幸运值让他不会那么容易就倒霉地成为"四个被消耗的玩家"之一，但跟着白柳……这人的行为赌性太大了，这让杜三鹦有点下意识地排斥。

而且他现在的预感十分复杂，不幸和幸运交织，让杜三鹦一时分不出到底该不该跟着白柳，特别是他之前已经被白柳坑过一次了……

白柳似乎察觉了杜三鹦的这点想法，他偏头过去，忽然笑道："杜三鹦，你该不会以为你不和我们合作，傀儡师当作看不见你放你一马，然后你就能幸运地在傀儡师之后通关了吧？"

杜三鹦被说中了心思，讷讷地一怔。

"首先，通关这游戏需要四个玩家，就算傀儡师把我和牧四诚都杀了，也还不够，你觉得傀儡师会在牺牲自己的傀儡玩家，和杀死你之间选择谁？"白柳掀起眼皮似笑非笑地看了脸色发白的杜三鹦一眼，"以及，我觉得傀儡师首先下手的玩家就会是你。"

　　杜三鹦被白柳这样一惊一乍地吓唬，后颈有点炸毛："为什么会是我！他和你们才比较有仇吧！"

　　"错。"白柳摇了摇自己的食指，做了一个"不"的手势，他微笑道，"我和牧四诚的价值对于傀儡师来说，比你大得多。"

　　"他进入这个游戏的目的之一就是想抓住我和牧四诚做傀儡，而你对他毫无用处，并且你的幸运值 100 还是傀儡师通关这个游戏最大的障碍之一，如果我是傀儡师，我会在可以选择的情况下先牺牲掉你杜三鹦，然后控制住我和牧四诚，把我和牧四诚变成他的傀儡之后，随便牺牲掉自己三个无关紧要的傀儡。"

　　"然后，在达成一切目的之后，傀儡师满载通关。"白柳笑得亲和无比，"你觉得呢杜三鹦？"

　　杜三鹦沉默了很久很久，低着头嘴唇颤抖，手指蜷缩着，好似在思考着白柳的话。

　　牧四诚在看了一眼被吓得不轻的杜三鹦之后，转头和白柳对视了一眼，他眼神当中有不甘心，也有一种隐藏很深的暗沉。

　　白柳对杜三鹦的这个说法牧四诚是多么地熟悉——这他妈的和一开始白柳上地铁前给他的那套合作的说法一模一样！

　　先树立一个你和他共同的敌人，再通过各种假设来把你逼入绝境，让你通过他的假设看到不和他合作就会自取灭亡的结局，最后适当地示弱和示好，让你看到他的诚意和对你的善意，最终把你拉入他的阵营。

　　"我们都被傀儡师锁定了。"

　　"你想过如果他控制了我的后果吗？那你就有五个对手了。"

　　"你不想单独和这种群攻类型的玩家对决吧？"

　　"我一定不会让你死的，牧四诚，你要相信我，你是我最有价值的一张牌。"

　　语调真诚温柔，眼神无邪单纯，几乎把示弱示好做到了极致，看着人模人样，妈的，利用别人的时候完全就是个没有心的牲口！这家伙现实世界里是干传销的吧！

牧四诚闭了闭眼睛，回忆了他跌入白柳计划的整个过程，咬牙切齿地想这货果然是从游戏一开始，就他妈开始布局了！！

白柳现在是彻底地把他和杜三鹦绑上自己的大船了，从此以后，他们三个人就是一条绳上的蚂蚱，他们为了自己活着都会拼命地去配合白柳，就像是刚刚和乘客打"盗窃战"一样，尽管他们心中并不是那么想和白柳合作，但白柳已经把他们所有的后路都给斩断了。

只剩下为他所用这一条路了。

杜三鹦这种只有幸运值的小羊羔，根本不够白柳玩的。

杜三鹦终于抬头瑟缩地看向白柳，他说话还有点磕巴："白、白柳，那你的计划是什么？"

白柳缓缓地弯起嘴角："如果我没有猜错，等下傀儡师就会来搜索我们、对我们下手了，他们应该也知道碎镜片在乘客身体内了，傀儡师会缺人，他需要控制我们帮他在乘客身上搜寻碎片。我们明显打不过傀儡师，所以我的计划是这样的——"

"不如我们向傀儡师寻求合作，以我和牧四诚被他控制作为交换。"

牧四诚听了一顿，随即勃然大怒："白柳你他妈说什么！！"

张傀玩弄着手上碎镜片凝结成的这个畸形的钻石样子的东西，细长的眼睛刻薄地上挑了一下："我这里二十个，牧四诚这个擅长偷东西的人手里应该也有二十个，一个站差不多四十个，一共十个站……"

后面的话张傀及时地打住了，他的三个傀儡还在迷迷瞪瞪地看着突然打住话头的张傀，好似没有反应过来，这愚蠢的模样看得张傀忍不住想嗤笑一声。

他居然刚刚因为怕这群货色发现了这个游戏的问题所在，而没有把后面的东西说出来。

但张傀想起他已经用这一批傀儡用了一段时间了，这三个傀傀除了李狗，智力都被他吸得差不多了，但李狗本身智力也不高，这群蠢货能反应过来这个游戏的关键之处才是怪事。

1点生命值换取一个碎片，四百个碎片就要死四个人，就算是把牧四诚那边三个人全杀了也还差一个人，需要拿他这边的傀儡补齐。

张傀从来不心疼自己的傀儡，傀儡对他来说永远都只是消耗品，国王公会里有不少他的备用傀儡，就算他所有的傀儡全军覆没，国王公会也会为他招收新的傀儡，所以张傀从来不会去心疼怜惜自己的傀儡，特别好用的除外。

尽管张傀使用傀儡的手段很残酷，还是不断地有人想依附在他身边做他的提线木偶，毕竟自己一个人通关游戏的死亡率比跟着张傀的死亡率高多了。

"我们已经确定了关键线索，接下来要去找白柳那群人，不能光是损耗你们。"张傀假装和蔼地说道，"我要去控制他们，让他们帮我搜寻碎片，消耗消耗他们。"

身上添了不少烧伤的李狗眼前一亮："主人，是要对白柳下手了吗？"

"不。"张傀看着自己手掌里那块畸形破碎的镜子"钻石"，缓缓勾起了嘴唇，"先杀了搅局的第七个玩家，我现在已经肯定，这第七个玩家就是杜三鹦。"

李狗越发迷惑："主人，是怎么确认的？"

"推测而已，白柳是个幸运值只有0的玩家。"张傀随意把玩他手上的碎镜片，"按照他那么低的幸运值，在两次追逐战里，他应该早就在车里不幸地遇上我了，如果不是有一个高幸运值的玩家和他在一起，让他每次都'恰好'错过我，他应该早就撞到我手里了。"

"毕竟我在这场游戏里，应该就是对白柳而言最大的不幸。"

张傀矜持又傲慢地微笑着，说完，他把碎镜子随手抛给了李狗，李狗慌慌张张地接过，诚惶诚恐地仰头看着张傀："主人？！

怎么把这个给我了？！"

"当然是因为看重你了，李狗。"张傀虚伪地露出那种专属于领导层的假笑，他拍拍李狗的肩膀，"好好保管，这是给你的大任务，好好干。"

如果白柳在这里，一定会认出张傀这个笑属于"领导甩锅专用假笑"。

其实张傀这个把碎镜片给李狗的举动和白柳把碎镜片给杜三鹦的举动都是为了同样的目的——避免自己面临携带重要物品的风险，以及混淆视听。

杜三鹦和李狗分别处于白柳和张傀的控制下，碎镜片就算是给了对方，对自身也没有太大的影响，在游戏结束之前随时可以要回来。

但这两个人面兽心的家伙都不约而同地选择了一个甜美的外壳来包装自己的险恶用心。

白柳的是"这是我给你的信任，杜三鹦"。

而张傀的是"这是因为看重你，李狗"。

"现在走吧，去找找这三个人到底藏在什么地方。"张傀说着，他抖动着手指，上面透明的丝线末端没入了三个傀儡的手脚关节中，张傀轻轻弹动了一下自己手指上的丝线，三个傀儡就像是过电般地颤抖了起来。

"不过在这之前，给你们做一个强化，除了刘怀之外的傀儡玩家，强化！"


**系统提示：玩家张傀使用个人技能"傀儡强化"，以手下傀儡 50 点精神值换取傀儡面板属性翻倍。**


### *玩家李狗的个人面板*

精神值：80 → 30

体力值：251 → 502

敏捷：270 → 540

攻击：310 → 620

抵抗力：350 → 700

综合防御力攻击力上升，面板属性点总和超 2000，评定为 A 级玩家，玩家李狗等级上升，从 B 上升至 A 级别。

### 玩家方可的个人面板

精神值：82 → 32

·············

综合防御力攻击力上升，面板属性点总和超 2000，评定为 A 级玩家，玩家方可等级上升，从 B 上升至 A 级别。

李狗和方可几乎在一瞬间就失去了眼睛的焦距，双目无神地站立在原地，好似陷入了某种迷障里，再也无法思考。他们显然是痛苦的，木偶一般的脸上出现奇怪又挣扎的表情，精神值下降让这两个傀儡玩家瞬间就进入了幻觉阶段，他们明显在自己的幻觉里备受折磨。

但张傀却完全不管这两个人是否痛苦，他们的四肢关节被张傀试探地提了一下，做出了完全一致的动作。

张傀满意地勾唇一笑，眼中带着一种非常赤裸的高高在上。

张傀拨弄十指，漫不经心又充满愉悦地调动着他手下这些变得强大的傀儡做出各种的动作，用一种狂妄又自大的口吻说道："虽然精神值下降会让你们失去自主思考能力，但蠢货的脑子思考出来的行动也是愚蠢的，不如用来换取别的东西。"

唯一一个没有被强化的傀儡刘怀缩在角落里瑟瑟发抖，他害怕得几乎说不出话来。

张傀欣赏自己手下傀儡的那种表情就像是艺术家在欣赏自己手中杰出的、去掉了思考能力、完全服从他指令的艺术品，那目光让他脊背发凉。

张傀是一个毫无人性的玩家，他享受掌控和屠戮别人的快感。

刘怀真的后悔了，他后悔背叛牧四诚了，虽然牧四诚这家伙坑蒙拐骗也不是什么好人，但至少不会像张傀一样把人利用之后就扔掉。

但后悔有什么用呢，他已经没有任何退路了。

张傀蹲在地铁的椅子上，李狗和方可就像是失去了电池的玩偶一样双眼空空，四肢摊开躺在他脚下。

张傀勾勾手指，对刘怀笑着说："过来，我有一个任务要交给你，你去牧四诚那边，说你背叛了我，想投靠他们。"

刘怀吞了一口唾沫："他们……不会相信我的吧？我都是主人您的傀儡了。"

"背叛者的二次背叛，很难让人相信吗？"张傀摊开手放在椅子上，讥笑了一句，随即又在椅子上坐下，双手十指交叉地抵着下颌说道："你就说我没有人性，准备毫无止境地消耗利用你们的生命值去换碎片，你不想死，你想活着，所以你背叛了我。"

"但、但是——"刘怀有些慌乱，"就算这样他们也不会轻易接纳我的吧？！我身上还有您的傀儡丝！您随时可以控制我！"

张傀伸手一抓，刘怀只感觉自己的四肢关节里一阵被抽筋的剧痛感，他惨叫一声捂着手肘跪倒在地，张傀的手上出现了一卷染着血滴的透明丝线，他厌烦地甩了甩上面的血："好了，傀儡丝我收回了，你去吧。"

刘怀傻在了原地，他没有想过张傀会那么轻易地收回傀儡丝，一时之间不知道该作何反应。

张傀把傀儡丝上的血在李狗的身上擦干净，一边擦一边慢条斯理地说："他们一定会接纳你的，正如我刚刚说的，他们缺人，他们需要玩家消耗，就算看出你别有异心，他们也不会随意推开你这个送上来给他们找碎片的。"

刘怀讷讷的，没有说话，他取下了自己脖子上的木偶头套轻轻放在了座位上，小心翼翼地说："那、那我去了，主人。"

在刘怀心情忐忑地转身离去之前，他听到了张傀慢悠悠的声音从他背后传来。

"刘怀，你知道怎么控制一个有可能会反复背叛你的人吗？"

刘怀的背影一顿，他声音有些颤抖："不、不知道，主人。"

"那就是不要给他背叛你的余地。"张傀忽然笑起来，"刘怀，你该不会真的以为我收走你身上所有傀儡丝了吧？你低头看看。"

刘怀低头，他惊愕地看到了有一根鱼线一般的，非常透明的丝线穿过了自己的胸膛，他转身顺着这根丝线一路看向张傀，那根穿过他心脏的丝线正绑在张傀的小拇指上。

张傀似笑非笑："你以为我会是牧四诚那种蠢货，靠着信任度来维持人与人之间的关系吗？刘怀，如果你有一点举止不对，我就杀死你。"

"我什么都缺，就是不缺自以为是的蠢货和傀儡玩家。"张傀慢悠悠地收回了自己的手，他挑眉笑着，看着浑身颤抖脸色惨白的刘怀，"而不巧的是，你好像两个都是。"

刘怀脸色青白地捂着心口，走在摇晃前行的列车里，他之前可能的确生出过微弱的背叛张傀的心思，但他现在已经什么违背张傀的心思都不敢有了。

张傀果然不会给自己的计划留下任何可以钻的漏洞。

刘怀不觉得牧四诚和白柳会是他的对手，段位差太远了，当年牧四诚虽然个人技能出彩，但对人心的掌控简直差张傀这个智力 93 点的家伙太远了。

而白柳，刘怀之前看过白柳的视频，他得说这人的确很聪明，但和张傀比起来，还是不够，至少张傀不会在一个收集向的游戏里和牧四诚、杜三鹦混在一起，这两个一个是盗贼，一个是捡漏王，和他们混在一起啥东西都得不到。

但是张傀却并没有小看白柳。

刘怀耳边响起张傀的计划——

"现在这游戏因为需要生命值换碎镜片，变成了一个双方抢人头的游戏，现在是我这边三个人头，我自己当然不算人头。

"白柳那边三个人头，但因为我们这边四个是绑定的，他们没有办法轻易地抢到，我觉得白柳会觉得我们会主动出击，设好陷阱等我们去自投罗网，我派你去的目的是试探。

"因为这破游戏需要 400 个碎片，我是不可能消耗我自己的，我需要你告诉他们，因为我意图消耗我的傀儡获取碎片，这导致我的傀儡暴走了，我们这边内讧了，我并不是处于绝对的被保护的地位。

"我的傀儡操纵技能并不是百分百没有漏洞的，在傀儡拼死挣扎的情况下我也会受到一定程度的反噬，所以我会暂时收回你身上比较显眼的傀儡师丝，你心脏上的这根傀儡丝除了你本人和我之外，其他人是看不到的，你可以告诉他们，这是你誓死斗争的结果，为了避免反噬我收回了在你身上的傀儡丝。

"他们那边杜三鹦是个无法消耗的，白柳又是个面板值 F 的家伙，牧四诚绝对是重点消耗对象，他的精神值经过两轮追逐战现在应该已经镶边了，虽然可以用漂白剂漂回去，但我觉得白柳会阻止他。

"因为他需要牧四诚降低精神值进入狂暴状态增加战力，所以牧四诚现在应该是脑子不太清醒的状态，牧四诚上一次狂暴状态的时候就非常地易怒且冲动，杀死了我四个傀儡，我不觉得白柳可以控制得住他。

"这样，在下一次列车到站乘客上车追逐战之前，我相信某个对我心怀仇恨，并且被情势逼急的盗贼一定会动心，想要来偷我们这边的碎片和袭击我，因为控制住了我，事情就好办多了，我的傀儡们没有了我的个人技能强化，都是 B 级玩家，是很好各个击破的。"

刘怀其实不太明白张傀为什么整这么复杂。

因为凭借张傀的实力，就算是起正面冲突也是完全可以打赢对方的，不知道为什么非要整这些碟中谍反间计之类的。

但张傀有些无语，又开始忍不住用那种看蠢货的眼神看着刘怀："当然是为了保留所有人的生命值啊，我不想消耗我这边的生命值，也不想消耗牧四诚和白柳的，肯定是玩埋伏一个一个击破比较好，损耗小，正面冲突对所有人的消耗都太大了，要是打一架所有人生命值总和跌下 400，那就大家一起等死吧。"

"白柳能拖到现在，我觉得他应该和牧四诚达成了合作关系，但这种合作关系一定相当不牢固。"

张傀笑着，他看着刘怀，用手背拍了拍刘怀的脸，耷拉下眼皮，语调拉长："我相信牧四诚看到你，刘怀，他一定会情不自禁地想起他那段不太愉快的合作关系。人是有疼痛记忆的，尤其是在精神值偏低时，这种记忆会衍生出无数幻觉让人疯狂。刘怀，我对你的唯一要求，就是在牧四诚面前不断地提醒他，你背叛过他。"

刘怀回想完毕，他擦了擦自己嘴角的血渍，这是被张傀给打的，是为了逼真地做戏，演出那种内讧的感觉。

但刘怀心中还是很不安，他总觉得牧四诚不一定会信他，因为他曾经为了活命背叛过牧四诚。

但张傀却眼中含笑语调诡异地说："正是因为你因为想活下去背叛过牧四诚，所以才显得你因为想活而背叛我是那么真实。记住，你是真的想活下去，也是因为想活而真的动过背叛我的心思，这也是我选择你的原因。"

刘怀深吸一口气，继续往前走。他看到车厢上渐渐出现血肉模糊的手印，这是之前攻击对战留下的痕迹，这代表这里不久之前出现过玩家，刘怀意识到自己离牧四诚他们越来越近了，心跳不禁有些加快。

"列车即将到站，下一站黄泉路，请要下车的乘客在车门旁边依次排队，先上后下——"

车厢内的灯一闪一闪，刘怀走到了最后一节车厢，牧四诚抱臂靠在墙上，杜三鹦愁眉苦脸地蹲在自己七零八落的碰碰车旁边。

刘怀一踏进去，牧四诚瞬间就警惕地张开了猴爪。

刘怀尴尬又害怕地举起了双手，他对愕然不已的牧四诚低声下气地说："四哥，我来向你们投诚了。"

牧四诚脸色阴晴不定，猴爪收缩，忽然嗤笑一声："张傀这次居然把你带上了。"

"我……四哥……"刘怀不敢看牧四诚的眼睛，低着头声音越发虚弱，"我当初也是为了活下去。"

"为了活下去就主动砍了我一双手送给张傀做投名状？"牧四诚冷笑道，他眼中的光红到快要滴血，"你不是加入了国王公会吗？这次是张傀带你？对你倒是不错，这么高级一个玩家愿意带你，看来你在国王公会待得很不错啊。"

"你会背叛张傀？也是他玩的把戏吧？同样的把戏我不会再上第二次当了。"牧四诚越笑越讽刺。

眼看牧四诚说着说着就要动手了，杜三鹦连忙阻止了牧四诚，他们这边还缺人呢！送上门来的就算是假的也没必要往外推啊！

刘怀把张傀交代要告诉他们的事情一五一十地告诉了牧四诚和杜三鹦。

杜三鹦和牧四诚对视一眼——刘怀说的和白柳和他们分析的是差不多的，张傀血祭自己手下的傀儡换取碎片。

"等等！"牧四诚眼神微沉，他将信将疑地拿出一个天平的道具，然后突然发力扼住了刘怀的喉咙。

牧四诚眼尾溅上刘怀的一滴血，他眼中的红光越发旺盛，刘怀被他掐得喘不过气了，四肢乱蹬满脸涨红，声音嘶哑地求救："我没有骗你！我真的是来求救的！！"

牧四诚嗤笑一声，脸上的表情变得诡异而残暴，手下越发用力："你说没说谎，我有我判定的标准。"

**系统提示：玩家牧四诚对玩家刘怀使用道具"法官的天平"——诚实与否，你良心的重量。**

　　"法官的天平"每日只能对某位玩家使用三次，只能用来判断答案为是或者否的问题，其余过于复杂的问题回答无法判定玩家是否说谎。

　　"好了，现在我问你答。"牧四诚邪气地勾起一边的嘴角笑着，一只手张开扼住不停挣扎的刘怀，另一只手举着一个造型奇特的天平，左边用繁体字写着"诚"，右边写着"谎"，"第一个问题，是不是张傀派你过来的？"

　　刘怀呛咳着，恐惧地小声看着那个道具，他下意识地说谎了："不，不是！！"

　　天平偏向了"谎"。

　　牧四诚讥笑一声："第二个问题，张傀现在是不是很安全？"

　　刘怀被掐得眼泪都掉了下来，他求饶了："四哥！四哥！我不知道你有这个道具！你放过我吧！你们还需要我！"

　　牧四诚无动于衷，掐住刘怀脖子的手缓缓收拢："回答我的问题。"

　　"是！！！"刘怀被濒死的感觉逼得快疯了，眼泪不停流，"他现在是安全的！他被强化过后的两个傀儡保护着！！我虽然是按照他的要求过来的，四哥，但我真的不是为了害你！！我是真的过来归降于你的！！我真的不会像当初一样再背叛你了！我再也不会砍掉你的双手给张傀了！他是个疯子！我活不下去才来找你的四哥！！"

　　"好，最后一个问题。"牧四诚看着自己手下苟且求饶的刘怀，眼前突然升腾出很多幻觉，他看到自己的双手上渗透出血液，牧四诚缓缓挪动目光，看到自己的肩膀被砍断了，血从这个地方流出来，一直流到自己手指上——就和他当初被刘怀砍断双臂的时候一样。

　　**系统提示：玩家牧四诚情绪波动过大，精神值下降至 60，开**

**始出现轻度幻觉！请玩家注意恢复精神值！**

牧四诚缓缓地眨了一下眼睛，血珠从他侧脸滴落在刘怀脸上，他面无表情地低着头："好。最后一个问题，既然你说你不会再背叛我了……"

"那我问你，你现在是依旧忠于张傀，是他计划的一环，还处于他的控制下，还是真的彻底背叛了张傀，脱离了他的控制，归属于我们这边的阵营？"

牧四诚的眼神毫无波动。

刘怀的胸膛剧烈起伏着，他脸上的汗水一滴一滴滑落，手掌因为过度紧张开始发麻发烫，他有种预感，如果他这个回答不是牧四诚想要的，牧四诚很有可能杀了他。

牧四诚这个眼神刘怀曾经看到过——这是牧四诚精神值跌下安全值之后会出现的眼神，而这个状态的牧四诚很容易大开杀戒。

当年的牧四诚就是在这种状态下，杀了张傀的四个傀儡，而刘怀因为背叛了牧四诚，对精神值过低的牧四诚刺激过大，反而逃过了一劫。

"回答我，你是不是真的彻底背叛了张傀？"牧四诚重复问了一遍。

"我来找你们是张傀的计划之一，但我是真心背叛张——"傀，这句话还没说完，刘怀心口里那根透明的傀儡线突然绞紧了他的心脏。

因为他说自己要彻底归属于牧四诚的阵营，张傀想杀他——刘怀突然意识到了这点，刘怀咬牙闭上了眼，求生的欲望让他绝望地说出了口："不是，我不会背叛张傀。"

天平摇晃了两下，最终缓缓倒向"谎"。

牧四诚缓缓地放开了勒紧刘怀脖子的手，眸光奇异又嘲弄："……看来在张傀那边你也活不下去了，你背叛了张傀，就像是当初你因为活不下去而背叛我一样。"

“你只忠诚于自己，刘怀。”牧四诚嗤笑一声，“倒是可以用你。”

刘怀一边咳嗽一边惊疑未定地看向牧四诚手中那个小天平——他刚刚的确是因为张傀想杀他，生出了背叛张傀的心思，或者说这个心思在张傀把他做成傀儡之后从未停息过……

张傀是不是料到了这一点，知道了牧四诚这边有这个天平道具，所以才派他过来……

刘怀突然打了个寒战。

牧四诚再次询问了刘怀过来的整个过程，这次刘怀没有欺瞒，一五一十地全部告诉了牧四诚，牧四诚听得冷笑一声：“想激我去偷袭他？就算是我真的要袭击他，也必定是他后期拿到的碎镜片差不多了我才会动手，还想离间我和白柳，啧，真是多此一举。”

说到这里，刘怀突然发现一个很奇怪的事情，他来了这里有一小会儿了，居然没有看见过白柳，他左右看了看：“白柳不在这里吗？”

杜三鹦有点尴尬地挠挠脸：“……那个，之前商议计划的时候，白柳其实想和傀儡师合作，但牧四诚不同意这个计划，于是白柳和牧四诚大吵了一架之后，白柳和我们决裂去投靠张傀了。”

牧四诚冷哼一声别过脸：“我和白柳还需要别人来离间吗！我们自己就能散掉！”

刘怀：“……”

刘怀：“？？？”

什么东西？？？白柳去投靠谁了？！


“列车即将到站，下一站黄泉路，请要下车的乘客在车门旁边依次排队，先上后下——”

白柳一路往前走，走到了车头的位置，发现张傀气定神闲地坐在座位上，面前站着两个双目空洞的傀儡，他看到白柳来似乎也不吃惊，倒是很自然地招呼了一下：“来了，坐吧，倒是比我

想的要快一点。”

　　白柳坐在了张傀对面，叹息一声：“你都把刘怀派过来了，牧四诚这个棋子对于我而言就废掉了，我只能来投诚了。”

　　“你是聪明人。”张傀意味深长地微笑着，“只是倒霉了一点，碰上了更聪明的我而已。”

　　张傀跷着二郎腿，双臂展开放在座位靠背上，这是一种很放松也很自负的姿势，他抬起下颌睥睨地看着白柳，脸上带着胜负已定的笑：“这个游戏需要牺牲四个人才能通关，如果你们选择站在我的对立方，和我产生搏斗，你们的面板属性太差了，赢的一定会是我，但这样一来总体生命值一定会被无效消耗，在我控制住了你们之后，那我很有可能选择牺牲你们凑够 400 点生命值换取我游戏通关。”

　　“对于白柳你来说，其实我觉得最好的计划就是和我合作，虽然有可能被我控制，但至少我不会轻易牺牲你。”

　　“但牧四诚一定不会同意和我合作。”张傀微笑着，他好像有点遗憾般，假模假样地叹息一声，“而你也不会轻易来找我寻求合作，毕竟没有几个人想受制于人，你说不定还会动让牧四诚来偷我的东西的心思，我没有办法，只能让刘怀去劝劝你们了。”

　　张傀从始至终想钓的鱼都是白柳，而不是牧四诚。

　　而要钓到白柳这条鱼，就需要动摇牧四诚和白柳的合作关系。

　　没有比刘怀更能动摇牧四诚对队友的信任度的人了。

　　精神值正常的牧四诚或许说不定还会顾忌这是一个二级游戏，勉强维持和白柳的合作关系，那么一个精神值不正常的牧四诚，还处在刘怀在场不断提醒牧四诚当初的事情的情况下，一定是无法控制自己对队友的怀疑和仇恨之心的。

　　当然，牧四诚可以把自己的精神值漂回正常值，不过这一定不是白柳想看到的，如果白柳选择把和牧四诚的合作贯彻到底，站在张傀的对立面上，他是需要牧四诚狂暴以维持高战斗力来防备张傀的。

白柳当然也可以让自己进入狂暴状态成为高战斗力，但张傀觉得白柳是不会轻易这样做的。

因为狂暴那种状态非常危险，在还有 8 个站台的情况下，白柳这个 F 级面板的玩家比牧四诚这个 A 级面板的玩家的基础属性薄弱太多，狂暴状态的白柳就是个脆皮高输出，很容易死掉。

张傀的计划是各个击破，首先收服白柳，然后利用刘怀控制牧四诚。

至于杜三鹦，在适当的时候让他去死就行了，张傀对杜三鹦这种靠幸运值上位没有什么实力的不感兴趣。

白柳很坦诚："我其实有劝过牧四诚和你合作，但他不仅不愿意，还把我打了一顿。"

白柳一边说一边向张傀展示了自己的个人面板，生命值那一项赫然写着"被玩家牧四诚攻击以及火焰灼烧后下降"。

这其实是一开始白柳把牧四诚当交通工具开，牧四诚气急败坏打了白柳一拳下降的，现在被白柳这货脸不红心不跳地当成了自己投诚的证据之一。

白柳遗憾地叹息："我目前生命值只有二十多了，和他们混在一起是绝对无法通关的，我本来还指望牧四诚狂暴状态下可以反杀你，之前他不也是在狂暴状态下反杀了你的四个傀儡吗？但在我知道刘怀的存在后，我就彻底放弃和牧四诚合作了。"

张傀赞许地看了白柳一眼："因为在刘怀存在的情况下，牧四诚的狂暴状态会更不稳定，到时候他会更倾向于攻击自己的队友。"

"我这点生命值太容易中招死掉了。"白柳摊手，"虽然我想赢游戏，但我更想活着，所以我来找你寻求合作了。"

如果牧四诚在这里，一定会怒骂白柳这个要钱不要命的神经病说的是什么瞎话，但张傀并不知道白柳是个要钱不要命的神经病，于是他满意地笑了，他抽出一卷透明的傀儡丝，挑眉说道："那你也知道和我合作，我是什么条件了，你要当我的傀儡才行。"

"可以。"白柳一口应下，或者说他对这样的结果早有预料，

他摸着下巴若有所思，"但是合作是双方的事情吧？张傀，我做你的傀儡，你总要给我展示一下你的诚意吧，比如做你的傀儡有什么好处？"

张傀倒是很爽快："你说需要我怎么展示我合作的诚意？"

"我有一个道具，被牧四诚偷了，叫作'人鱼的护身符'。"白柳眼帘缓缓地落下，"我也是因为这个才和牧四诚内讧的，如果可以，还希望你帮我把它拿回来。"

"就这？"张傀倒是有点惊奇，似乎没想到白柳会提这么简单的条件。

"那是一个保命的道具。"白柳眼珠转动，低语着，嘴角有很不明显的笑意，"我生命值太低了，在这次列车开动之前我希望你把它抢过来给我，那样至少我后面会安全一点，你也不想你好不容易把我搞到手，然后我就那么死了吧？"

"可以。"张傀微笑着，"我比较喜欢心甘情愿的傀儡，既然白柳你这么懂事，还愿意和我谈条件，那我就……"

张傀手中的傀儡线猛地一颤，锋利如针尖的线头扎入了白柳的骨头里，线在白柳的骨头上死死缠绕了好几圈，白柳忍不住因为疼痛浑身战栗了一下，条件反射般地张口喘息了一声。

**系统提示：玩家白柳成为玩家张傀的傀儡。**

张傀缓缓地拉开嘴角，原本平常的笑脸变得诡异且邪恶："都到这一步了，你居然以为你还可以和我谈条件，白柳，那我可要好好教教你规矩了。"

**系统提示：玩家张傀对玩家白柳使用了个人技能"提线玩偶"。**

"现在，白柳，把你身上的所有东西都拿出来缴纳给我，尤其是武器。"张傀勾了勾自己的手指上的丝线，"我不会再给你任何翻身的机会了。"

白柳动作僵直着，他脸色还因为疼痛惨白着，手一僵一僵地点开了自己的系统面板，不断地把东西往外扔。

一根雪白的鱼骨，一些乱七八糟的小东西，一个旧钱包，白柳在看到旧钱包被他扔出来的时候脸色猛地变了一下，这反倒吸引住了张傀的注意力，他低下身子去把这个旧钱包捡起来："这是什么？你的个人技能？"

张傀拍拍钱包，鄙笑了一声："倒是有够寒酸的。"他翻开了钱包，看见了里面的东西之后，眉尾上扬了一下，张傀拿出里面的一摞积分纸币，饶有趣味在白柳面前展示，"这是什么？一个实体化的积分钱包？你倒是喜欢这些乱七八糟的，而且里面积分倒是不少啊……我数数，一万二。"

"那我就都笑纳了。"张傀笑道。

已经被控制住的，脸色原本惨淡一片的白柳低着头一言不发咬紧下唇，似乎是憋屈得够呛，不知道该说什么，最终只是很倔强地说了一句："你拿吧，你拿了我就当是给你帮我的报酬。"

张傀意味不明地冷笑一声："你愿意这么自我安慰，也行。"

但如果张傀低下头来看看白柳的表情，就会看到白柳目光平静，咬紧的下唇缓慢地勾起一个很小的弧度。


**系统提示：玩家白柳给予玩家张傀 12000 积分达成交易，玩家张傀需要在列车再次启动之前将道具"人鱼的护身符"找回给玩家白柳。**

**如若其中一方没有完成交易，系统将给予惩罚——没有完成交易的一方将会被系统关押进"旧钱包"内，成为灵魂钱币。**

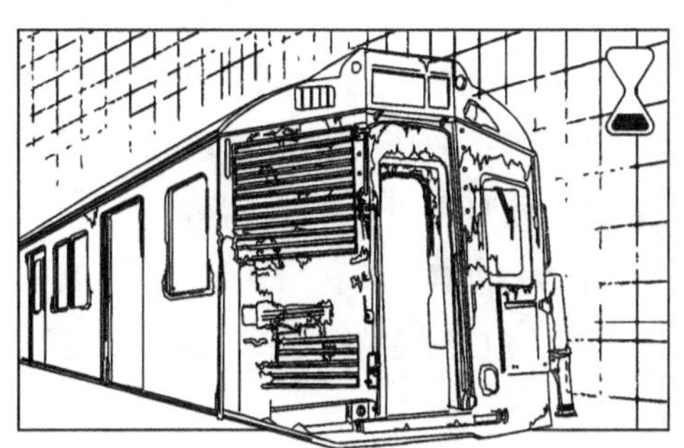

# CHAPTER 14

 本来"交易失败的玩家的灵魂将被关押在里面"是白柳在拿到"旧钱包"的时候，系统给予白柳的警告，用来约束白柳不要滥用这个技能。

 因为没有完成交易会被系统把灵魂关押进去，是要求白柳守信的一个限制措施，就和淘宝商家的"小黑屋"是一样的，但却没想到被白柳用来坑交易对象了。

 对于张傀这种喜欢布局，自以为很聪明的人，没有什么比顺从他的计划行事更好的了，只有让他在那种猎物一步一步走入自己陷阱的成就感里降低警惕性，白柳才有可能寻求突破。

 白柳垂眸想道。

 但牧四诚那边的确是麻烦了，他也是刚刚才了解到牧四诚居然还和刘怀有这么一段爱恨情仇，张傀还把刘怀给带上来了，虽然精神值降低带来的幻觉对于白柳这种一心只有钱的人来说影响不大，但对于牧四诚这种有正常的七情六欲的人类来说，一个背叛过自己的知己好友带来的幻觉的影响力恐怕是无法估量的。

牧四诚在说起刘怀这个人的时候整个人都已经不太对劲了。

白柳了解到这个游戏里大部分人可承受的精神值下限都在 70 左右，60 已经足够危险，20 以下能从游戏里出来不发疯的都是心理素质极端强悍的人了，但白柳还需要牧四诚精神值进一步降低，他对牧四诚的要求甚至比牧四诚历史最低精神值 18 都还要低，到时候对牧四诚来说，幻觉的心理影响只会更重。有刘怀这个诱导因素在，牧四诚估计要出大问题。

有点难办啊。

"列车已到达黄泉路——请各位乘客先上后下，依次进入列车。"

张傀食指和中指弹钢琴似的动了下，牵动手上的透明丝线，白柳瞬间就被拉扯到了他背后，张傀给他套上之前刘怀脱下来给他的那个木偶头套，笑道："好了，这下看起来才像是我张傀的人。"

"我知道你不会很甘心的，你说不定只是假意投降给我，你或许和牧四诚还有别的计划。"张傀嘴角慢慢上扬，他好像在给白柳上枷锁一般，放下了那个沉重的、巨大的、闷热的木偶头套。

白柳的脸慢慢地被木偶的头套笼罩，他抬眸看向张傀，白柳在头套落下来之前看到张傀的最后一个表情，带着恶意和笃定，眼皮耷拉着，眼神傲慢到似乎一切尽在他掌握中。

张傀语调嘶哑低沉："但是白柳，你一定漏算了刘怀对牧四诚的影响，在有刘怀在的情况下，牧四诚根本不可能保持清醒和坚定地和你合作，无论你有多少后手，只要牧四诚这里崩了……"

张傀闷笑一声，恶毒地说："牧四诚是你手中最有价值的一张牌了，只要他崩了，你的计划就彻底崩盘了。"

白柳面上不动，内心飞快运转。

某种程度上，张傀说得没错，牧四诚的确就是这个计划最重要的一环。

“人鱼的护身符”在牧四诚身上。

如果牧四诚彻底崩坏，失去抵抗力，被张傀拿到了这个“人鱼的护身符”，交易完成，那大家就会一起完蛋，而且之前白柳想过耍赖，直接让牧四诚把这个道具给用了，但是……

**系统提示：交易期间，交易物品，也就是“人鱼的护身符”必须存在，否则视为无效交易。**

牧四诚在这个期间，如果被逼入绝境，或者直接就不想听白柳的话，用掉了“人鱼的护身符”这个道具，那白柳也会完蛋，真的变成张傀的傀儡。

所以牧四诚是白柳计划中相当重要的一环，这家伙如果崩了，那白柳这边会相当高危。

白柳在赌，而且是一场豪赌，他台面上的所有筹码就只有一个牧四诚，这是一个极其不稳定的筹码，目前看来他的赢面不算很大。其实白柳也动过用杜三鹦的心思，但杜三鹦此人完全是个直觉系动物，像一只敏锐的啮齿类小动物，正面与杜三鹦对决这家伙说不定会直接把雕像扔给张傀来降低自身危险，就像是之前因为察觉到危险要弃车逃跑一样。

杜三鹦非常不稳定，在白柳被傀儡师控制的情况下，他无法远程操控杜三鹦，杜三鹦远不如和“提线傀儡师”有仇、立场坚定的牧四诚值得用。

所以最终，白柳选择了牧四诚。

车门终于缓缓打开了，无数焦黑的“乘客”尸体哀嚎着、燃烧着、铺天盖地地涌入车厢内，张傀动作干净利落地操纵着两个傀儡上前去抢碎片，没有使用白柳，看来他也知道白柳生命值非常低，随便使用很容易挂掉。

张傀操纵傀儡的手速非常快，几乎十几秒，这两个傀儡就身形鬼魅地穿过了一节车厢，用烧焦的手给张傀呈上一堆碎镜片，张傀看也不看地收下，面色一沉："走，清扫下一个车厢。"

后面这些"乘客"的仇恨值都锁定在了两个傀儡的身上，张傀这里反而很安全，但这两个傀儡的移动速度非常快，并且张傀操作得非常精准，几乎没有出现什么额外的损伤，清扫完一个就吊着背后跟着来的傀儡进入下一个车厢，不到一分钟的时间就扫荡完了半辆车。

白柳之前三个人过得那么艰难，主要是因为只有牧四诚一个面板属性是 A 的玩家，现在这边三个 A 级玩家，张傀还是 A+，在操纵傀儡的间隙还能腾出来来清扫"乘客"，让自己的傀儡取镜片取得更轻松，和白柳这个打一鞭子就扑街的小弱鸡完全不是一个层次的。

牧四诚告诉白柳，张傀的个人技能目前他知道的，主要有两个，第一个叫作"提线玩偶"，也就是操纵傀儡和植入傀儡丝，但是傀儡是有自我意识的，只是肢体被张傀控制。

在傀儡不是自愿或者被绝对控制的情况下，张傀很难在挣扎的傀儡的四肢里植入傀儡丝，这也是为什么张傀说他喜欢主动和自愿的傀儡，他最常用的傀儡也是聘请来的自愿的傀儡，因为非自愿的，比如牧四诚那种，张傀得花不少精力才能将其控制并植入傀儡丝。

第二个技能叫作"傀儡强化"，这个阶段要以牺牲傀儡 50 点精神值为代价，傀儡没有自主意识，但面板属性会翻倍。

这个阶段的傀儡会更难控制，因为进入了"精神值危险值"区域，傀儡本身会很痛苦，有时候会下意识地挣扎，但又由于本身无意识，所以几乎不会畏惧任何攻击，战斗力会十分强悍，只要傀儡师不停下手中的丝线，他们无论再怎么痛苦，都不会停下进攻的步伐。

不过牧四诚告诉白柳，这个技能对精神值低于 20 的傀儡玩家不能使用，因为这个阶段的玩家已经进入狂暴状态了，傀儡师是完全无法操控的。

　　"这个游戏里，从来没有人试图去控制一个精神值低于 20 的玩家，就连张傀都做不到。"牧四诚斜眼看着白柳，"除了你白柳，你居然试图让一个精神值只有 10 的我记住你给我的计划任务，这完全不可能。"

　　白柳只是笑着说："不试试怎么知道，我们也没有其他办法了，不是吗？"

　　在白柳思考着一些东西的时候，车厢内的广播女声罕见地响了起来："因本站有重磅乘客携带特殊物品登上列车，为了保证乘客及物品的安全，停站时间延长至五分钟，请车上的乘客稍安毋躁，远离车门——"

　　一个比普通乘客体积大好几倍的巨大焦黑尸体，用两只巨大的，还在燃烧的手撑开了车门，低着头挤了进来。

　　这家伙两只眼睛和皮肤都被烧没了，眼眶黑乎乎的全是燃烧过后的炭痕，全身都是裸露血腥的肌肉，胸前有一个一只巴掌大的六角形碎镜片，就像是护心镜一样嵌入他的艳红流血的胸大肌里，在火焰中闪闪发光。它站起来比车厢都还高，脖子歪着强行塞进车厢里，都快要把车厢给顶穿了。

　　歪着脖子的大焦尸似乎觉得不爽，大吼着一拳砸向了车顶，车顶直接破开一个大口，火焰从这大尸体的身上冒出来灌满整节车厢，发出砰的一声爆裂声。

　　张傀脸色一黑飞快后退进了另一节车厢，他牵动十指收拢一拉，两个傀儡好似僵尸般四肢打直后退被他吸在手里，他另一只手反手提起白柳的后颈，张傀的移动速度已经很快了，但还是被烧了一下，白柳也被烧了一下。

　　**系统提示：玩家张傀、白柳、方可、李狗受到了怪物的烈焰攻击，生命值 -10，玩家张傀、玩家白柳精神值 -20，玩家方可、玩家李狗因处于傀儡状态，精神值 -9。**

白柳被烧得呛咳了一下，嘴角缓缓流出血液，他藏在木偶头套里的脸色越发苍白，他扫了一眼自己的个人属性面板。

生命值：11（被玩家牧四诚攻击以及火焰灼烧后下降）

体力值：70（正在恢复中）

精神值：69（因被怪物攻击而轻度异化）

白柳又迅速扫了一眼怪物书。

### 《爆裂末班车怪物书》刷新——盗贼兄弟（2/3）

怪物名称：盗贼兄弟（弟弟）

特点：极其强壮高大，移动速度极快，每一分钟可以使用一次大范围攻击（1400 点的移动速度，火焰有加成效果，愤怒时喜欢用拳头让对方听话，攻击力极强）

弱点：？？？（待探索）

攻击方式：怒气狂捶，烈焰冲击（对于玩家白柳来说，目前的你受到这两种攻击中的任何一种，就可以去见上帝了，阿门）

白柳舔去嘴角溢出的血，断断续续地哑声说："……这怪物心口那个大碎镜片，应该就是它的弱点和我们要收集的东西。"

"我要你说！"张傀没好气地打断白柳的话，他警惕地看着这个一步一震向他靠近的盗贼，手指飞快舞动着排布他的傀儡，咬牙道，"这破游戏，停站五分钟，不仅延长了追逐战的时间，还给我们上了一个大 boss……"

《爆裂末班车》这二级游戏的死亡率应该很接近 80% 了，就算是他，想要通关也很困难。

张傀后牙槽咬得紧紧的，没忍住骂了一句脏话："你他妈可真是会挑啊白柳！一下就挑了二级游戏里难度最高的！"

"承蒙夸奖。"白柳语调懒懒的，一副死猪不怕开水烫的样子，

"你不去试着抢一下这个怪物心口的碎镜片吗？"

"试个屁！"张傀接连口吐芬芳，他现在心态真的有点崩了，"看刚刚的攻击和 1400 的移动速度，这怪物的级别起码是 A 级，我两个傀儡送上去就是送菜，抢得到个屁！就算我带着六个傀儡满血来刷这个副本，遇到这种东西，我都无法担保可以顺利通关！我要是早知道这游戏里有这种东西……"

张傀一阵磨牙，他一边说一边退，心中怨恨不已——要是知道这个副本是这种鬼样子，他根本就不会那么轻易地跟着进来！

张傀从来没有见过难度高得这么离谱的二级游戏！白柳这家伙一下手就挑了一个张傀有史以来见过最难的！！

他妈的，不愧是幸运值为 0 ！！

"不行。"张傀他拉着两个傀儡挡在自己的身前，迅速地冷静了下来，"我的傀儡打不过，这东西在这个副本里估计只有狂暴状态的牧四诚才能搞定，不过搞定这东西他也离死不远了——"

"狂暴状态下的我也能搞得定吧？"白柳问，他目光冷静地岔开了张傀的思路。

对白柳来说，牧四诚不能死，"人鱼的护身符"在他身上，牧四诚死了"人鱼的护身符"就会被爆出来，要是被张傀拿到那白柳就真的成张傀的傀儡了。

"的确。"张傀眼睛眯了眯，他哼了一声，"但是你现在生命值只有十几了，就算是狂暴状态下，挡这玩意一下攻击你差不多就死了，你现在是我的傀儡，和牧四诚比起来，我当然是选择让他去死而不是你去死，我拿你还有用，但牧四诚一直不归顺我……"

张傀冷笑一声，收拢了所有的傀儡丝，白柳和另外两个傀儡齐齐站在了张傀背后："那他就去死吧——！"


**系统提示：玩家张傀对玩家刘怀使用了道具"好想见到你"，将在十秒钟内移动至玩家刘怀目前的位置。**

　　白柳只觉得一阵晕眩，他再抬眼，就看到了另一个车厢里也在收集碎镜片的刘怀、牧四诚和杜三鹦他们。

　　这三个人正在打配合，虽然有些吃力和艰难，但看样子也撑了下来。

　　但最惨的还是牧四诚，他没有白柳帮他吸引仇恨值，大部分的乘客都冲着他去了，虽然有刘怀帮牧四诚挡了一部分，牧四诚状态也下降得很严重，脸上全是血渍，眼睛里的红光摇晃闪烁，呼吸也不畅通，狼狈地撑在地板上打滚。

　　张傀面色冷淡地收手一拉他小拇指上的丝线，正在作战的刘怀心脏瞬间就被绞紧了，刘怀感觉自己的心脏被扯向了某一个方向，这种拉扯就像是提醒一样，不带着杀意，于是刘怀捂住刺痛的心脏下意识转头往那个方向看了一眼。

　　他看到了与他们一个车厢之隔，隐藏在无数尸体和火焰后的张傀。

　　张傀面无表情地指了指牧四诚，然后在脖子上狠狠地划拉了一下，用口型对刘怀说："计划有变，有大 boss 了，放弃牧四诚，你去激牧四诚，降低他的精神值让他狂暴去对战大 boss，不用管死活。"

　　刘怀也听到了那个广播的声音，知道来大 boss 是什么意思，但看到张傀如此干净利落地准备舍弃牧四诚，刘怀心口一颤，脸色也不好看了起来，他看懂张傀的意思了。

　　这大 boss 估计非常不好对付，需要狂暴状态下的牧四诚才能对付。但这不是个二级游戏吗？！怎么会有需要牧四诚狂暴到死才能对付的怪物？！

　　正当刘怀在犹豫的时候，那个大尸体暴怒着一路蹦蹦蹦地跑了过来，所过之处，所有的车窗全部被捶爆，火焰呼呼地烧着，那些"乘客"都在"盗贼弟弟"愤怒的火焰中凄厉惨叫着化成了灰烬，可见其杀伤力之强，温度之高。

　　张傀拉着三个傀儡往前冲入了牧四诚他们所在的车厢，跟在

张傀背后的大尸体把杜三鹦吓了一跳，没忍住崩溃道："我操！！这他妈又是什么玩意儿！！"

张傀猛地拉紧了自己小拇指上的傀儡丝线，对刘怀厉声喝道："刘怀！！动手！！不然大家都得死！！"

刘怀心口被张傀的傀儡丝线拉得剧痛，他咬牙往下甩出一左一右两把袖中剑，站在牧四诚背后，低着头说了句"抱歉"，就毫不犹豫地刺了过去！

杜三鹦看得惊叫："牧四诚！！小心背后！！"

牧四诚早有所觉地一个翻身打滚躲开刘怀的背刺，他利落站起，用手肘擦了一下从眉尾滴下来的血滴，是刚刚躲避的时候被刘怀的袖中剑伤到的，牧四诚冷笑一声："刘怀，你以为我还会那么放心地把后背交给你吗？不可能的。"

"这是自然。"刘怀的笑容很复杂，有着一点哀伤和一点狠戾，他笑起来，"四哥，虽然我们曾经是最好的朋友和最好的组合，'刺客和盗贼'，我们无所不能，无往不利，我们什么都能偷盗，什么都能暗杀，这当然包括对对方，不是吗？"

"我们都是为了自己，四哥。"刘怀终于彻底沉下了脸色，他举起袖中剑，"你为了自己偷过我的东西，而我为了自己暗杀你，大家都是自私自利的人罢了。"

"主人！！抓住牧四诚！！"刘怀喝道，他毫不留情地一剑刺了过去。

张傀二话不说地就把一根锋利的傀儡丝线甩到了牧四诚的脚踝下面，牧四诚用手勾住吊环险之又险地躲过，杜三鹦急得开着碰碰车拦在了张傀面前，被张傀丢出一个傀儡拦住了。

现在就是张傀、刘怀，还有李狗三个人对抗牧四诚一个人，杜三鹦被一个傀儡牵制住，看得急得额头上直冒汗，脸都涨红了。

白柳说牧四诚一定要撑到列车发动之前不被张傀他们牵制住！但现在这样怎么可能撑得到啊！

杜三鹦下意识看向了白柳，牧四诚在被三个人牵制的情况下也勉力维持住了，但很快那个大尸体就打破了这个平衡，这玩意儿眼看就要跑进牧四诚他们所在的车厢，张傀限制牧四诚的攻势越发猛烈，几乎整个车厢都是傀儡丝线，牧四诚寸步难行，他身脸上全是被傀儡丝弄出来的划痕，牧四诚擅长偷盗的双手更是被张傀的傀儡丝死死束缚住了。

张傀喘着气："刘怀，动手。"

刘怀喘着气一步一步地靠近了牧四诚，双手已经举起了袖剑。

牧四诚忽然反手忽然死死攥住自己身上所有的傀儡丝，喷了一声说："白柳，你有什么后手就快点用吧，我真的撑不住了，我现在帮你拉住张傀操控你的傀儡丝了，张傀这货的傀儡丝是靠线的波动控制人的，现在我攥紧了，他波动传不过来，不过我只能撑一会儿，不然我的手指就会被线削断，但你现在可以自己动了。"

张傀猛地一惊，他看向不知道什么时候站到牧四诚的背后的白柳，又扫到牧四诚的手上，果然紧紧束缚住了他的傀儡丝，血从牧四诚骨节分明的手滴落，一滴一滴地砸在高温的地板上，很快又被蒸干了。

白柳缓缓地在牧四诚背后抬起了木偶头套，木偶的外壳上是一个油墨画的纯真的笑。

张傀脸色一变。

"操！！这两个家伙果然还在结盟！刘怀快动手！！！"张傀试着操纵了几次傀儡丝，但是因为被牧四诚攥住了，操纵的波动根本传不过去，他的确无法控制白柳，张傀脸色黑沉地一拉傀儡线，试图切断牧四诚的手指，还一边喊，"刘怀！！快！！白柳现在没有攻击力！"

杜三鹦也好像抓住了最后一根稻草般嘶吼着："白柳！！你动作快点！！"

刘怀毫不犹豫地刺了过去，牧四诚下意识地看向了背后的白柳，白柳的木偶头套上还是那个纯真的微笑，他张开了双手，缓缓地抵在牧四诚的后背上，往前轻轻一推，毫无防备的牧四诚身体往前倾倒。

牧四诚瞳孔猛地一缩。

杜三鹦恍惚地张大了嘴巴，张傀愕然地松开了傀儡丝，刘怀呆滞地看着白柳和牧四诚，他袖剑上的血顺着剑滴落在地。

牧四诚的双臂被白柳推到了刘怀身上，刘怀的袖剑刺入牧四诚的肩膀，齐肩斩断了他的双手。

地板上落着牧四诚的两只手，它们悄无声息地砸在了地上。

就和上一次刘怀背叛他，斩断了牧四诚双臂的情形一样。

不过上一次是刘怀。

这一次是白柳。

血液从牧四诚的肩膀断面喷涌而出。

"我也觉得张傀主人说得有道理。"木偶里的白柳瓮声瓮气地说道，他面上还在笑，"牧四诚，如果不牺牲你进入狂暴，大家都会死。"

"和你们合作已经没用了，你们太弱了，通不了关。"白柳的声音带着一种凉薄而温和的笑意，"所以我决定全心全意做主人的傀儡，服从他的命令。"

牧四诚踉跄两步，他双目空洞，缓缓地、僵直地低头，看着地上自己的双手。


系统提示：玩家刘怀使用"暗夜袖剑"攻击了玩家牧四诚，玩家牧四诚的精神值遭到黑暗侵蚀，迅速下降中！

系统提示：玩家牧四诚精神领域剧烈震荡，精神值剧烈下降中！

系统警告：玩家牧四诚精神值跌落至 40……30……20……10，玩家牧四诚目前精神值只有 8！进入狂暴阶段！


**玩家牧四诚个人面板（狂暴状态）**

精神值：60 → 8

体力值：339 → 797

敏捷：1040 → 2010

攻击：1311 → 2300

抵抗力：1310 → 2600

综合防御力攻击力上升，面板属性点总和超 6000，评定为 A++ 级玩家，玩家牧四诚等级上升，从 A 上升至 A++ 级别。

玩家牧四诚因处于"盗贼驯养的卷尾猴"状态，异化程度加深——

牧四诚的断臂处飞快地生长出黑色的肉芽，这些肉芽蠕动着聚集，最终扭曲地汇聚成了两只长过胯部的黑色的猴臂。

牧四诚仰头松松骨头，他呼出一口白气，甩甩自己新生的双臂站了起来，他眼珠子已经消失了，整个眼睛全白，獠牙龅出口腔，耳朵也变成了猴子的耳朵。

牧四诚的尾巴缓慢地放在了地板上，左右甩动着，他背后那个猴子耳机在叽叽地狂笑着，猴子眼睛闪烁着刺目的红光，用一种很奇异的，猴子的尖厉声调叫着："Crazy!! Crazy!!"

那个横冲直撞的盗贼弟弟带着浑身的火焰冲入了最后一节车厢，举着拳头就要对着一群人挥下，牧四诚纯白的眼珠轻微地挪动一下，他龇牙好似嗤笑一声，笑声里有种让人毛骨悚然的兽性，他速度飞快，以一种肉眼不可见的速度甩臂挂在了吊环上，斜身反冲，腰部发力一个横踢，把浑身冒火的盗贼弟弟踢出了这节车厢。

盗贼弟弟闷闷地摔在另一节车厢里，两只硕大无比的手掌企图扒着窗户使自己停下来，结果把所有的窗户玻璃都抓碎了，在地上拖曳出长长一道漆黑的炭痕，火焰在盗贼弟弟的眼中一闪一闪，这怪物似乎也有趋利避害的本能，它又惊又怒地吼叫了一声，似乎不明白对面被自己追得满车厢跑的小人怎么突然就变得能一脚把自己给踹飞了。

牧四诚呼出一口火焰烧出来的白气，他嘴角拉开一个弧度奇

大无比的诡异笑意，尖利的牙齿在他口腔内排列镶嵌整齐，牧四诚一个简单飞速的起跳之后，毫不犹豫地踩在车厢壁上借力冲了过去，亮出尖利的猴爪指甲就要去抓怪物心口那块大镜片。

盗贼弟弟大吼一声，爆出一身火焰，翻身对着骑在自己身上的牧四诚一个爆捶，火海瞬间吞没了这两个扭打在一起的怪物。

牧四诚现在也是个怪物了，谁看了他都不会觉得他是个人的。

但是更不是人的明显是白柳。

杜三鹦完全傻了，他呆愣愣地看向白柳，似乎完全没有料到牧四诚会被白柳这个策划一切的总军师这么干脆利落地卖掉。

而杜三鹦更没想到的是，白柳卖完牧四诚，毫不犹豫地转头就把杜三鹦也给卖了。

白柳转身对着张傀，语调冷静地说道："主人，碎镜片在杜三鹦身上，我们趁牧四诚和盗贼弟弟扭打控制住对方的时候，把杜三鹦干掉，把他身上的东西给抢过来吧。"

白柳这声"主人"简直比刘怀这个给张傀当了好几年傀儡的都喊得标准。

杜三鹦又气又急又难过，他眼泪汪汪地怒操一声："我操，白柳，你他妈真的不是人！不是说好了一起反水搞张傀吗！你他妈居然真的对我们反水了！"

"抱歉。"白柳毫无诚意地道歉，"这个临时上车的大怪物打乱了我的计划，这大怪物实力太强了，我发现和你们合作很可能无法通关游戏，所以我决定真的归顺主人了，放弃和你们商议的计划了。"

刘怀都尼玛被白柳对着张傀这连着两声真情实感的"主人"给喊傻了。

他当年背叛牧四诚还有点悔恨之心，自我痛恨了很久，才开始做张傀手下的走狗。

这还是刘怀第一次看到卸磨杀驴背叛别人如此迅速并且赶尽杀绝的人。

　　而且好家伙，白柳都不带有心理负担的，才搞完一个队友，对另一个队友下手毫无缓冲，简直比刘怀这些搞卧底的反水得都还快。

　　刘怀简直都要怀疑白柳原本就是张傀的人了。

　　白柳语速飞快，冷酷地分析着："杜三鹦现在被困在这个车厢里了，他往前走是盗贼弟弟，从车门下去就是一堆爆裂乘客，他没有地方可以去了，就算是有幸运值加持迟早也会被我们抓到，没有比现在更好的对他下手的时机了。"

　　"沃日！！"杜三鹦眼泪横飞地满车厢跑，"白柳，你妈的！你不是人！你没有心吗！"

　　正如白柳所说，就算杜三鹦幸运值100，他现在根本无处可去，完全就是瓮中之鳖，插翅难飞，处于极度的劣势。

　　就算杜三鹦可以靠着幸运值撑一会儿，也迟早会被张傀抓到。

　　张傀毫不犹豫地伸出傀儡丝去网杜三鹦，刘怀也加入了追捕杜三鹦的队伍里，其余两个傀儡解决从车门处涌进来的普通乘客，杜三鹦一边哭号，一边像是被欺负的幼儿园小朋友往外丢玩具一样疯狂丢道具，什么乱七八糟的都往外丢，只要能阻挡张傀和刘怀抓住他就行。

　　杜三鹦一边跑一边哭哭啼啼地破口大骂白柳不是人，白柳看起来的确不是人，但他反而是全场最安全的玩家。

　　他在说完那几句话之后，不声不响地站在角落里，并不妄动，显得听话又知进退，张傀甚至会特意保护他不受伤害，用傀儡丝撇开那些企图靠近他的乘客。

　　张傀又一次撇开一个企图袭击白柳的乘客的一瞬间，看着沉默不语的白柳，心里一个咯噔，他多次游戏的直觉告诉他——事情不对劲。

　　——白柳居然代替他站在了幕后最安全的控场位上来布置全局，这是什么时候的事情？

　　张傀心下一沉，视线环扫全场。

被白柳坑去和大 boss 搏斗的牧四诚，被刘怀追得满车跑就快要撑不住的大哭着的杜三鹦，追击杜三鹦的刘怀，保护白柳的两个傀儡，以及开始无意识把后背交给白柳的自己——

所有的一切，不知道什么时候开始都围绕着白柳的举动在动作了。

张傀脸色一沉，开始回想事情是什么时候从他手里脱离控制的——好像从牧四诚被白柳推给刘怀，斩断双臂和怪物搏斗开始，白柳就不动声色地控场了,而张傀在剧烈的事情变动和局势变换下，下意识地信任了被自己控制的白柳，被这家伙带着步伐走了！

对于两个聪明人来说，没有比相信另一个聪明人是真的服从自己更致命的了。

张傀打了个冷战，猛地清醒了。

"不对！！！"张傀厉声喝道，他扯着傀儡丝，"刘怀，回来！注意白柳和牧四诚！！！我们被他牵着鼻子走了！杜三鹦这家伙身上最多 20 个碎片，幸运值还是 100，我们根木不可能轻易拿到他身上的碎镜片，我们被杜三鹦消耗了太多时间了！牧四诚从怪物身上抢到的碎镜片才是大头！！"

"啧，被发现了吗？"白柳有点遗憾地叹息一声，他偏过头看向列车车厢 LED 屏幕上的倒计时，自言自语着，"不过时间也差不多了，这车要开了。"

"列车即将启动，请各位乘客坐稳扶好——"

**系统提示：系统对玩家张傀友情提示，列车即将启动，请你及时履行和玩家白柳的约定，将玩家牧四诚身上的"人鱼的护身符"取来给他，不然，作为惩罚，我们将会把你的灵魂关押进玩家白柳旧钱包的灵魂纸币中，玩家白柳将持有你的灵魂债务权。**

张傀脸色一沉，就算是还听不懂这里面的有些词汇，但这并不妨碍他意识到自己被白柳坑了。

"那个钱包……"张傀猛地抬头看向白柳，他迅速反应过来，"你的个人技能是交易？！这什么乱七八糟的个人技能？灵魂债务权？为什么会有这种接近系统权限的个人技能，系统不会允许你拥有的才对！"

**系统提示：灵魂债务权为屏蔽词汇，已为玩家张傀做小电视消音处理。**

白柳揉揉鼻子，十分不要脸："但我就是拥有了，不好意思。"

张傀腮帮子紧绷，他的目光在车厢壁 LED 屏幕上的列车启动倒计时上扫过——只有一分钟了。张傀咬紧牙关，没时间和白柳这家伙打嘴仗了。

张傀飞速地拨动着自己手上的傀儡丝线："刘怀！不用管杜三鹦了，他就是白柳用来消耗时间的！"

张傀目光冷厉地下了命令，抽动自己手上四个傀儡往牧四诚那边的车厢扑："——去杀死牧四诚！夺取他身上的东西给我！他应该要撑不住了！杀死他直接把东西抢过来！"

刘怀也意识到了情势紧急，转身就往牧四诚那边扑，结果没走两步，就被牧四诚所在的那个车厢里的火焰迎面一爆，被逼得不得不打住了脚步。

刘怀苦笑一声，站在一片火焰的车厢前，再也不能前进："主人，牧四诚那边战况太激烈了，我根本插不进去，除了狂暴化的牧四诚可以扛住这个火焰之外，我们根本没人能抵抗这个火焰，贸然进去会被烧死的。"

张傀胸膛猛地起伏了一下，他看向角落里悠闲地靠在门上的白柳，猛地拉紧了傀儡线一把把白柳拽了过来。

白柳被拽得很狼狈，他被脖子上的傀儡线勒得呛咳了两声，下意识地想要扯开这东西。

张傀勒住白柳的脖子把他提起来，他恶声恶气地面对面逼问

白柳：“你他妈是故意让牧四诚狂暴去和这个怪物战斗的！你知道打起来我们根本就没办法插进去，然后牧四诚就能从它身上拿到东西了是吗？！这就是你和牧四诚的计划对吧？你把牧四诚推向这么危险的情景，他居然会答应和你合作！”

“我们达成了一致。”白柳被傀儡线勒得都呼吸不过来了，他满脸涨红，生理性的眼泪都掉落了下来，脸上却还在笑，“我们一致认为要藏东西，最危险的地方就是最安全的地方。”

“你就不怕我杀了你吗？”张傀腮帮子都气得直哆嗦了，他从来没有吃过这么大的亏，勒住白柳脖子的线越来越紧，几乎把白柳拎起脱离了地面。

白柳眼睛都被勒得凸出暴血丝了，他呛咳干呕几声，语气依旧平淡：“我的个人技能在我死后也是起效的，你杀了我没有用的，主人。”

“你杀了我，除了损失你的一个聪明的傀儡，咳咳，和浪费时间发泄你无能的愤怒，没有任何意义。”白柳一边笑一边咳嗽，他的脸都因为被勒得窒息而呈现一种红紫的状态了，“你会杀我吗，主人？”

但他的确还在笑。

张傀的确很想冲动地杀了这浑球，但正如白柳所说，现在杀了白柳他一点好处都没有！

因为白柳的个人技能已经启动了，无论张傀杀不杀他都不会终止，而且杀了白柳张傀还会损失他好不容易搞到手的白柳这个聪明的傀儡。

当务之急是拿到那个什么人鱼的护身符，然后终止白柳的个人技能，事后张傀可以用一百种花样来虐待这个该死的白柳来发泄他被戏弄的愤怒。

但是杀死白柳的沉没成本还是太高了，他花了那么大工夫才抓到一个智力值这么高的傀儡，要是现在一点都没有吸就给杀了，这不符合张傀一向利益最大化的作风。

张傀勉强冷静下来，他松开了勒住白柳脖子的傀儡丝。

白柳瘫软在地，捂着自己伤痕累累的脖子躺在了地上大声咳嗽着喘气，眼睛里全是生理性的眼泪，但他居然还笑眯眯的："多谢主人饶我一命。"

那欠揍的笑气得张傀立马想反悔把他勒死。

张傀按捺住自己心里快要失控的怒气，他深吸一口气让头脑清醒开始思考——系统提示交易失败的死线是列车启动，他看了一眼车厢上的 LED 屏幕，上面有列车启动的倒计时。

现在还有四十多秒的时间，他也不是完全赢不了，杀死白柳也就十秒的事情，等到倒计时十秒再一根线杀死这浑球也不算晚。

张傀飞速地运转着自己的头脑，一边思索一边下命令："现在还不是死局，玩家进不去的话……刘怀，你把乘客都引入牧四诚在的那个车厢，让这些乘客去攻击牧四诚！他现在精神值应该掉得差不多了！让这些乘客去异化他杀死他！"

刘怀应了："好！"

勾引怪物是刘怀的拿手好戏，盗贼和刺客的技能都是判定很强的。

当年他和牧四诚就是牧四诚偷东西，他引诱暗杀怪物，的确是一对合作属性很好的搭档。

刘怀带着两把袖剑不断地游走在乘客之间，很快这些乘客就被刘怀吸引了仇恨值，跟在刘怀身后，刘怀倒立悬挂在还在不断冒火焰的车厢门口，那些乘客在找寻刘怀的过程中跟着就进入了车厢，进入车厢之后，这些乘客好似被什么东西吸引了注意力一般，攀爬滚动着都往牧四诚所在的地方去了。

之前那个大 boss 盗贼弟弟的火还可以直接烧死这些乘客，但和牧四诚缠斗了一会儿之后盗贼弟弟的状态很明显下滑了不少，火焰就小了许多，虽然玩家还不能扛住，但这些乘客却可以进去了。

盗贼弟弟所在的车厢里面的火焰渐渐弱了下去，旁边车厢的人能勉强看清那个车厢里面的场景。

双目空白的牧四诚咬牙切齿地骑在大怪物的脖子上，怎么摇晃都不下来。

而爆裂乘客似乎被大怪物身上的镜片所吸引，源源不断地涌入这节车厢里，他们不断地往大怪物身上攀爬，嘶吼着，不同的火焰焦尸交叠重合，大怪物扭动着身躯，反手把牧四诚给扔了下来。

牧四诚好似终于力竭一般，他呛咳两声松开了猴爪，后仰着跌入了在盗贼弟弟这个小巨人身上堆成一座山的爆裂乘客堆里。

那些被烧得漆黑炭化的乘客张牙舞爪地抓住了牧四诚的四肢，漆黑的五指抓在牧四诚惨白的脸上挠出一道一道的痕迹，乘客不断地涌入，好似山一般把牧四诚淹没，牧四诚只能在焦尸的淹没下露出一张精疲力尽的面孔，他把头仰着伸出尸海，像快要窒息般探出头喘息着，但很快他的嘴也被下面的焦尸捂住了。

牧四诚整个人被拉入了烈火熊熊的尸山火海，再也看不到一点踪迹。

盗贼弟弟仰头大喝一声，拳头上燃起了火焰，它大声呼喊着举起了拳头，看起来似乎准备对淹没在乘客堆里的牧四诚一击毙命。

牧四诚双目失神地仰躺在焦尸堆里，似乎对周围的一切都失去了感知，只有微微起伏的胸膛宣告了这个人存活的事实。

但这种存活状态看起来并不能持续很久。

怪物一拳落下。

杜三鹦看到了牧四诚这边的情况，他凄厉地惨叫出声，在千钧一发之际，这个声音让牧四诚好似回神般艰难地眨动了一下眼睛，他勉力侧头躲过盗贼弟弟落下来的巨大拳头，但拳风还是让牧四诚呕出一口鲜血，他的眼皮无力地耷拉了下去，整个人向焦尸堆更深处沉了下去。

**系统警告：请玩家牧四诚迅速逃离！你的精神值濒危！你已靠近死亡边界线！**

牧四诚很明显撑不了多久了。

"牧四诚必死无疑了。"张傀眯起了眼睛，"这怪物就算是你，白柳，你狂暴的时候的属性面板也不一定能挡住。刘怀，等牧四诚一死立马把他掉落的物品里的那个'人鱼的护身符'扔给我！"

"我狂暴面板属性也撑不住吗？"白柳若有所思的声音突然响起，"那要是我狂暴属性面板数值翻倍呢？"

"怎么翻倍？"张傀嗤笑一声，"看来牧四诚和你说过我的个人技能傀儡强化了。"

"我直接和你说，白柳，狂暴属性面板数值理论上是不可能翻倍的，首先你进入狂暴属性面板精神值要下降到 20 以下，然后我的个人技能'傀儡强化'需要献祭你 50 点精神值才可以，但是你只有不到 20 点的精神值了，是无法使用'傀儡强化'的。"

"如果我偏要呢？"白柳轻声问。

张傀嗤笑："倒也不会死，你会直接精神值崩断，进入一种生不如死的状态里。"

张傀现在有闲心和白柳说话了，他似笑非笑地看向白柳，眉梢眼角都是一种在和聪明人斗争之后胜利的成就感："LED 上的列车启动倒计时现在还有三十六秒，牧四诚根本撑不过三十六秒，你这次输定了，我一定可以拿到——"人鱼的护身符。

**系统提示：列车启动，玩家张傀失信于玩家白柳，没有完成与玩家白柳关于"人鱼的护身符"的交易，玩家张傀受到系统给予的信誉惩罚，成为玩家白柳旧钱包当中的一张灵魂钱币。**

张傀睁大了眼睛，他下意识看向了那个 LED 倒计时屏幕，惊愕反驳："列车怎么可能启动，明明还有三十六秒——"

列车开始摇晃启动，刘怀也惊愕地停住了追逐杜三鹦的脚步。

满车厢到处跑的杜三鹦终于长出一口气地瘫软在了角落里，他手软脚软满脸泪痕地一边哭一边揭开蒙在 LED 屏幕上的一块半透明的布料，四肢虚脱地靠在门上抽泣着："白柳，下次我再也不要和你合作了，太刺激了，我以为我要死了呜呜呜呜。"

布料缓缓落地，露出来的真实屏幕上写着"倒计时：0 秒，列车即将启动，请乘客们做好准备"。

张傀脸色黑沉地在那块掉落的布料上丢了一个侦察道具。

**侦察结果：玩家杜三鹦使用道具"虚伪的布料"篡改了 LED 屏幕上的时间。**

"杜三鹦！！"张傀失去了冷静，他崩溃地质问杜三鹦，"你什么时候使用这个道具的！我怎么完全没有记忆——"

他忽然停住了质问的话。

张傀想起了杜三鹦被他们追的时候疯狂往外扔道具拖延时间，那个时候的确有一块布料被扔出来挂在了屏幕上。

但是张傀当时已经彻底被即将胜利的喜悦冲昏了头脑，他的计划从头到尾进行得太顺利了，他根本没想过杜三鹦那个吓到痛哭流涕的表现是装的！！！

其实也不算装的，杜三鹦是真的被白柳吓到快痛哭流涕了，白柳演反派演得真的太像了，他都觉得自己和牧四诚真的要被卖了！杜三鹦骂白柳不是人的时候是真的吓得不轻。

张傀意识到了这一切之后，有点恍惚地后退两步，他无法置信地看着白柳："怎么可能，你的智力值是 89，我的是 93，你怎么可能比我聪明，先一步预料到我想做的是什么……"

"可能我的是纯天然的？"白柳耸肩，他一边随口说着，一边表情冷静动作飞快地从旧钱包里抽出一张崭新的钱币——张傀的灵魂钱币，然后摁在了自己的系统面板上。

**系统提示：玩家白柳使用玩家张傀的灵魂钱币，介入张傀的系统，正在切入张傀的系统面板中……**

　　**系统提示：玩家白柳正式切入玩家张傀的系统面板，可进行操作。**

　　白柳的系统面板瞬间就切换成了张傀的面板，张傀看到了之后意识到了自己是彻底地被控制了，他无力地哼笑两声，转过头闭上了眼睛不看自己的败局。

　　终日打雁终究被雁啄了眼，他控制过那么多人，还从来没有被人控制过。

　　白柳，呵，白柳。

　　这人必然是早就知道了自己想要抓他吸取智力，才那么有恃无恐，觉得自己不会轻易杀他。

　　结果张傀也正是如此，才让白柳抓住了一个空子。

　　聪明的人总是贪婪的，张傀不觉得自己贪婪是错，他只是输在遇到了一个比他贪婪十倍百倍的家伙。

　　**系统提示：玩家白柳使用灵魂钱币介入玩家张傀的系统面板，玩家白柳使用玩家张傀的个人技能"提线玩偶"，玩家白柳操控玩家张傀操控玩家刘怀对自己攻击。**

　　张傀的手指忽然不受控制地动了起来，他舞动着手指拉紧了刘怀的心脏，刘怀的心脏一阵紧缩。

　　刘怀和张傀都同时抬头惊愕地看向白柳，白柳冷静地对他下了命令："攻击我，刘怀，用你对精神值伤害最大的方式攻击我。"

　　张傀惊了："你已经赢了，白柳，你还要做什么？！马上车门就要关了！"

　　没错，列车已经启动了，"爆裂乘客"和"盗贼弟弟"都准备离开列车了，这些还在燃烧的怪物拖曳着手中的战利品——一个挣扎得微乎其微的牧四诚——准备走出车门。

　　牧四诚似乎已经完全失去了意识，他一双没有眼珠的眼睛似

梦似醒地睁着，嘴角和眼睛里都滴落出鲜血，白柳唯一能确定这家伙还没有死的依据就是，牧四诚从头到尾，都没有使用过逃生道具"人鱼的护身符"。

"白柳，我不确定我能在精神值小于 10 的情况下一定不会使用'人鱼的护身符'，人的求生欲会让人做出很多奇怪的事情，包括违背合作和背叛队友。

"但如果……我真的从头到尾都没有使用这个道具，那么就说明我如你这个疯子所要求的那样，在精神值小于 10 的情况下，维持住了我的理智。"

"牧四诚，如果你没有用'人鱼的护身符'，那我保证只要我活着，我就一定会救你。"

"希望吧白柳，曾经也有人对我说过一样的话，我答应和你合作不是因为相信你，是因为我已经没有别的退路了，我不想被张傀控制，我宁愿死。但被你控制，到现在为止，我还可以接受。"

"你是我最有价值的一张牌，牧四诚，我不会让你死的。"

"我要救牧四诚。"白柳语调平铺直叙地重复了一遍，"刘怀，用你那个可以极速下降精神值的武器攻击我。"

刘怀的手不受控制地往前一刺，两柄袖剑就刺入了白柳的胸腹中，白柳却只是轻微皱了一下眉，刘怀颤抖着松开了手。

**系统提示：玩家白柳受到玩家刘怀的"暗夜袖剑"的攻击，精神值受到侵蚀，下降 30，目前精神值 39，警告！警告！已进入危险值区域！！**

白柳呼出一口气，他微微捂住自己溢出血的胸膛，抬头看了一眼还在勉强挣扎的牧四诚，对着刘怀好似不满地吐出两句话："不太够，继续刺。"

刘怀握住袖剑的手不受控制地一下一下地刺入白柳的胸膛，他刺到后来几乎整个人都在抖了，刘怀用无法理解又极度震撼恍惚的眼神看着嘴角溢血的白柳："为什么要为了牧四诚，做到这个地步……"

白柳不在意地擦去嘴角的血，他淡淡地扫了刘怀一眼："我答应了他，我一定会救他。"

"这是我和他的交易和合作，而遵守交易是我作为一个流浪者的基本道德。"

**系统提示：** 玩家白柳受到玩家刘怀的"暗夜袖剑"的攻击，精神值受到侵蚀，下降 35，目前精神值 4，警告！警告！已进入狂暴区域！！

### 玩家名称：白柳（狂暴属性加成面板）

体力值：56 → 655

敏捷：249 → 1133

攻击：37 → 1555

抵抗力：36 → 1776

综合防御力攻击力上升，玩面板属性点总和超 4000，评定为 A+ 级玩家，玩家白柳等级上升，从 F 上升至 A+ 级别

"可以了。"白柳终于叫停了刘怀不停攻击的手。

张傀看到了白柳的属性面板，迅速地评判道："你这个面板不够扛'盗贼兄弟'，'盗贼兄弟'起码是 A+ 级别的怪物，要牧四诚那种狂暴到 A++ 等级的玩家才能扛住。"

"我知道。"白柳态度很淡定，"这不是还有你吗，急什么？"

**系统提示：** 玩家白柳操控玩家张傀对自己使用个人技能"傀儡强化"。

**系统警告：** 玩家白柳的精神值不足 50 点！！！是否强行"傀儡强化"？会导致玩家白柳精神值出现崩断的情况！

**系统警告：玩家白柳是否强行使用个人技能"傀儡强化"？**

白柳毫不犹豫："使用。"

"你疯了白柳！！！"张傀崩溃地被迫舞动十指操纵白柳，透明的傀儡丝入侵白柳的后脑勺，在他枕骨大孔的位置宛如注射器一样扎进去，其余的傀儡丝颤动着他的关节，往白柳骨头缝里钻，这是一个极其血腥疼痛的过程，但很快玩家就会随着精神值的下降对这些痛苦麻木起来。

张傀声嘶力竭地大吼，他疯狂地扯动着自己手上的傀儡丝意图阻止白柳这个神经病："白柳！！！你的精神值只有4点了！根本用不了这个'傀儡强化'技能！强行使用技能降低精神值虽然不会强行清零你的精神值，但会导致精神值崩断！你会疯的！！！"

精神值崩断是指游戏中的非怪物异化降低精神值，精神值都不会清零的一种状态。

玩家使用个人技能或者道具，是无法强行清零另一个玩家的精神值的，整个游戏设定中只有怪物可以清零人的精神值，而玩家是不可以的。

比如张傀无法操控狂暴状态下的玩家，刘怀的"暗夜袖剑"攻击到后面降低的精神值就会骤然减少，这可以看得出，这些技能和道具是无法清零玩家的精神值的。

但却会出现一种非常奇异的状态。

在这些"个人技能"和"道具"强行不断的攻击下，玩家精神值最终会呈现无限趋近于0的一种状态，在玩家之间这种状态被称为"无穷小的精神值"，又叫作"精神值崩断"。

据说玩家的精神值处于这个阶段的时候，思想会被困在"怪物"和"正常人类"之间的裂缝中，脑子已经是怪物的思维，但却拥有人类的外壳。

为什么会用据说来描述"精神值崩断"呢？

因为真的经历过精神值崩断的玩家，全都疯了，无论是在游戏中发疯杀死所有玩家，还是出了游戏哈哈大笑着自杀，只要是经历过"精神值崩断"这个状态的，有一个算一个，全部都疯了。

而且这些精神值崩断的玩家大部分因为处于狂暴状态，面板属性都急剧提升，在游戏中会倾向于杀死所有玩家，所以出现了"精神值崩断"的玩家，可以说是整个副本里所有玩家的噩梦。

"白柳！！！"张傀竭力控制着自己的双手，不让自己强化白柳，"你他妈不要发疯乱来！！精神值崩断和你上一次的精神值 0.1 根本不是一个东西！！这种状态危险得多！你的精神值理论上已经清零了，但实际上还没有，你会跌入混乱的潜意识欲望空间的！你会疯的白柳！！"

张傀咬牙切齿地拖曳着手上的傀儡丝："牧四诚死就死了，对你根本没有任何影响！！你明明可以成功通关！你是个聪明人不是吗？！你要是精神值崩断，疯了攻击人，你那么高的属性值，我们都得被你杀死！你也根本救不了牧四诚！你只会攻击他！"

车门渐渐闭合，牧四诚缓缓地被拖出车厢外，他的手指蜷缩了一下，扒拉了一下车门框，好似竭力在挣扎求生着。

牧四诚的眼皮突然掀开看着白柳，嘴唇一张一合，似乎正在极为不甘心地呼唤着白柳的名字。

"我知道。"白柳早就被牧四诚和杜三鹦科普过精神值崩断的概念了，但他的眼神冷静到近乎无机质的地步，语气却带着一点很散漫很无所谓的笑意，"但我不喜欢违背交易。"

"张傀，或者说主人，"白柳忽然转过头对张傀笑了一下，"如果我真的疯了，那就是考验你的时候了，我那个时候依旧还是你的傀儡，你一定要控制住我，让我做我该做的事情。"

"你妈的！！！白柳——！！"张傀用力得脸上都暴出青筋了，他双手痉挛着试图控制白柳身上的傀儡丝，"不！！！我做不到的！！"

"你可以的。"白柳闲散地笑笑，他转过头去摆摆手，"我相信你，大傀儡师。"

**系统提示：玩家白柳进入"强化傀儡"状态，精神值下降不够，正在进行补充计算……补充计算失败，玩家白柳无法提供"强化傀儡"所需的 50 点精神值，进入强行索取精神值状态……**

**系统提示：索取成功，玩家白柳精神值下降，4，3，2——0.000000000……1**

张傀歇斯底里："给我停下白柳！！！！"

**系统警告（对所有玩家）：玩家白柳的精神值进入崩断状态，转变为极度高危生物！请其余玩家迅速逃离他周围！**

白柳的双眼逐渐失去了焦距，他的呼吸停顿了，所有的声音和光线都在他眼中拉出非常纤长紊乱的线条，变成好像处于另一个维度的东西。

他进入精神值下降导致的潜意识幻觉了。

然后白柳一瞬间好像被什么东西拽住胸部拉入了车厢内，盗贼弟弟踩在他的胸上对他抡起烈焰熊熊的拳头，拳头落下，白柳被砸得短促地唔了一声，他侧过头看到了自己被拳头砸得迸溅的脑浆骨头和血，疼痛真实鲜明地在他身上的每一个地方弥漫开。

一秒钟后，白柳又被人拽入了一个全新的场景，他站在了一开始的那节车厢内，爆裂乘客正在源源不断地涌入车厢内，牧四诚正在脸色阴沉地说要追逐战了，几秒钟后牧四诚就拿着自己偷到手的"人鱼的护身符"冷漠地走了，白柳被追上来的爆裂乘客抓住四肢困在原地，火焰吞没了他，他被活活地烧成了一具拥有感知痛觉能力的焦尸。

视野又一转，白柳拿着鞭子站在杜三鹦的车上，他跪在车上喘息，而杜三鹦说白柳，我不行，我不能和你们一起。他眼泪汪汪地一把把白柳推入了乘客堆里，开着自己的车绝尘而去，而被锁定了仇恨值又清空了体力的白柳只能跌落原地，被一群丧尸般的乘客咬噬骨肉。

他看到牧四诚用了那个"人鱼的护身符"，自己永远地成了张傀手中的傀儡，渐渐变得痴傻呆滞，最终被遗弃在某个副本里孤独地死去。

无穷无尽的死亡幻境扑面而来，在所有拥有导向白柳死亡的可能性的时间节点，藏在他潜意识里的可能出现的场景，通通变得真实，然后仿佛发生过般在他身上不停重现。

人只要无法停止思考，无法停止想象，无法停止恐惧，就无法停止来自于潜意识里营造出来的幻境，就算是白柳也不能。

所以他只能千百次地重复这些潜意识衍生出来的幻觉。

"假设已经发生过的事情中没有发生的可能性是一件很无聊的事情。"白柳被牧四诚摁在地上，他已经忘了这是哪一个节点衍生出来的死亡剧情，他的喉咙已经被牧四诚残暴地用猴爪给划开了，血液顺着他说话涌入气管，这让他呛咳着，笑了起来，他喟叹着，"但我居然也这么无聊，思考过你背叛过我的方式，牧四诚，还有这么多种，我数了数，可能有八百多种吧。"

烧死，割开喉咙，咬死，勒死……

牧四诚奇怪地看着快要死亡还在笑的白柳。

而白柳满脸都是自己笑出来的血，他的眼帘因为死亡的到来缓缓闭合，他因为气管被划开，说话有种独特的气音。

"这么多种可能性中，你选了没有背叛我的那种。"白柳话音减弱，他闭上了眼睛，"那我也会选这种，牧四诚，这是一场公平的交易。"

——白柳，如果我真的被怪物给拖走了，你真的会不要命地来救我？

——放心，如果你做到了不用'人鱼的护身符'，我这个人很讲信用，疯了也会记得要救你的，牧四诚。

听了白柳的话之后，牧四诚垂眸嗤笑，他说，我信你个鬼，白柳。

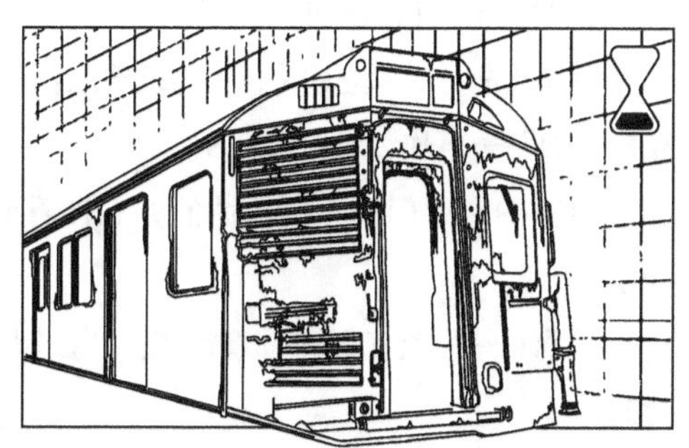

# CHAPTER 15

　　所有的幻境如碎掉的镜片一样在白柳面前碎裂，死得千奇百怪的白柳在幻境中如燃烧的照片般化成灰烬。

　　白柳缓缓睁开了没有焦距的眼睛。

　　所有人都屏住了呼吸，下意识地后退了一步，杜三鹦缩在角落里看着双目无神的白柳忍不住吞了一口口水，忐忑地后退了一步。

　　杜三鹦现在的预感很奇怪，白柳让他后颈汗毛直立，但同时又让他兴奋得心跳加快。

　　"现在是什么情况……"杜三鹦喃喃自语，"我们这边是多了一个怪物，还是……"

　　牧四诚漆黑的猴爪被拖出了车门，他的猴爪艰难地在门栏上轻微地挠动了一下，似乎在阻止自己的离去，车门缓慢地闭合，门缝里只露出一双牧四诚似有不甘的空洞雪白的眼睛。

　　下一秒，白柳动了。

他以一种快到不可思议的速度踩踏过车厢表面，车厢的钢铁墙壁都被白柳踩到凹陷下去，白柳几乎是在一个晃眼之间就出现在了牧四诚要被拖走的那个车门上面，白柳神色冷静，力度极大地两脚踩在门缝之间，在牧四诚的手要被彻底拖出车厢的前一秒，用两只脚踩在门框两边，抵住了快要闭合的车厢门。

白柳呼出一口气，他双手扒住门的两边，用力往外掰，用力到肩胛骨都把衬衫耸立起来，车厢玻璃门发出刺耳的"咔啦"声，随后"砰"一声炸裂成无数碎片。

厚重的车厢门以一种扭曲的姿态被看似瘦削的白柳徒手扒开了。

"靠……"杜三鹦人都看傻了，"白柳这是进化成了金刚芭比吗！！"

门外正在拖曳牧四诚的乘客和盗贼弟弟都不约而同停下了脚步，拉开门的白柳让它们感到了威胁，盗贼弟弟恶狠狠地怒吼一声，瞬间举起燃起火的拳头，就要对着白柳砸下。

白柳移动速度快到几乎只能看到残影，他侧头闪躲之后，行云流水般弯腰从下方干脆利落地把牧四诚拖了进来，然后一脚踹开了盗贼弟弟。

这下可彻底激怒了盗贼弟弟，它全身冒火，一拳砸在了地面上，整个已经开始移动的车厢顿时又被笼罩在火中，被盗贼弟弟用蛮力钉死在了原地。

张傀彻底看蒙了，他试探地喊了一声："白柳？！你没疯？"

白柳回头看了他一眼，态度和神情都无比自然地回答他："不用控制我了，我清醒着，你松开傀儡丝来接住牧四诚。"

白柳试图把牧四诚扔到另一节车厢，丢给张傀，他拦在盗贼弟弟的面前，盗贼弟弟看着对白柳火冒三丈，但却并没有继续攻击白柳，而是毫不犹豫地放弃了拦在它身前的白柳，返回去攻击牧四诚，拳头燃着火焰，虎虎生风地砸向了被白柳抛在空中的牧四诚。

盗贼弟弟的目标从始至终就是牧四诚，白柳反应过来的时候，盗贼弟弟已经对着被白柳甩过去的牧四诚恶狠狠一拳砸下，白柳侧身强行扯着牧四诚的后领甩开他，反身替牧四诚挡了这一下，血从白柳口中喷了出来，溅落在牧四诚惨白的脸上，他被烧得黑漆漆的右手突然动了一下。

**系统提示：玩家白柳生命值降低为 6 ！**

"喷。"白柳擦去嘴边的血，他翻身躲过盗贼弟弟的又一次袭击，喘着气忽然笑了一下，看着瘫在他身后不动的牧四诚，"干得不错，难怪盗贼弟弟要拖走你，原来是你偷了他的碎镜片，仇恨值锁你身上了。"

牧四诚紧握的右手猴爪里，是一块大小和心脏差不多的碎镜片，这人失去意识多时了，居然一直捏着没被盗贼弟弟弄出去。

这也是白柳计划的一环，偷碎镜片，牧四诚一直记得。

白柳说着，反身又是一脚把这盗贼弟弟给踢了出去，盗贼怒吼着又要砸开车门上车，白柳和盗贼弟弟你来我往地扭打一阵，在盗贼弟弟勃然大怒地准备再次使用火焰群攻的时候，白柳冷声对看呆了的一群人下命令："快过来帮我把车门合上，只要车走了就好了！"

一群人这才手忙脚乱地过来推拢被白柳撕开的车门，勉力抵过了失去心口碎镜片变得虚弱不少的盗贼弟弟最后一次拳击之后，满身疮痍的列车终于缓慢地、吱呀吱呀地开走了。

所有人都虚脱了。

张傀和自己的三个傀儡靠在门上发怔地看着白柳，杜三鹦满身是汗像狗一样吐着舌头瘫在椅子上，白柳走到角落里蹲下，他也到极限了，精神值崩断的状态对他消耗非常大，白柳后仰靠在疮痍一片的车壁上，胸膛轻轻起伏着，他正在调整自己的呼吸。

他购买了两瓶精神值漂白剂和两瓶体力恢复剂，自己喝了一瓶精神漂白剂和一瓶体力恢复剂，给牧四诚灌了两瓶，白柳灌的手法很粗暴，牧四诚喝到一半差点没被白柳给灌死，呛咳了一声就醒了过来，白柳坐在他旁边随手递给他："自己喝，对了，这两瓶加在一起1700积分，我帮你购买需要收取百分之十的手续费，一共1870积分，承蒙惠顾。"

说完，白柳就非常理直气壮地对着牧四诚伸手了，意思就是：快点给钱。

刚刚九死一生逃出生天恢复神志的牧四诚："……"

牧四诚无语地转了1870积分给白柳，他摸到自己脸上的血渍时手一顿——那是白柳为了救他被打了一拳呕在他脸上的血。

白柳也没有对他提过自己帮他挨了一拳这件事情，但牧四诚的确是隐约之间看到了白柳硬撑着在自己面前挡了一下。

白柳这种没良心的人帮了他做好事还不留名……这让牧四诚稍微有点不自在，他别过脸，假装随意地把手中捏了一路的碎镜片给了白柳："喏，拿着吧。"

白柳很自然地接过了，也没有问牧四诚为什么会给他，一切都是那么地顺其自然。

牧四诚还是没有憋住，他假装不在意地问："白柳，你那个时候，居然真的来救我了，我还以为你不会管我，没想到你还有点良心。"

"和我有没有良心无关，如果我们是互相利用的关系，的确可以不管你，我也能顺利通关，还会少很多麻烦。"白柳随口说道，他擦掉自己嘴边的血迹，好似不觉得有什么一样地说道，"但我们是合作关系，并且早已经约定了，我说过不会让你死，那我就不会让你死，这是一场交易。"

牧四诚有些恍惚地嗤了一声："交易? 什么交易?"

"1积分的交易。"白柳举着精神漂白剂还在一口一口地喝，回忆道，"我们达成合作的时候，你给我过1积分，你不记得了吗?"

牧四诚沉默了很久很久，他低着头好似回忆了很多东西，又好像什么都没有回忆。

牧四诚暗红的眸光闪了闪，又平静安宁地熄了下去，他突然哼笑了一声："还真是划算的 1 积分……白柳，你这个人真的很奇怪。"

"你不是第一个这么评价我的人。"白柳说着，仰头一口喝干精神漂白剂，"我觉得应该也不会是最后一个。"

**系统提示：玩家白柳使用精神漂白剂恢复精神值至 60**

**系统提示：玩家白柳获得"盗贼兄弟"携带的大块碎镜片（1个大镜片 =20 个小碎片），以及玩家张傀手中的碎镜片，合计碎镜片 100 片，收集任务进度到达 1/4，触发需要收集的碎镜片总数量。**

**系统提示：收集碎镜片（100/400）**

### *《爆裂末班车怪物书》刷新----盗贼兄弟（2/3）*

**怪物名称：盗贼兄弟（弟弟）**

**特点：极其强壮高大，移动速度极快，每一分钟可以使用一次大范围攻击（1400 点的移动速度，火焰有加成效果，愤怒时喜欢用拳头让对方听话，攻击力极强）**

**弱点：心口碎镜片（1/3）**

**攻击方式：怒气狂捶，烈焰冲击（因心口重要的碎镜片被玩家偷盗，盗贼弟弟无法控制地虚弱了下去，攻击的力度和移动的速度都大大减弱，在对抗的时候，玩家的生存率提高）**

**系统警告：玩家白柳的生命值仅剩 6 点！已在死亡边缘！请注意自我保护！**

白柳闭上了眼睛，他往后靠在车厢上，终于长长地、长长地吐出一口气，带着一点胜利之后的疲惫笑意，和一点罕见的人性化的小小得意："所有人都活下来了，还有七个站台。"

牧四诚静了一会儿，他也笑了起来："嗯，我们都活下来了，靠你这个疯子的计划。"

是的，没错，白柳一开始的计划就是那个匪夷所思的方案——

他要所有人都活下来。

白柳这个神经病，要所有人都被他控制，然后活下来。

这才是这个消耗生命值的游戏里，性价比最高的做法。

白柳不会浪费任何一个人的一点生命值，这种极致的贪婪让牧四诚相信了他，相信了白柳不会轻易让自己死去。


五分钟前。

白柳刚刚说自己要和傀儡师合作之后，牧四诚便勃然大怒："你他妈要和谁合作？！傀儡师？！"

"我们必须合作。"白柳很冷静，"或者说不是合作，我一个人必须控制所有人，才能确保最大效率地调动生命值。"

"因为我们的总生命值太低了，我只有 21，你只有七十多，杜三鹦是满的，但就算这样我们这边也只有一百多的生命值，而傀儡师经历了这次袭击，减去 20 点兑换碎片的生命值，和 10 点试探需要的生命值，顶天了也才 370，我们加起来只有六百多一点的生命值，这在一个需要消耗 400 生命值才能通关的游戏里太低了。"

"这相当于我们当中已经无形地死去一个人了。"白柳语调平静，"我们在不知不觉当中，就已经杀死了一个玩家。"

牧四诚忍不住吐槽："大部分的生命值都是你丢掉的吧！你一个人就丢了七十多！"

"哦，是吗？"白柳迅速假装什么都没有听到地岔开话题，继续说了下去，"而假如总的碎片是 400，现在收集预估是 40，那还有 360 点生命值需要我们丢。"

白柳语气突然正经："但这里面还有个很重要的点，那就是

我们已经过了两个站了，但我们的怪物书图鉴只刷新了一页。"

白柳打开了自己的系统《怪物书》面板，指着上面示意了一下："而《爆裂末班车》的怪物书有三页，也就是说至少还有两个怪物我们没有遇到。"

牧四诚脸色一沉："如果按照游戏进度算，目前进度已经过了 20% 了，通常这个时候会出现新的怪物。"

白柳点头附和牧四诚的说法："按照游戏的一般性质来说，这个时候出现的怪物我觉得应该是比'爆裂乘客'难缠的新怪物。"

"我们要从这个新怪物手里拿到碎镜片必然就更难，在已知我们很有可能要丢掉 360 点生命值的情况下，我们还需要和两种未知并且更强的怪物做斗争，目前的六百多减去 360，就算死的全是傀儡师那边的，那我们也只剩下两个半人了。"

白柳摊手："你们觉得我们是通关的概率更高，还是全灭的概率更高？"

牧四诚和杜三鹦齐齐一顿。

牧四诚先看向了白柳。开了口："那你的意思是怎么样？"

白柳很平静："我的意思是先让所有人活下来，增强战力。"

杜三鹦有点晕了："但是你之前不还在说所有人活下来是不可能的吗？"

白柳说："我之前是站在张傀的角度来说的，如果是他掌控全局，那所有人活下来的确就是不可能的，因为我们需要他们的实力来对抗怪物保护我们，所以我们需要他们活下来，但他其实是不需要我们这些弱鸡的实力来对抗怪物的，我们对他的价值有限，所以如果新怪物很难对付，他完全可以为了通关把我们丢出去。"

杜三鹦更晕了："那我们为什么要和傀儡师合作啊？那不是送上门去让他控制我们吗？"

白柳嘴角微微弯了一下："对，就是要让他以为他控制了我们所有人。"

杜三鹦和牧四诚又是齐齐一愣。

"如果我是张傀，我不会正面来对抗我们，因为那样会增加他们那边生命值损耗，为了降低生命值损耗最好是先分散我们，再逐个收服，对我这种讲求利益、处于弱势的，他应该会利诱并且断掉我的后路，而我的后路很明显就是牧四诚这个面板属性强势的玩家。"白柳说着转头看向了牧四诚。

"而对于牧四诚这种面板属性强势的玩家，如果我是张傀，我大概率会玩阴的，不正面冲突，攻心为上，这游戏有个精神值的设定，我会想方设法先降低你的精神值，趁你神志不清的时候控制你或者牺牲你。"

听到白柳语气平淡地说对自己玩阴的，牧四诚的嘴角抽搐了一下。

牧四诚抱胸挑眉："那你还要向张傀寻求合作？他很有可能在控制了我们之后，把我们给牺牲了，你怎么在和张傀合作之后，让所有人都活下来？"

"他控制所有人，我通过'合作'控制他。"白柳抬眸直视牧四诚，"就这么简单。"

牧四诚讥笑一声，反驳："你怎么控制他？你靠什么让他和你'合作'？"

白柳抬眸，他专注地直视牧四诚："靠你，牧四诚，你会做一件很冒险的事情，有很大概率会死，但我可以借助这件事控制张傀。"

牧四诚一怔。

"但就算你只有 1 点生命值，我也会让你活着。"白柳用一种平静又很有力量的眼神看着牧四诚，"牧四诚，你是我最有价值的一张牌，我保证只要你不脱离我的计划，无论怎么样，我都会确保你存活。"

白柳最终提出的计划充满了不稳定性和变数。

牧四诚甚至不知道这家伙的个人技能是什么，也不知道白柳所谓的那个"合作"的个人技能能不能比傀儡师的"傀儡丝"判

定更强，可以掌控对方。

但在那一瞬间，牧四诚被白柳目不转睛地直视着，就好像是无法控制地被白柳说服了一般，他鬼使神差地同意了白柳这个充满赌博性质的，疯狂的计划。

牧四诚看着白柳眼中毫无保留地映着的，有些怔怔的自己，想起了白柳一鞭子又一鞭子全身脱力地为了他吸引怪物的仇恨值。

这家伙是个疯子，对什么东西都从不退缩和逃避，有好几次白柳都快跌下车了都没有从牧四诚身上移开过视线，就像白柳自己说的一样：为了确保你的存活，我不会抽空任何一鞭子。

当年的刘怀，也是扮演了这样一个，为偷盗的牧四诚吸引仇恨值，或者说放风的角色。

刘怀是一个很适合也很擅长干放风工作的人，但牧四诚觉得如果是刘怀和他一起合作到了今日，在之前那种偷盗怪物碎镜片的情况下，刘怀或许也会失手，因为他不会像白柳这个疯子一样，完全不顾自己地来救他。

白柳毫无保留地把整个计划的关键——"人鱼的护身符"的作用和功能告诉给了牧四诚，他告诉牧四诚，只要你用了这个道具，我就彻底变成张傀的傀儡了，计划就失败了。

牧四诚静了静，嗤笑了一声："你就这么告诉我了？你不怕我背叛你真的用了？"

白柳很安静地看着牧四诚，他的眼珠很黑，这样微微抬起头来看人的时候，人就像是映在镜子里一样清晰可见地映在白柳的眼睛里，有种白柳这个心机叵测之人在全心全意地信任你的错觉。

白柳声音很轻地询问牧四诚："你会用吗？"

牧四诚微微闭了闭眼睛，他沉默了很久才回答道："白柳，我不确定我能在精神值小于 10 的情况下一定不会使用'人鱼的护身符'，人的求生欲会让人做出很多奇怪的事情，包括违背合作和背叛队友。"

说完这句话，牧四诚顿了顿，白柳并没有催促，而是在列车行进的风声里很安静地等着牧四诚的回答。

牧四诚深吸了一口气："但如果我真的没有使用'人鱼的护身符'这个道具，那么就说明我如你这个疯子所要求的那样，在精神值小于 10 的情况下，维持住了我的理智。"

"如果你没有用'人鱼的护身符'，牧四诚。"白柳说，"那只要我活着，我就一定会救你。"

中央大厅小电视墙。

除了白柳这个不幸掉入"坟头蹦迪区"的玩家，处于《爆裂末班车》的所有玩家几乎全部登上了中央大厅的推广位，就连李狗这种也混了个"中央大厅边缘推广位"，张傀杜三鹦牧四诚这些更是老早就在好的推荐位上挂着了。

目前张傀的推广位是最好的，本来他之前在"中央大厅多人区火爆推广位"，但是在张傀控制住白柳的时候，张傀小电视的点赞推荐充电都爆了一波，顺利冲入了"中央大厅核心推广位"。

但牧四诚和杜三鹦的情况就没那么好了，因为这两人被白柳控制住之后，观众觉得看着不那么爽快了，开始缓慢地向白柳的小电视流失，推广位略有下滑。

而张傀靠着控制住了白柳，成功引起了一波打赏高潮，成为《爆裂末班车》第一个冲入"核心推广位"的玩家。

张傀小电视前的观众也很兴奋。

"张傀这次可以啊! 不愧是智力值 93 点的玩家! 成功控场了! "

"我算算啊，张傀控制了白柳，白柳控制了牧四诚和杜三鹦，惊! 这样算起来是不是所有人都被张傀控制了! "

"为我小张泪目，等了好久终于等到今天! 你追了牧神这么久，今天终于靠着别人把牧神拿下了! "

"笑死我了，张傀和牧四诚的相爱相杀我今天终于看到了大结局，我之前还以为白柳这个第三者会插足，结果一看，白柳果

然不是张傀的对手嘛，咖位实力差太远了！！"

张傀小电视的观众津津有味地议论着，但突然有个观众好像是察觉了不对一般："不对啊，怎么回事，张傀表现得这么好，按理来说杜三鹦和牧四诚的小电视观众应该都会流动过来啊？怎么还是都在往白柳的小电视那边跑？"

一个多人游戏里的几个玩家的观众都是流动的，一般是谁表现最好就往谁那边跑。

现在是张傀表现最好，观众的打赏和点赞数都很高，就好像马上就要胜利一样狂欢着。

但是很奇怪的是，张傀这个刚刚登上"中央大厅核心推广位"的观众数量并没有增加，牧四诚和杜三鹦的观众虽然在流失，但是都在疯狂地往白柳所在的"坟头蹦迪区"跑，并没有过来看张傀的小电视。

而白柳刚刚才被张傀控制住了，是表现最差的玩家，不应该这么能吸观众啊，应该流失观众才对啊！

一些观众控制不住好奇，小声讨论着。

"白柳在搞什么幺蛾子？他难道还有后手？不可能吧！他都被傀儡丝绑住了！不可能翻身了！"

"……我也觉得，不如我们去看一眼就回来？"

"你们过去看吧，我不想走开，张傀这里太精彩了，我等你们回来告诉我们白柳在做什么吧。"

"好我们去看了回来和你们说，不用担心，白柳多半就是整一些吸引眼球垂死挣扎的骚操作罢了！我过去看了回来当成个笑话给你们讲！"

张傀这里的一小批观众去看白柳的笑话了。

然后这群说要回来讲一个名为白柳的笑话的观众，再也没有回来。

剩下的观众更加抓心挠肝了。

"靠白柳不会真的有什么后手吧？！不可能吧！我还没有听

说过可以解除傀儡丝的办法啊！”

“……杜三鹦和牧四诚那边的观众疯了一样地往白柳那边涌，他们是商议了什么计划吗？到底发生了什么啊啊啊啊！”

“我忍不住了我要过去看！”

“我也很好奇，但操！我可是张傀的铁粉啊……算了我就去看一眼！我马上就回张傀这里！”

就这样，《爆裂末班车》的所有玩家的观众都开始一点一点会集起来，从其他玩家的小电视往白柳的小电视流去，原本冷寂寥落的“坟头蹦迪区”开始人流密集。

甚至因为“坟头蹦迪区”不算很大，这个从来人迹罕至的地方，居然硬生生地被白柳吸来的观众流量带得拥挤了起来。

而王舜扫了一眼他后面这些挤进来的新观众，又把目光投向小电视上的白柳，神情和语气都是前所未有地复杂：“……居然从其他三个大神玩家身上反向吸流量过来了，白柳……”

《爆裂末班车》这个多人游戏开场的时候，白柳原本累积下来的观众几乎全部被大神吸走了，只剩寥落几个人留下来看着白柳。

但到了这个时候，白柳这家伙居然又把所有流失的观众疯狂反向吸了回来，看着观众的数量，白柳这家伙还反吸了不少，而且观众只要来了就没有走的。

王舜还是第一次看到有人能从三个大神小电视里这样疯狂地吸流量过来的，感觉都快把《爆裂末班车》这个游戏的所有观众都给吸到白柳这里来了。

白柳这里的大部分观众都没有办法把注意力从小电视里的白柳身上移开了，他们的眼珠子都粘在了屏幕上，就好像是看到了一部精彩纷呈的电影高潮阶段般，没有任何人舍得移开一秒钟目光，只有一些心脏承受能力不是那么好的观众移开视线紧张地小声讨论着。

“靠靠靠我不敢看了！白柳能不能骗过张傀啊！！天哪那可是张傀！93点的智力！他居然敢去耍张傀！”

"稳住！别慌！我感觉张傀已经上钩了！"

等到牧四诚被砍掉双臂甩出去的时候，白柳的小电视前一片哀号，很多人都捂住了眼睛。

"天哪天哪！牧神好惨啊！！就算是早知道这是计划的一环，我也受不了，白柳下手好狠！他推牧神过去的时候还在笑！"

"我感觉牧神这次可能要凉……我不觉得白柳这种利益至上的人会救他，唉。"

"我也……"

"靠！！！牧四诚你傻不傻！！！白柳怎么可能会救你啊！！我作为你的粉丝简直要气死了！！你这完全就是白给啊！！"

"我觉得虽然白柳嘴上说要救所有人，但不太可能，多半就是说来伪善一下，哄牧四诚和杜三鹦和他合作的，白柳和张傀完全是一种人，等该放弃的时候，这些聪明人会比谁放弃得都快的。"

"最后能活下来的可能就杜三鹦和白柳这两个人，其他人看情况吧，大概率会被白柳扔出去扛怪物死掉。"

"牧四诚好可怜啊……完全被白柳骗得团团转……"

等到最终白柳反杀控制住张傀，强行对自己使用技能精神崩断，在最后车启动前的十几秒内把已经神志全失的牧四诚从怪物手里抢回来之后，观众看着狼藉一片的车厢内七歪八倒地躺着休息的白柳一行人，长久地陷入了失语。

十几秒之内逆转形势，操控全场，击退怪物，从怪物手里抢人，最重要的是，就像是白柳所计划的那样，无论张傀还是他的阵营里，无一人死亡。

隔了很久，才有观众无法置信又艰涩恍惚地开口道——

"居然，白柳真的让全员存活了……"

"我看傻了……我以为牧四诚被拖出去的时候必死无疑，白柳居然这么彪把他给拖进来，还给他扛了一拳……"

"妈的，白柳救牧四诚的时候我看得流眼泪了，我又相信爱情，不对，合作关系了！！"

"太强了，白柳太强了，该死！为什么我只能点一个赞！！"

"我激动得想撕衣服了！！白柳和牧四诚都太帅了！这种肝胆相照配合无间的兄弟情打动了我！！"

"呜呜呜我觉得好甜哦，这种甜甜的兄弟情什么时候才能轮到我呜呜呜，白柳！！你也和我合作好不好！！"

"白柳，你这货就是神！！神！！！"

"白柳，永远的神！！！"

王舜缓缓地、缓缓地取下了自己滴了一滴汗液的眼镜，擦干净，再戴上去看小电视屏幕上闭上眼睛休息，脸上全是血渍和黑污渍的白柳，王舜在为了白柳发出的山呼海啸般的狂欢尖叫声中，由衷地露出了一个笑。

新增 41776 人赞了白柳的小电视，新增 40107 人收藏了白柳的小电视，新增 10401 人为白柳的小电视充电，玩家白柳获得 15442 积分。

新增 60004 人正在观看白柳的小电视，玩家一分钟内获得赞超 40000，恭喜玩家白柳达成"万人在你的坟头狂野蹦迪"成就。

Yo ～你的坟头万人齐聚～ Yo ～棺材板板摁不住厉害的你～ Yo ～破土而出一飞冲天你就是牛逼～ Yo ～

恭喜玩家白柳达成离开"坟头蹦迪区"所需点赞收藏充电数据，解锁推广位程序，玩家白柳小电视数据进入再核算，重新分配推广位……

因玩家张傀数据急剧下降，系统对他感到很失望，决定调换玩家张傀和玩家白柳的推广位位置。

恭喜玩家白柳获得推广位，进入中央大厅核心推广位，浏览量正在急速上升中……

玩家张傀进入"坟头蹦迪区"。

听到这个系统通知之后，正在欢呼的白柳的观众停了一两秒，瞬间爆发出了更大的欢呼声，这些处在兴奋中的观众开始异口同声地尖叫——

"白柳，冲！！！核心推广位！"


白柳休息了一会儿之后，就睁开了眼睛。

牧四诚正在往自己的手脚上缠一些防护的绷带，这些绷带会让人速度下降，但是相应的防御力会上升，有一定修复止血的效果，算是游戏里的常用道具。

牧四诚看白柳醒了，下意识地递了一卷绷带过去，白柳不管是什么东西，先很自然地接过了，接过了之后说了一句："防护绷带，不错的道具啊，谢了。"然后就自己缠上了，一点给牧四诚钱的意思都没有，白嫖得非常理直气壮。

牧四诚无语："……我说了免费给你吗？"

"我假设你是免费给我的。"白柳十分不要脸，"当然你可以抢回去，不过我现在生命值只有 6 点，你一拳就能砸死我。"

说完，白柳张开绑好绷带的双手，很无辜地看着牧四诚，意思就是你要是不怕弄死我，你就来抢吧。

牧四诚："……"

牧四诚憋闷地操了一声，转过头不看白柳，白柳生命值只有 6，牧四诚看见这家伙手脚都在流血，才会下意识递给他绷带。

但白柳白嫖和双标得太理所当然了，他给牧四诚东西还要收取牧四诚手续费，牧四诚刚刚才为自己喝的体力恢复剂和精神漂白剂支付了白柳 1870 积分，其中 170 点还是白柳要求给的手续费。

白柳拿他的东西，倒是一点付费意识都没有。

牧四诚虽然没有一定要让白柳给钱的意思，但看着这货一副"好开心啊又占到便宜了"的样子，他就是很不爽。

但是不爽也没用，他还真没办法拿生命值只有 6 的脆皮白柳怎么样。

车厢里其他人也在缠绷带，这次盗贼弟弟的猛烈攻势让所有人都受到了一定伤害，但杜三鹦依旧没事，他有点尴尬地坐在角落里看着其他人缠绷带，白柳突然喊了他一声："杜三鹦。"

杜三鹦下意识转头过去，就看到一块巨大的镜子钻石被白柳闲闲一抛，刚好落入他怀中。

杜三鹦懵逼地捧着这块花了所有人九牛二虎之力才集到的碎镜片："白柳，你给我干什么？！"

"你幸运值 100，不会轻易受伤和掉落物品，放你那儿最安全。"白柳倒是不觉得有什么，"我要是死了，这东西爆出去要是被怪物捡走了多不划算。"

白柳随口一说，但牧四诚和杜三鹦听了之后脸色都有点变了。

杜三鹦紧张地收起碎镜片，确认般问道："你不会死的吧白柳！你肯定计算好了自己的生命值，可以踩线通关的！就像是上次一样。"

牧四诚也是沉沉扫了白柳一眼。

白柳态度很坦诚："我确实算过我的生命值，但是意外总是比计划多的不是吗？"

"比如这个游戏的第二个怪物就比我预估的强悍了很多，而且还有一个怪物没有出来，所以会怎么样真的不太好说。"白柳语气还是很平淡，似乎不觉得自己是在讨论自己的死亡这种恐怖的事情，"我死亡的概率不算小，所以杜三鹦，这碎镜片放在你那里是最安全的，就算我死了，这些碎镜片也不会浪费，你明白吗？"

他说完，嘴角又呛咳出了一口血，血里很明显掺杂着内脏碎片，被白柳浑不在意地用手掌抹去了。

一车厢的人看着白柳手掌上的血沫，都沉默了。

生命值下降到 6 对玩家身体的影响非常大，能像白柳这种维持清醒的都很少了，几乎和绝症患者差不多地虚弱，白柳说得的确不错，他这种状态死在这个游戏里是无比正常的事情。

杜三鹦有些不忍又有些眼眶发红地看着白柳，白柳想办法保

住了他们所有人的命，但是自己却……

"好！"杜三鹦小鸡啄米一样点头，他有点感动地看着白柳，"我一定好好保管！等游戏结束了再交给你！你放心，除了你我谁都不会给的！"

杜三鹦说着，还偷偷用余光扫了一眼坐在旁边一声不吭的张傀，似乎在提防这人抢他的碎镜片。

白柳很奇怪地看了一眼突然斗志高涨起来的杜三鹦。

他把碎镜片放在杜三鹦那里只是因为怪物很明显会先锁定身上有镜片的人攻击，之前牧四诚就是因为这个被攻击得很惨。

杜三鹦是所有人当中生命值最高、受到伤害也最少的，幸运值还是 100，肯定要把碎镜片放在杜三鹦身上用来吸引怪物仇恨值和攻击，这样白柳和其他人才能安全一点。

张傀用看智障的眼神看着杜三鹦，他冷笑一声，也没有说出其中关节。

反正他现在被白柳控制了，白柳不死他也不用考虑其他的事情了，碎镜片放在杜三鹦这个幸运的傻子身上，对他来说也是最安全的。

张傀唯一没想通的点就是，为什么牧四诚和杜三鹦这两个新星排行榜玩家一副被下蛊了的样子，对白柳这么言听计从——张傀走南闯北玩了这么多游戏，还是第一次遇到这种被人控制了还给人数钱的货色。

不过他也是第一次遇到不要命也要救自己"傀儡"的控制手。

张傀的目光在白柳惨白一片的脸上停留了两秒，白柳似乎察觉了张傀的视线，对他挺有礼貌地一点头，好像并不把张傀当仇人，就算一分钟之前他们还在针锋相对。

妈的，可能老子也被下蛊了，张傀移开视线在心里爆了两句粗口——他居然也不想白柳死。

不过张傀不希望白柳死不是出自于杜三鹦那种傻子般的感动，而是出于更加实际的利益角度——白柳控场之后，这个聪明的家伙很明显会精准地调控计算每一个人的生命值，让整体损耗达到最小。

这家伙可以保证用最小的损失让大部分玩家都通关。

但如果白柳死了，张傀是没有自信像白柳一样完美地调控杜三鹦和牧四诚这两个人的，牧四诚和杜三鹦根本不信任他，只要他无法和这两个人达成合作关系，单靠张傀自己和自己手下三个傀儡，他其实没有太多把握可以成功通关。

这游戏太难了。

简单来讲，这个难度的游戏要通关就必须要七个玩家合作，但除了白柳，根本没人能做得到这一点。

这个生命值只有 6 的家伙，是整个游戏的关键。

白柳抬头看了一眼站台上的倒计时："马上又要到站了，我大致做一下安排，等下牧四诚和刘怀合作偷盗'乘客'身上的碎镜片，牧四诚负责偷盗碎片，刘怀负责吸引仇恨值，我的生命值太危险了，就不帮牧四诚吸引仇恨值了，你们俩可以吗？"

刘怀和牧四诚的脸色都开始变得很奇怪，这对曾经反目成仇的队友又被白柳这样轻描淡写地安排在一起合作。

刘怀别过脸不敢看牧四诚的脸色，有些心虚地轻声说："我没问题。"

牧四诚面无表情没说话，他理智上知道这是最好的安排，但要让他和刘怀毫无芥蒂地合作，他有一种无法自控的厌恶排斥感，而这种轻微的排斥感体现在肢体上，在高速合作时是很致命的。

牧四诚这种移动速度超过 7000 的玩家，又是在这种高难度的二级游戏中，哪怕一两秒的迟疑都足够要了他的命。

之前牧四诚和白柳合作的时候没崩，全靠白柳没有掉链子，能够兜住牧四诚的各种失误。

但刘怀不像白柳这怪物，他很明显不像是一个会豁出去兜住牧四诚失误的人。

但牧四诚不是那种为了这种心理因素罔顾现实的人，他也就顿了一秒，很诚实地说出了自己的情况："我会尽力，和刘怀合作我可能会有一些下意识的排斥，我会尽量控制。"

"不。"白柳打断了牧四诚的话，抬眸盯住牧四诚，"你不是在和刘怀合作，你是在和我合作，他只是我通过张傀操纵的傀儡而已，你和我的一个傀儡合作，我这样说，可以消除你心理上的排斥感吗？"

牧四诚和白柳对视了一会儿，他忽然嗤笑一声："可以了。"

"好。"白柳转过头看向杜三鹦，"杜三鹦，我要求你等会儿把碎镜片吊在外面，不要收入系统背包里，可以吗？"

杜三鹦有点蒙，虽然他不懂白柳为什么要这么做，但还是点头了："好，好的。"

白柳："李狗、方可负责配合刘怀和牧四诚，清扫一些攻击他们的乘客，减小他们的压力，防止他们受到伤害。"

李狗和方可："……好。"

白柳把视线移到了最后一个人身上："张傀，你的任务是保护我。"

杜三鹦和其他人都一惊，牧四诚更是极为不赞同地皱眉："白柳，张傀是个很狡猾的人，就算你控制住了他，你也不能百分百确定他不会挣脱你的控制来反杀你，更何况你只有 6 点的生命值，你太虚弱了，和他待在一起——"太危险了！

"正是因为我只有 6 点的生命值，所以我确定他一定会好好保护我。"白柳很平静地打断了牧四诚的话，他没有给其他人眼神，而是专注地和张傀对视着，无波无澜的眼神带着一点笃定的意味在里面，他突然换了一个称呼："主人，你会杀我吗？"

白柳很突兀地勾唇笑了一下，那笑又浅淡又狡猾，在他脆弱的脸上呈现出一种惹人摧残的奇异欲气："我觉得你不会的，主人，因为你已经错过唯一一个可以杀我的机会，你再也杀不了我了，那你只能对我做一件事了。"

他毫无血色的嘴唇轻微张合："那就是救我，主人。"

白柳喊张傀这声主人喊得没错，白柳现在的确还是张傀的傀儡，但张傀却硬生生被白柳喊出了一身的鸡皮疙瘩。

明明是臣服于他的称呼，在白柳苍白的唇齿间被缓慢清晰念出的时候，却让张傀有了一种被对方玩弄于股掌之间的感觉。

唯一一个可以杀死白柳的机会……张傀怔怔地看着白柳，他想起来了。

在八分钟以前，他勒着白柳脖子怒到发狂放话说要杀白柳的时候，白柳也是用这样的眼神看着他，用这样的语气问他：“主人，你会杀我吗？”

当时张傀没有杀白柳。

所以他再也不能杀白柳了。

“列车即将到达星海湖公园，请要下车的乘客坐稳扶好，远离车门，先上后下，等上车的乘客上车后，再依次——刺啦刺啦……”广播里传出混乱的电流声。

地铁的广播女声还没念完，还没停稳的列车车门就被一个带火的拳头猛地轰出一个口子来，盗贼弟弟被烧得一片灰黑的头钻进来对着所有人嘶吼，双手不停地捶打摇摇欲坠的车门，就算这怪物不能说话，所有人也都感受到了它被偷盗了碎镜片的愤怒。

“不是吧！！”杜三鹦崩溃地把自己的头发往上抓，抓成了一个像鹦鹉炸毛的发冠的样子，“弟弟你怎么又来了！！！”

“杜三鹦，我觉得你最好快点跑。”白柳好心地提醒道，“盗贼弟弟被偷了的碎镜片我放在了你身上，它一定会追着你不放，并且我没有给你安排任何保护的人，你好自为之。”

杜三鹦木然地沉默了两秒，然后眼泪横飞地拿出了自己乱七八糟的碰碰车，飞快坐了上去。

杜三鹦一边用手肘抹眼泪一边大声辱骂白柳：“你是故意的白柳！！你是故意把碎镜片放我身上的！！我呜呜呜操啊！！！”

“是的。”白柳毫无廉耻之心地承认了，“我准备用你来吸引盗贼弟弟的注意力，你来吊它的火车把它引开，然后我们趁机

去偷其他乘客的碎镜片，你记得跑远点，不要误伤到我们了。"

"我杀了你白柳！！！"杜三鹦哭得五官都变形了，眼睛哭成了一个边缘波浪状的太阳蛋，"呜呜呜亏我那么相信你，白柳你没有心吗！！"

白柳很敷衍地握拳给正在开碰碰车的杜三鹦比了一个加油的手势："相信自己啊杜三鹦，你是最幸运的，你一定可以的。"

"我不可以——！！！"杜三鹦吼到快破音了。

车门缓缓打开，盗贼弟弟挥舞着砂锅般大的燃烧拳头冲了进来，但很快又停住了脚步，盗贼弟弟张开了大嘴巴怒吼着左右环视，好似在找碎镜片。

白柳都能看到盗贼弟弟背后被烧得漆黑的颅骨和里面被烧焦萎缩的黑色脑花，这脑花好像突然动了一下，睁开了一只眼睛，但这眼睛很快又闭上了，消失在了一片焦煳的脑花中。

脑花中的眼睛……白柳挑眉。

盗贼弟弟用没有眼睛的黑色眼眶扫了所有人一圈，突然抬起头，似乎感应到了碎镜片的所在，追着已经跑了老远的杜三鹦的方向去了。

整辆车都被盗贼弟弟奔跑的步伐震得砰砰作响，跟要散架了似的。

刘怀缓缓松了一口气，他以为又要像之前那样对战呢，想到这里他苦笑一场，他可不想再砍牧四诚的手第三次逼他狂暴了，牧四诚这个被砍的没有心理阴影，他这个砍人的都快有心理阴影了。

张傀似有所觉地看向白柳："你是特意让杜三鹦把碎镜片挂在外面引诱盗贼弟弟的？你早就知道了这一站也会有盗贼弟弟，才让杜三鹦把它引走？"

"对。"白柳点头，"我在上一个站发现了这些怪物不是每个站都有新的，而是有从上一个站台跟着过来的。"

张傀问："你怎么发现的？"

白柳掀开眼皮："因为这些爆裂乘客的数量每一个站台都在

增多，并且有我们攻击过的。"

张傀反应过来了，这次涌入的乘客数量的确比上一个站还多，但这样增多的怪物就会进一步增加玩家偷盗碎镜片的和逃生的难度，难怪白柳要让杜三鹦引走盗贼弟弟，不然盗贼弟弟和增多的乘客一起涌入，他们还真招架不住。

但无论是偷盗盗贼弟弟心口碎镜片的玩家，还是引开盗贼弟弟的玩家，存活率都不可能太高，张傀脸色越发黑沉——难怪之前所有的玩家都死了，这个游戏真是够恶心人的，盗贼弟弟出现后还剩七个站，这个游戏一共七个玩家，七个玩家七个站，恰好一个站就死一个玩家，最后一站死完……

但在白柳手下，居然到了第四个站还一个玩家都没死，上一站的牧四诚一只脚踏进鬼门关了都被拉回来了，这一站的杜三鹦……

啧。

张傀打量着白柳，这家伙真的很会动脑子和用人。

杜三鹦这人干啥啥不行，但是死亡的可能性和被人抢走东西的可能性都很小，用他吊着盗贼弟弟，是最好不过的选项，但是……

"你就不担心杜三鹦不想引诱盗贼弟弟了，把碎镜片收进系统背包里怎么办？"张傀眯着眼睛问道，"这事儿很危险，你怎么确保杜三鹦不会临阵脱逃？他要是临阵脱逃了，盗贼弟弟折回来攻击我们，我们就都危险了。"

白柳回答："我和他处于合作关系。"

张傀懂了，他有点惊："杜三鹦可是幸运值100，他居然都会着你的道被你控制？！"

他当初试着控制杜三鹦好多次，傀儡丝连杜三鹦的边都挨不着！都会被莫名其妙打断！

杜三鹦还有一件很有名的道具叫作"防控制外套"，任何控制技能都无法穿透这件外套，这也是张傀直接放弃控制杜三鹦的原因之一。

白柳耸了耸肩，他微笑："或许对杜三鹦这样的玩家来说，被我控制就是一种很幸运的表现呢？"

张傀默默地看着一路被盗贼弟弟撵得哭爹喊娘鸡飞狗跳的杜三鹦："……"

行吧，你说这是杜三鹦的小幸运就是吧。

这次收割镜片的总体过程非常顺利，除了杜三鹦有一句脏话要说，其余人都以一种不可思议的轻松心情度过了，很容易就找全了 40 个碎片，但因为无法躲避乘客身上的火焰灼烧伤害，负责找碎片的刘怀和牧四诚生命值分别下降了 20。

"用了绷带之类的防御性道具也无法降低火焰伤害。"牧四诚的衣服被烧烂了，露出沾了点污渍的胸肌和腹肌，脸上也因为被自己的手擦了汗而黑乎乎的，看起来像个煤矿工人。

牧四诚喘着气坐在地上，抬起缠满绷带的手擦了一下脸颊，然后两只手的手腕搭在膝盖上，视线自下而上望着白柳："我生命值只有 40 了，最多还能撑两个站。"

刘怀也用手背擦了一下自己下巴上被火烤出来的汗水，倒在地上有点疲惫地喘息道："我生命值也只有 70 个点了，还能撑三个站。"

白柳沉思一会儿："每个人报一下自己的生命值，我是 6。"

李狗："65。"

方可："80。"

张傀："85。"

被追得灰头土脸的杜三鹦诡异地沉默了半晌，他吞了口唾沫："……100。"

这下就连白柳都陷入了无言的沉默。

面容很狼狈的牧四诚和杜三鹦对视一会儿，有点微妙地开口问道："你被追得那么惨，一个点的生命值都没掉？盗贼弟弟的移动速度可是 1400，你没有被抓到过？"

杜三鹦微微侧开了自己心虚的眼神，他挠了挠自己的脸："很多次差点被抓到了……但它被列车的座位绊倒了很多次。"

张傀彻底无语了，他虽然不是第一次见到杜三鹦的幸运值的威力，但是这尼玛也太离谱了！boss 追人被凳子绊倒是什么东西啊！

张傀："到底被绊倒了多少次才能一次都没有抓到你？！"

"也，也就几百次吧……"杜三鹦远目，弱弱地说道。

白柳、张傀、牧四诚："……"

几百次……盗贼弟弟有在你面前站起来过吗杜三鹦？

在下一个站台停靠前的列车行驶时间，白柳再次部署战局。

他仰头看了一下列车 LED 灯牌上的倒计时，转身对身后坐在地上的一群人冷静简单地下达了命令："还有两分钟进入下一个站台，下一个站换李狗和刘怀做主攻去偷盗碎片，张傀和方可辅助，把牧四诚换下来，再下一个站是李狗和方可主攻，另两个人辅助，再下一个是张傀和方可，就这么依次轮换，把所有人的生命值都维持在 20 以上，我们还有一张《怪物书》的怪物没有刷出来，要为 boss 战做准备。"

"杜三鹦你还是负责吸引盗贼弟弟的注意力。"

牧四诚看着白柳，有点迷惑："那我被换下来要做什么？"

白柳平静无波地注视着牧四诚的眼睛："你负责备战 boss 战，boss 战绝对需要你，你很重要，是 boss 战的主力，所以不能轻易死亡，注意维持自己的生命值不要低于 30 了。"

牧四诚低头看了眼伤痕累累的自己，挑眉摊手："你又要让我精神值下降狂化打 boss，不是吧白 Sir？真就逮我一头羊薅羊毛？这么短的时间内精神值反复横跳我会神志不清的，白柳，请你不要把谁都当成你这种可以精神值崩断的怪物好吗？"

他也没有说错，在上次精神值下降到个位数又恢复之后，牧四诚明显眼神就开始有点涣散了，就算是精神值后来被白柳漂回来了，但是精神值剧烈下降又在短时间内极速回升的后遗症还在，牧四诚精力和注意力都还是下降得很厉害。

之前牧四诚做主攻对线爆裂乘客的时候有几次都差点被烧

死，好歹是三个人辅助，还有一个一直看着牧四诚的白柳才勉强把他给捞回来。

白柳语调平和："从刚刚你的表现来看，你状态的确不好，所以我决定把你换下来，从现在开始休息，恢复你的精力，boss战的时候我需要你维持高度集中的注意力，你可以给自己喂点安眠药睡一下，你大概还能睡 20 分钟。"

系统商店是可以买到安眠药的，而且安眠药的效果一向不错，一颗就倒，一觉到天亮，的确对于恢复精神很有效，但牧四诚听了只想笑，他张开双臂往后一躺，头枕在自己交叠的双手掌心上。

牧四诚似笑非笑地歪着头看着白柳："我要是睡了，谁来保护我，确保我的安全？其他人都被你安排去抢碎片了。"

白柳波澜不惊地看着他："我。"

牧四诚被惊得呛咳了一声，刚想讥笑一句白柳你的生命值只有 6 你凭什么保护我，但对上白柳平淡无比的眼神，他嘴角那些讽刺的话却一句都说不出来，只是有些烦躁地抓了抓自己的头发："你只有 6 点生命值了，你在开玩笑吗白柳……"

白柳不疾不徐地解释："这里所有人，只有我可以百分百确保你的存活，你对这一点还有什么异议吗？"

牧四诚的视线从表情晦暗的张傀、哭哭啼啼的杜三鹦、眼神躲闪的刘怀，以及其他双目无神的张傀的傀偏上面扫过，最终定在了白柳的毫不动摇的眼神上——这家伙之前要强行执行控制张傀的那个计划的时候，也是这种"我知道这很冒险但我不会改变"的眼神。

几秒之后，牧四诚憋闷地啧了一声，最终妥协地举起了双手，投降道："OK，我没有异议了。"

"我说了，我不会让你死的，牧四诚。"白柳走过去对着牧四诚笑了一下，那是一个带着安抚和宽慰性质的微笑，这笑在白柳脸上显得特别虚伪，但牧四诚依旧看得松懈了一下。

白柳拍了拍牧四诚的肩膀，坐在了他旁边："睡吧。"

　　牧四诚被白柳拍了这一下，不由自主地闭上双眼放松了下来，他本来精神高度紧张，但白柳那一声低语"睡吧"，好似一声咒语般，牧四诚情不自禁地放松了紧绷的肌肉和神经靠在了车门上，他想着我就闭上眼睛休息一下，绝对不会睡着，在游戏里睡着太胡闹了，绝对不是他这种高警惕性的人干得出来的事……

　　**系统提示：玩家白柳对玩家牧四诚使用了高效吸入性安眠药。**

　　牧四诚听到这个声音皱了一下眉，手动了两下，似乎准备挣扎着醒过来，但很快白柳就脸上没有什么情绪地把手抵在了牧四诚的鼻尖，牧四诚呼吸了两下，他全身肌肉松软下来，无法控制地陷入了更深的黑甜睡眠里。

　　白柳侧头看了一眼头一歪、呼吸平稳的牧四诚，挑眉看了看自己手里的白色粉末："这吸入性安眠药也太好用了吧？"

　　杜三鹦看傻了："你怎么突然就把牧四诚给放倒了！"

　　"之前那次精神值降低对他影响太大了，恢复他状态最好的方法就是深度睡眠。"白柳屏住呼吸拍了拍自己手上的安眠药粉末，等粉末散了之后才转头看向杜三鹦开口说道，"我等下需要牧四诚状态很好地对抗 boss，让他先睡会儿。"

　　杜三鹦有点迷惑，他靠近白柳，以为自己很小声地贴在白柳耳边说道："但是白柳，之前你用牧四诚是因为只有我们三个人，但现在你都有这么多人了，你没必要非指着牧四诚一个人祸祸吧！对抗怪物其他人上也行的吧！"

　　杜三鹦一边说还一边用眼角余光看着张傀他们，眼神使得极其小人和八卦，意思就是为什么白柳不祸祸这群坏人。

　　"这些人在等下的站台里，会因为寻找碎镜片生命值下降到 30 以下，战斗力会出现一定程度的下降。"虽然白柳明知道这个距离张傀他们能很清晰地听到自己和杜三鹦说悄悄话的声音，但白柳还是很配合地降低了嗓音，微微侧头过去和杜三鹦咬耳朵。

白柳垂下眼帘："而且在这个游戏副本里，只有牧四诚才是最有可能对抗最终 boss 的。"

"只有牧四诚才是最有可能的？"杜三鹦有点茫然地重复白柳的话，他转过头去看被白柳用安眠药放倒陷入沉睡的牧四诚，疑惑不解地问："为什么他最有用？"

白柳垂下眼帘，他看着牧四诚无知无觉的安睡的脸，微笑起来："因为他是我见过最好的盗贼，也是唯一一个能从我手中偷走东西的贼。

"比偷盗镜子的那对兄弟，好多了。"

杜三鹦没听懂，他也习惯听不懂白柳的话了，杜三鹦只是犹豫地看着白柳："白柳，但就算这样，你真的要保护睡着的牧四诚吗？你不如让其他人来保护你们，你俩这样太危险了！一个睡着一个生命值只有 6！"

"不行。"白柳一口否决，"夺碎片那边只有三个人，一个抢两个防护，这样才能避免生命值损耗，一个抢一个回防，后期他们状态还会下滑，会因为失误丢掉很多生命值，要是总生命值低于 400，这们都会被困在游戏里。"

杜三鹦还想说些什么来劝白柳，但对上白柳那张毫无情绪波动的脸，他也明白白柳是下定决心了，杜三鹦知道自己不可能轻易说服白柳，只好垂头丧气地走了。

走之前，杜三鹦看了一眼睡得很沉的牧四诚和守在他旁边的白柳，满是复杂地叹了一口气。

这还是他第一次看到有一个玩家为了让另一个玩家好好睡一觉，命都不要。

虽然白柳这完全是为了醒来之后更好地利用牧四诚。

也不知道牧四诚是算幸运，还是不幸。


牧四诚猛地从过沉的睡眠中惊醒。

列车在黑暗的隧道里飞快地行驶着，风从被盗贼弟弟打开的那个洞口灌进来，带出呼啦呼啦的风声，这声音把他从无梦的睡眠中惊醒，周围的一切看似和他睡着之前毫无差别，但牧四诚仔细打量了一圈，他发现车厢的受损程度加深了不少，看起来像是经历了一场又一场的恶战，到处都有灌风进来的口子。

而其他人的表现也验证了牧四诚这个猜想。

张傀和刘怀脸色青白一片地缩在角落里，李狗和方可更是浑身血渍，狼狈不已，杜三鹦趴在凳子上吐着舌头像狗一样喘气，头发被汗水打湿后湿漉漉地贴在额头上，像只落水被人捞起来的鹦鹉，双眼发直，看起来累得不轻。

白柳也好不到哪里去，脸色白得像个死人一样靠在门上调整呼吸，手上拿着鞭子，汗水从湿透的衬衫上滴落，仰着头正在给自己灌体力恢复剂，脚边一堆瓶子。

看到牧四诚醒了，白柳缓慢地转动了一下眼珠："牧四诚，你醒了，安眠药的效果不错啊，刚刚二十多分钟，恢复得怎么样？"

牧四诚揉着发涨的太阳穴撑着门站起来，他现在知道白柳对自己下药，都提不起发脾气的心思了，牧四诚蹙眉看着白柳："现在第几个站了？碎镜片收集了多少？你生命值还有多少？"

"刚过第八个站，还有两个站就回古玩城了，碎镜片收集了300片。"白柳好似没听到一样，略过了最后一个问题，说，"我感觉你精神状态恢复了，我和你交代一下第九个站你要做的事情，你等下要和我合作——"

牧四诚抬眸，眼神带着几分戾气，他踩住白柳的鞭子，咬牙切齿地重复自己的问题，打断了白柳的话："我在问你，白柳，你现在的生命值还有多少？"

白柳嘴角有血溢出，被他舔去，他掀起眼皮："知道这个，只会动摇等下你和我合作的时候，你对我的信任感。"

"不知道我会动摇得更厉害。"牧四诚嗤笑一声，"说吧，无论我对你是否信任，你不是一直都强行和我合作得不错吗？"

白柳沉默一会儿才说："3。"

牧四诚没忍住："操！"

牧四诚忍住自己继续说脏话的冲动，他烦躁地站起来，白柳无动于衷地看着牧四诚踢了一脚座椅，强行冷静了下来。

牧四诚转身咬牙切齿地看着白柳："你他妈 3 点的生命值，和我谈个屁的配合，被烧一下你就死了！"

"是被烧三下。"白柳纠正了一下，在牧四诚即将破口大骂之前，他很平静地安抚了对方："但牧四诚，你和其他人配合失误都太多了，我不得不上来和你配合，因为接下来的配合，不能够有任何人掉链子。"

"只要你不失误，我就不会死。"白柳和牧四诚对视着，"所以你一定不能失误，懂了吗？"

牧四诚深吸一口气，最终也只能暴躁地对着白柳吼："不失误！疯子，说吧，要我为你做什么！我俩要配合干什么！火海我他妈都为你下过了！"

白柳笑笑："不需要那么严重，我只需要你帮我偷一件东西。"

"什么东西？"牧四诚疑惑地问。

白柳刚想开口，列车的广播女声就响了起来："还有两个站，列车即将到达终点站，下一站陆家巷口，请要下车的乘客在车门边排队，先上后下……"

车门旁渐渐堆满了密密麻麻的焦尸，它们扭曲地转动着头颅，发出咯吱咯吱的响声。盗贼弟弟站在最前面，浑身火焰，眼底被烧得发出噼里啪啦的声音，骨头都被烧红了，打眼看去似乎是一双发红的眼睛在眼眶中不甘地燃烧，盗贼怒吼着，捶打着车门，它愤怒着，因为失去的赃物——从心口被夺去的碎片。

"这些怪物等下就要上来了！白柳，你到底要我偷什么东西！"牧四诚一边拉着白柳警惕地后退一边问他。

白柳撑着下巴："我也不确定我要你偷什么。"

牧四诚喷了："？？？操你也不确定！你总要给我一个目标吧！"

白柳握了握手中的鱼骨，他在一卡一卡打开的车门后呼出一口长气，目光沉凝，嘴角却有一点笑意："如果我没有猜错，我要你偷回来的，可能就是我们所有的 300 个碎镜片，也可能就只是 20 个碎镜片，主要看杜三鹦能不能稳住。"

"300 个碎镜片？？？但是这不是在杜三鹦身上吗？"牧四诚有点不解地转头看向杜三鹦。

这货现在生命值都还是 100，这让牧四诚稍微有点无语："偷回来？你是说盗贼弟弟会从杜三鹦身上把东西偷走？这不可能吧，那个傻大个追了杜三鹦六站了都没有摸到杜三鹦的衣角，怎么可能偷得到他身上的碎片？"

"你知道设计恐怖游戏的 boss 有一个守关二级跳原则吗？"白柳突然提起了这件事。

牧四诚斜眼看过去："不知道，这什么东西？"

白柳笑着："那就是守关的 boss 在玩家通关之前必定会狂化，可以是战斗力狂化、命中率狂化，这个 boss 的属性一定会得到极大的提升，也就是属性二级跳，带给玩家通关极大的阻碍，通常来讲，在通关之前会有一个会导致玩家大量死亡的关卡。"

"但很奇怪的是，"白柳缓缓抬眸，"这个盗贼弟弟跟了我们六个站，很明显是这个游戏的主要 boss 了，但它并没有出现任何狂化的征兆，尽管我们已经遛了它 6 个站，越到后期越顺，眼看就要通关了，它的战斗力却丝毫没有提升，这设计不太合理。"

牧四诚挑眉："然后呢？"

"所以我觉得他是另一种二级跳。"白柳缓缓抬眸，"如果没有数值强化，那就是有新怪物，你还记得怪物书第二页的名字吗？盗贼兄弟，但我们只看到了一个弟弟，那它的哥哥呢？"

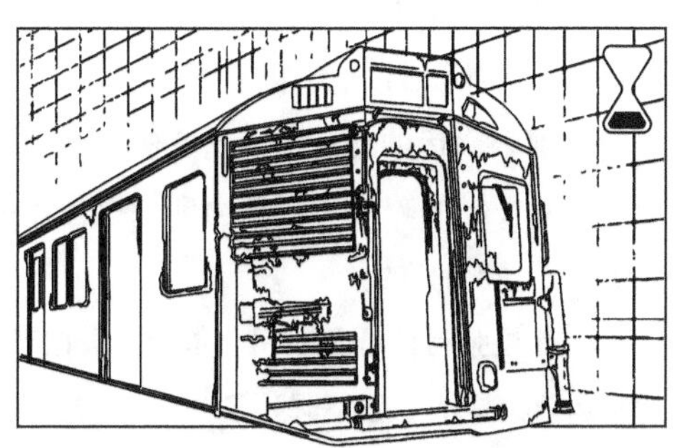

# CHAPTER 16

牧四诚一怔之后，脸色猛地一沉："你是说这一页就有两个怪物？！"

白柳点点头，继续分析了下去："盗贼兄弟，如果弟弟是这种看起来蠢笨傻的强壮类型的，那么哥哥如果是我来设计，我应该会设计一个小巧，拥有高偷盗技能，并且移动速度极快的怪物，等到玩家累积碎片到了一定数值之后，在通关之前触发，然后偷走玩家的碎片，以此来增添游戏的通关难度。"

"但那可是杜三鹦，真的会被偷到东西吗？"牧四诚持怀疑态度，"这家伙幸运值 100 的时候可是从来没有人能拿到他身上的东西。"

白柳淡淡道："那也要他能一直维持幸运值 100。"

"我利用杜三鹦的幸运值太过头，吊了盗贼弟弟六个站，这个游戏的平衡已经被我打破了，我觉得系统会在通关在即这种关键时刻，为了保持平衡下调杜三鹦的幸运值。"

牧四诚一怔，他想起了《塞壬小镇》最后的时候，也是系统说白柳打破了游戏平衡，为了限制白柳而强行下调了白柳的数值，还增加了怪物的数值……

不是幸运值 100 的杜三鹦……牧四诚有点恍惚地看着正在笨拙地往自己的碰碰车上爬，准备为他们引开盗贼弟弟的杜三鹦，脊背有一点凉意缓慢地攀爬上来。

不那么幸运的杜三鹦，这家伙只是一个 C 级别属性面板的玩家，对怪物的攻击承受能力和白柳差不多，如果不是幸运值 100，杜三鹦会死的。

"如果强行让杜三鹦吊也能吊。"白柳继续说，"但哪怕他的幸运值只是从 100 下降到了 99，盗贼弟弟攻击一百下当中被绊倒了九十九次，只要有一下抓到了杜三鹦……"

牧四诚直勾勾地看着白柳。

白柳目光毫无波澜："他就会死，但就算这样，杜三鹦也必须吊着这对盗贼兄弟，因为我们其他人的血线都压到了 30 以下，盗贼弟弟可以对我们一拳一个小朋友了，杜三鹦不调开它，我们根本没办法收集乘客身上的碎片。"

车门卡顿好几下，终于开了，乘客全部涌入。

其他人按照白柳之前的安排清扫乘客身上的碎片，杜三鹦再次拿出自己要报废的碰碰车，准备逃跑引开盗贼弟弟，结果所有人都看到盗贼弟弟焦黑一片的胸膛蠕动了两下。

盗贼弟弟的脑子里发出两声尖锐的叽叽笑声，从胸膛里猛地探出了一双漆黑的、指甲尖利的手往杜三鹦身上袭去，杜三鹦刚好坐下幸运地躲过一劫，但是……

杜三鹦愣愣地摸了摸自己的脸，他脸上被划出了一道伤口，伤口滴落了一滴血。

他受伤了。

这是他在这个游戏里第一次受伤。

系统提示：玩家杜三鹦被盗贼哥哥攻击，生命值 -2，精神值 -2。

系统提示（对所有人）：因目前玩家全员存活，无一人死亡，为了保持游戏平衡性，从现在开始下调玩家杜三鹦的幸运值，玩家杜三鹦的幸运值会逐步下降，请各位玩家放弃依靠他，靠自己的实力通关。

玩家杜三鹦目前幸运值：98

盗贼弟弟健硕的胸膛被人从里面扒开，它的面颊从中间裂开，黑色的脑花上长出了双眼，变成了一个宛如婴儿般大小的漆黑的头颅，这个脑花头颅眼睛周围一圈被烧得黑漆漆的，但白色眼珠子还在它的眼眶里转动着到处看，这个东西的牙床都被烧得暴露了，露出一口完整的大白牙，看起来就像是在得意地大笑着。

它两只脚勾在盗贼弟弟被烧得外露的肋骨上，身体外荡，两只手只有黑色的骨头，干枯如煤炭，但却是不可思议地纤长灵活，十指像是蜘蛛长长的脚飞快地舞动，它一个侧挂又飞快地从杜三鹦头上飞快滑过，速度快得几乎肉眼不可见。

杜三鹦虽然又一次幸运地后仰躲过，但再一次受伤了。

系统提示：玩家杜三鹦被盗贼哥哥攻击，生命值 -2，精神值 -2，幸运值再次协调性下降，幸运值 -2。

### 《爆裂末班车怪物书》刷新——盗贼兄弟（2/3）

怪物名称：盗贼哥哥

特点：移动速度极快（3400 点的移动速度，火焰有加成效果），擅长偷盗

弱点：？？？（待探索）

攻击方式：抓挠，偷盗

杜三鹦咬牙没管自己脸上流下的血，他翻身坐上车就要按照白柳说的跑，就算他现在幸运值不是 100, 96 的幸运值也足够帮着吊盗贼弟弟一段时间，虽然一旦幸运值失效的他倒霉，就会面临独自对抗一对实力强悍的盗贼兄弟的后果，很有可能会……死亡。

但杜三鹦现在心里也无比清楚——

全场除了生命值几乎满格的他，根本没有能在这对盗贼兄弟面前撑一个回合的。

没有人能帮他，他的幸运值把他推到了这个位置，那他就要对所有人负起责任，就算不那么幸运了，杜三鹦也不能临阵脱逃，眼睁睁看着白柳和牧四诚去死。

杜三鹦一脸苦大仇深地踩在自己的小马宝莉碰碰车的油门上，明明是个送死的任务，但他在做的时候，心情却并不悲伤，而是变得很……奇怪。

他一向都是被所有人嫌弃厌恶的苟到最后的捡漏玩家，还是第一次承担如此重要的吸引怪物仇恨的任务，而且白柳从一开始把任务嘱咐给他之后，就从来没有怀疑过他不能完成，尽管杜三鹦是个十分笨手笨脚的，被人誉为花瓶玩家的家伙。

被白柳全心全意地信任托付后方的感觉非常奇怪，杜三鹦虽然一开始很不情愿，但后来他的确对白柳产生了一种说不上来的信任感和服从感。

他有一种直觉——就算是幸运值降到为 0，白柳也有办法不会轻易让自己死亡的，因为他说过他不会让自己死掉的，就像是对牧四诚那样。

而杜三鹦一向信任直觉。

杜三鹦被身后紧追不舍的盗贼弟弟猛砸了一下车屁股，虽然车头被甩开卡在了椅子上，杜三鹦人幸运地没有被甩出来，但盗贼哥哥的配合偷袭让他再次受了伤，盗贼弟弟拳头上的火一路从车后蔓延上来烧红了杜三鹦的眼眶，他咬紧后槽牙，擦去嘴边刚刚被盗贼弟弟一拳砸得吐出来的血。

**系统提示：玩家杜三鹦被盗贼兄弟攻击，生命值 -20，精神值 -20。**

"杜三鹦，你坚持一下，坚持拖开盗贼兄弟到我们这边把碎镜片收集好了就行，能坚持吗？"似乎是注意到了这边的状况，白柳提高声音问道。

杜三鹦呛咳两声，脸色沉静，双手把在碰碰车的方向盘上，一脚踩到底把油门轰到最大，超级大声地回答了白柳："我尽量！！"

白柳笑起来："那后方就交给你了，杜三鹦。"

牧四诚一边帮忙收集碎镜片，一边有点焦躁地看向气定神闲的白柳："杜三鹦的面板属性只有 C，这家伙唯一的优点就是幸运值 100，但你现在也知道了他幸运值不是 100，你就真让他吊走一对盗贼兄弟？你觉得他能撑住吗？他那边要是掉链子我们这里回防会很困难！"

白柳很诚实地说："我并不确认他能撑下来。"

"但既然他答应了我，那我就先假设他可以做到。"白柳很平静地说道，"就和你当初的计划一样，你说你不确定能在精神值只有 10 的情况下保持清醒，那我先假设你可以保持。"

牧四诚顿了一下："要是杜三鹦没撑住呢？"

白柳语气平静："那还有你和我。"

杜三鹦趴在方向盘上，头晕目眩地呕出一口血，他刚刚满幸运值属性失效，在盗贼哥哥的干扰下为了护住碎镜片，杜三鹦不得不硬撑着吃了盗贼弟弟一下狠的，虽然杜三鹦拿道具挡了一下，但那下攻击对他的伤害依旧非常致命。

他的血线和精神值都一下跌下安全线了。

**系统提示：玩家杜三鹦被盗贼哥哥攻击，生命值 -20，精神值 -20。**

　　杜三鹦仰头喝了一罐精神值漂白剂，把精神值恢复了，他还是有点头晕眼花，精神值只代表精神世界的稳定程度，但他的体力和精神值下降又恢复带来的疲惫感却是不能够靠精神漂白剂消除的，各种操作带来的消耗让杜三鹦已经快要到极限了。

　　这对盗贼兄弟真的太难缠了！

　　盗贼弟弟虽然攻击力很强，但移动速度相对慢一点，杜三鹦还能靠着快速移动甩开它，但盗贼哥哥的移动速度有三千多点！

　　杜三鹦用了所有的道具都没办法甩开！

　　并且这两个怪物还会打配合！

　　盗贼哥哥叽叽笑着，被盗贼弟弟双臂一甩，砰一声就扔到了杜三鹦的车头上，向着杜三鹦伸出漆黑的爪子要来偷他的碎镜片，杜三鹦紧咬后牙猛打方向盘，疯狂甩车头试图把盗贼哥哥甩下去，碰碰车几乎被杜三鹦甩成了一个旋转陀螺，杜三鹦自己都要被甩吐了，但盗贼哥哥却没有被甩下去，杜三鹦没有办法，不得不使用了一个道具弹开了粘在车头上的盗贼哥哥。

**系统提示：玩家杜三鹦使用"晴天雨伞"冲击盗贼哥哥。**

　　一把上面画着太阳的半透明雨伞在杜三鹦的车头上突然撑开，发出刺目的光，盗贼哥哥尖啸一声，从车上后退跳开，双爪左右横抓抓烂了这把雨伞。

**系统提示："晴天雨伞"被盗贼抓挠报废，已无法再使用。**

　　"淦！"哪怕是道具不少的杜三鹦也连着心痛地爆了粗口。

　　他已经报废了七八个防护性道具了，全都是被这个盗贼哥哥抓烂的，但问题是他已经快没有这种防护性的道具了，杜三鹦扫了一眼自己的系统仓库，他的库存道具最多还能撑两下这个盗贼哥哥的进攻。

但是两下……杜三鹦脸色黑沉，时间根本拖不到！！

他正想着，盗贼哥哥又被盗贼弟弟振臂一甩，像只蝙蝠一样飞过整个车厢落在了杜三鹦的车头上，盗贼哥哥的双手操纵速度非常快，它的两只手飞快地在杜三鹦的身上游走，像个技艺娴熟的扒手一样，杜三鹦手忙脚乱地躲，他一开始是把碎镜片挂在脖子上，后来发现这个位置太危险了，他换了一个位置放——

杜三鹦觉得放在裤裆里，除了有点硌屁股之外，简直是他全身上下最安全的地方了。

盗贼哥哥迟疑了一下，眼珠子疑惑地扫遍杜三鹦的全身，似乎在为自己没有找到碎镜片感到不对，它在车头盖上转了几下，叽叽叽地叫了几声，好像在质问杜三鹦碎镜片你放在哪儿了，快拿出来。

杜三鹦硬撑着和它对视："你找不到的，放弃吧。"

盗贼哥哥似乎被激怒了，它叽叽叽的声音大了起来，它和杜三鹦诡异地对视了一会儿，杜三鹦莫名从它的眼中看到了嫌弃和崩溃，盗贼哥哥两排整齐的牙齿紧咬闭合，好似下了很大决心般，它伸出颤抖的手去掏了杜三鹦的裆。

这个动作有个很中式的称呼，叫作"猴子偷桃"。

白柳这边正在收尾了，突然听到杜三鹦一阵撕心裂肺的惨叫——"啊啊啊啊啊啊啊啊啊啊啊——放开我的'哔'！流氓啊你！！！别扯！！不要扯我的'哔哔哔'！"

牧四诚和其余人诡异地沉默了一会儿。

"靠！！走开啊！！！"杜三鹦一边扯着裤子一边崩溃地大吼，他从没见过这么没有下限的怪物，"你也不嫌脏！把手从我裤子里拿出来！你是电车痴汉吗！"

盗贼哥哥眼球外凸牙关惊颤，细长的手指插入杜三鹦的裤子里，脸上因为用力扑簌簌地往下掉皮肉燃烧之后的渣，露出里面被烧得血肉模糊的残余皮肉来，嘴角狰狞地上翘，疯狂地叽叽叽地凄厉叫着，似乎也在咒骂杜三鹦没有廉耻，居然把碎镜片藏在裤裆里！

眼看着在两人拉扯间，后面的盗贼弟弟大步流星就要追到了，而盗贼哥哥无比细长的手也要摸到已经掉进杜三鹦裤管里的碎镜片，杜三鹦不禁低声咒骂，操了一声，被逼无奈地又用了一个道具。

**系统提示：玩家杜三鹦对盗贼哥哥使用了"小丑弹簧"。**

盗贼哥哥猛地被从车头里冒出来一个小丑脑袋给弹开了，小丑下面接着一个巨大的强力弹簧，东倒西歪地摇晃着，还在哈哈哈地大笑，就像是沙袋一样，帮杜三鹦承受了好几下盗贼哥哥的抓挠攻击都没有碎裂。

还没等杜三鹦松一口气，他背后追上来的盗贼弟弟怒吼着举起了拳头，全身轰一声剧烈燃烧起来，热风呼啦啦地瞬间灌满整节车厢，所有的车厢玻璃顷刻碎裂，盗贼弟弟一个箭步仰头长啸，嘶吼着举起熊熊燃烧的拳头，三两步助跑起跳，就要对准被盗贼哥哥困在车中的杜三鹦狠狠砸下。

杜三鹦突然感到一阵让他呼吸不畅的窒息感，他的直觉告诉他有很危险的事情要发生了，杜三鹦下意识回头，他仰头看着已经跳跃到半空中表情狂暴的盗贼弟弟，没忍住瞳孔一缩。

烈焰冲击加怒气狂捶，这两个大招再加蓄力，盗贼弟弟这一拳头下去，全车厢都会陷入火海中。

杜三鹦知道自己必死无疑。

**系统提示：玩家杜三鹦对盗贼弟弟使用了"小丑弹簧"。**

**系统提示：玩家杜三鹦对盗贼弟弟使用了"金钟罩"。**

盗贼弟弟毫不留力地砸下了这千斤重的一拳，全车都摇晃了几秒。

整个车厢砰一声爆裂之后，一瞬间陷入巨大的火海中，正在

往那边赶的牧四诚看着被盗贼弟弟一拳头弄得七零八碎到处燃烧的车厢，没忍住操了一声，大喊道："杜三鹦！！！"

没有回答的声音，只有硝烟弥漫的痕迹。杜三鹦那个面目全非只剩躯壳的小马宝莉碰碰车在安静地燃烧着，旁边还有一个小丑被烧化的头，脸上还是那个滑稽狰狞的笑，车轮胎旁边有一件七零八碎的金钟罩，几乎被烧成了灰烬。

"……杜三鹦应该用了一个小丑弹簧和一个金钟罩来挡，但这两个道具叠加的效果根本挡不住盗贼弟弟这一拳。"张傀脸色难看，"……杜三鹦多半死了，这一拳的伤害就算是生命值全满的 A 级玩家正面接下，十有八九也会把生命值清零。"

"更不用说杜三鹦现在幸运值不是 100，面板还只有 C 级，他接不住这一拳。"张傀语气低沉地下了定论。

"杜三鹦现在幸运值虽然不是 100，但也应该在 90 以上，我倾向于他没死。"白柳很冷静地反驳张傀，"牧四诚，我引开盗贼弟弟，它用了大招有一分钟的冷却时间，你引开高移动速度的盗贼哥哥，给杜三鹦逃出来的空间。"

张傀没忍住开口道："你们没必要为了杜三鹦这样，他多半死了——"

张傀话音未落，白柳已经毫不犹豫地一鞭子甩在盗贼弟弟的背上，打断了张傀的话。

盗贼弟弟被白柳这一鞭子抽得嘶吼一声，转身就看向了白柳，盗贼弟弟怒目一睁，脚把地面踩得砰砰响，往白柳这个方向跑了过来。牧四诚双臂一甩就攀上了吊环，盗贼哥哥正在围绕着那辆碰碰车打转，似乎正在寻找着什么，牧四诚一个猴爪子抓过去，准备刺入对方的心脏，被盗贼哥哥灵敏地发现躲过，但这也激怒了盗贼哥哥，枯骨般的长臂一甩，反手也要去挖牧四诚的心脏。

当盗贼弟弟和盗贼哥哥都被引开之后，那辆面目全非的碰碰车动了两下，奄奄一息满头烟灰的杜三鹦从车底爬了出来，他呛咳了好几声翻身瘫软在地，双目无神地趴在地上，像一只被烤得半死不活的秃毛鹦鹉："……我以为我要死了……幸好我有个人技能……"

**系统提示：玩家杜三鹦使用个人技能"法律学徒"，替自己减免 90% 的伤害。**

**系统提示：玩家杜三鹦受到盗贼弟弟的攻击，生命值 -20，精神值 -30，幸运值协调性 -10。**

杜三鹦一爬出来，往这边追的盗贼兄弟似乎感应到了碎镜片的位置，瞬间就掉头过去找杜三鹦了，杜三鹦才喘匀气就又手忙脚乱地爬了起来，屁滚尿流地崩溃哭喊："白柳——！！我撑不住了！！"

"已经足够了。"白柳微笑着说，"接下来交给我就行，把碎镜片给我吧。"

杜三鹦疯狂地往白柳这边跑，跑到一半摔了个狗吃屎，背后的盗贼弟弟一脚差点踩碎杜三鹦的脊梁骨，白柳立马对着杜三鹦喊道："把碎镜片丢开！"

在盗贼弟弟即将再次冲到杜三鹦那边之前，杜三鹦慌里慌张地把碎镜片往空中一丢，大喊着："白柳！接住了！"

在碎镜片腾空的一瞬间，往杜三鹦那边赶的盗贼兄弟立马更换了方向，放弃去围攻杜三鹦，纷纷伸手去够空中的碎镜片，还是白柳眼疾手快地一鞭子抽开了盗贼弟弟，速度飞快的牧四诚抢先拿到了碎镜片。

杜三鹦泪流满面地瘫在地上，几乎都爬不起来了，只能吐着舌头喘气，白柳拍了拍杜三鹦的肩膀："干得不错，接下来交给我和牧四诚。"

杜三鹦缓过劲来，反而开始有点担忧地看向白柳："但是你生命值只有 3，不如还是我……"

"3 点就足够了。"白柳一甩鞭子，他脸色平静地面对两个向自己冲过来的怪物，盗贼哥哥和盗贼弟弟，说道，"牧四诚，我们开始配合。"

吊在吊环上的牧四诚一个斜荡，提着白柳的后领把他拎起来，牧四诚嗤笑一声："行，坐稳扶好了啊白柳，我的移动速度全速时可是上万的。"

话说完，牧四诚一只手提溜着白柳，另一只手在换吊环的空隙之间飞快地把他挂在脖子上的耳机拨弄戴正，在被戴正的一瞬间，猴子耳机的眼睛顷刻间爆发出耀目的红光，耳机上的猴子玩偶咧嘴露出一个张狂无比的巨大笑容，它尖叫着："Quick——Quick——！！"

**系统提示：玩家牧四诚使用个人技能"盗贼潜行"——超全速体力槽全耗空状态。**

**"盗贼潜行"技能升级——A+ 升级至 S-——移动速度 +9003，请注意！！玩家牧四诚强行使用该技能后会因急速拉满亏空体力槽，只能使用一分钟，并且之后体力只能自动恢复，无法使用体力恢复剂恢复，玩家牧四诚是否确认使用？**

牧四诚眸光一沉，嘴角微翘，露出个带点痞气的笑："确认。"

牧四诚回头的一瞬间，白柳感觉自己后领子被牧四诚轻轻扯动了一下，但因为牧四诚的动作太快，他几乎看不清牧四诚的手。

白柳感觉自己在空中悬停了一下，然后就像是背面朝下蹦极一样在平地上进入时空隧道般飞快地往后退，周围的一切景象都被拉成只有色彩的线条，最后黑白也褪去，白柳有几秒钟耳鸣，看不到光和影，只能听到猎猎的风声，高速移动下的风把白柳的脸擦得生疼，他被牧四诚提着后领子，外人看来白柳就像是一个风筝一样在狂风中面条般地晃荡着。

"Cooooool。"白柳没忍住吹了声口哨，但是牧四诚移动太快，从他嘴里吹出来的口哨都被切割成了好几段，只有和他保持着共同速度的牧四诚能听清这个人在说什么。

白柳被牧四诚放风筝抖成了残影，就这样这人也不忘竖起大拇指给牧四诚点赞："牧四诚你这技能就像飙车一样，难怪大家都说你是这个游戏里最快的男人，对战盗贼兄弟分分钟的事情。"

"……你在这种速度下说话也不怕伤着喉咙。"牧四诚微妙地挑眉，"而且本来很正常的话，从你嘴里说出来，我怎么就感觉你在骂我？"

"以及我这个技能的确移动很快，但耗费体力也非常快，还提着你，最多撑一分钟。"牧四诚丝毫不听白柳油嘴滑舌给他戴高帽子，"一分钟后要是我们赢不了，我那个时候移动速度会下降很严重，你和我就彻底完蛋了，懂吗？"

"懂。"白柳比了一个 OK 的手势，他抓紧了自己手上的鱼骨鞭子，垂下眼帘微笑，"那开始吧。"

**系统提示：玩家牧四诚将移动速度下降至 3400，即将被盗贼哥哥追上。**

牧四诚踩在车壁上刹车，他的猴爪抓在车壁上，双脚并拢下踩，在不锈钢材质的车壁上划出一长溜带着火花闪电的爪痕。

盗贼哥哥黑色的头颅和张开的手指几乎在一个呼吸之间，就出现在了白柳和牧四诚的视野里。

牧四诚深吸一口气，把所有注意力都集中了，白柳也凝神了，如果杜三鹦现在在这里，会很惊奇地发现白柳和牧四诚这两个人的眼神都维持着高度的一致，就是那种好像机器一样的无机质眼神。

盗贼哥哥踩在车的四壁上，几个横跳就到了白柳的面前，它吱吱厉声叫着，龇牙咧嘴地对着白柳狠狠用爪抓下的一瞬间，牧四诚的呼吸忍不住错乱了一下，白柳突然开口："牧四诚，做好你该做的一切事情，剩下的——"

"交给你是吧？"牧四诚忽然哼笑一声，"不用啰唆了，我

听你说了很多遍了。"

白柳制订的计划是这样的: 盗贼兄弟这对组合是速度和攻击的组合, 盗贼哥哥的攻击相对较弱, 从杜三鹦那边的战况来看, 盗贼哥哥的攻击等级应该只有 C 级, 那也就是说对杜三鹦和白柳这种 C 级别面板及以下的玩家的攻击只能损耗生命值 2, 但盗贼哥哥的移动速度很快, 基本是和牧四诚一个等级的 A 等级移动速度, 并且在追上玩家之后, 可以给予玩家干扰, 降低玩家的移动速度。

这样移动速度相对较低的盗贼弟弟就会赶上来攻击玩家。

盗贼弟弟的移动速度虽然相对较弱, 但攻击十分强劲。

这种攻速和攻击兼具, 并且由于是兄弟设定, 配合度相当高的组合对于白柳这一堆残兵败将几乎是无解的。

但可惜的是, 再怎么无解还是要解。

白柳根据各项数据以及这个游戏的整体设定分析, 他猜测盗贼哥哥身上也会有 20 个碎片, 而拿到这 20 个碎片, 对白柳这一行人几乎是不可能的事情。

除非是他们给出比盗贼兄弟攻速更快, 攻击更高, 配合度更好的组合。

速度牧四诚可以做到, 但他一个人是不可能对抗盗贼兄弟的, 而且牧四诚还需要在对抗的同时盗取盗贼哥哥身上的碎镜片, 这更不可能, 估计还没摸到盗贼哥哥的小手, 牧四诚这个小偷就被盗贼弟弟这个暴躁老弟给捶死了。

因此如果要偷盗贼哥哥身上的碎片, 必须要另一个人和牧四诚在三四千的高速移动中配合, 甩开拥有高攻击的盗贼弟弟, 并且同时牵制高移动速度的盗贼哥哥, 给牧四诚的偷盗创造空间和条件。

并且, 一次失误都不能有。

这个人白柳想了一圈, 只能是自己。

因为所有人的血线都低于 30 了, 不可能和牧四诚做出这种高精准度的配合, 但白柳的血线只有 3, 一次配合失误就等于全军覆没，所以无论是他还是牧四诚，都绝对不可以失误。

白柳提前用杜三鹦消耗掉了盗贼弟弟的一次大招，现在盗贼弟弟处于大招的冷却期，这让白柳的偷盗计划有了一定的可实施性，但还是难于登天。别的不说，牧四诚和白柳现在的平均属性都远远低于盗贼兄弟，牧四诚更是不知道自己的偷盗技能到底能不能从这个看起来同样是盗贼系的怪物手中，偷到白柳想要的碎镜片。

牧四诚觉得这是一个风险很高的计划。但，操他妈的，反正白柳说他做不到的都可以交给他，就这样吧！

牧四诚破罐子破摔地深吸一口气，他一个用力把白柳甩了出去，正对着盗贼弟弟的位置，而他自己反身对上了向他冲过来的盗贼哥哥。

尖利无比的猴爪格挡了一下盗贼哥哥被烧得枯干的焦黑爪子，两只同样漆黑的爪子对了一下之后，就不约而同又快速无比地准备刺入对方的心脏，另一只手格挡，在偷袭双双失败后，牧四诚再反身后退，下坠，捞住给了盗贼弟弟一鞭子后正在抓紧时间喝体力恢复剂的白柳，两个人位置调换，在空中翻转换位置，牧四诚转身对上扑上来的盗贼弟弟，而白柳被他甩给了盗贼哥哥。

白柳脸上毫无波动地给了盗贼哥哥一鞭子，牧四诚双目凝神地给了还没有反应过来的盗贼弟弟一爪子，挡住了对方对白柳的攻击，虽然速度极快，但还是被盗贼弟弟身上的火焰烧了一下。

**系统提示：玩家牧四诚受到火焰灼烧伤害，生命值 -1，精神值 -1。**

盗贼哥哥后退踩在了早已经在下面等着接它的盗贼弟弟的肩膀上，嘶吼一声又弹跳着攻击了上来，牧四诚再次抛开白柳。

白柳被抛起来在空中好似慢动作一般地翻身，手腕抖动挥舞鞭子狠狠给了盗贼哥哥的背后一下，盗贼哥哥被他一鞭子抽得哀嚎一声，盗贼弟弟看到这一幕，猛地大吼着冲了上来，准备用拳

头狠狠教训白柳。

白柳抽了这鞭子之后无法自控地往下飞速坠落，眼看就要掉到盗贼弟弟身上烤火，他眼珠转动，轻喊了一声："牧四诚。"

牧四诚侧身荡了两个吊环，用尾巴一勾圈住了往下落的白柳的腰，险之又险地提高他，避开了盗贼弟弟的进攻。

牧四诚单手吊在手环上，目光一凝又对被白柳甩了一鞭子的盗贼哥哥伸出了猴爪。

被鞭子抽痛的盗贼哥哥仰天厉叫两声，一人一怪物同样灵活漆黑的，用来偷盗的爪子在空中用一种肉眼不可见的速度对了几下，又弹开。

白柳因为连甩两鞭体力耗尽，悬挂在牧四诚的尾巴上正用嘴叼着体力恢复剂喝着呢，盗贼弟弟几个箭步又要冲上来，怒吼着用拳头对牧四诚砸去，白柳嘴里的体力恢复剂还没喝完，他飞快地拍了一下牧四诚的背，牧四诚尾巴往上一甩就把白柳给抛了出去。

白柳咬着体力恢复剂在空中被牧四诚抛得转体了一圈，他目光凝视着，含住嘴里的体力恢复剂喉结上下滑动了一下，刚好吸空，他专注的视线斜向下移，转身就是一鞭子抽在盗贼弟弟的拳头上，盗贼弟弟被这一鞭子打得拳头准头变歪，将将擦过倒挂在挂环上的牧四诚的头，砸进车壁里。

"操。"牧四诚后怕地骂了一句，他刚刚差点就被盗贼弟弟一拳爆头了，牧四诚飞快连爬两个吊环用脚一勾，用跷起来的脚背勾住体力耗空又掉下去的白柳，喘气问，"还能撑得住吗你？"

牧四诚的体力消耗得非常厉害，他两只手一直挂在墙壁上和帮白柳挡攻击，而且为了接住白柳都是全速移动，这相当耗费他的体力。

白柳四肢无力地吊在牧四诚跷起来勾住他的脚背上，懒懒地举起手对着牧四诚比了个 OK 的手势，其实他已经没有力气说话了。

白柳迅速又给自己灌了一瓶体力恢复剂，喝到一半牧四诚又是一脚把他给大力甩飞。

盗贼哥哥和弟弟都扑向牧四诚脚背上的白柳，但正在喝体力恢复剂的白柳被牧四诚一甩腾空。

他一只手扶着自己嘴上的体力恢复剂喝着，避免漏出浪费，一边斜眼看着他斜后下方的盗贼兄弟，这两兄弟见白柳被甩走，飞快地把目标转移到了牧四诚的身上，纷纷向牧四诚扑过去，白柳用另一只手甩出鞭子，手腕抖动甩出一个Z字形，把扑上来的盗贼哥哥和弟弟左右击飞。

其实白柳的鞭子并不会产生任何伤害，只是干扰判定很强，但就算这样牧四诚也很震惊了。

这家伙真的手和心理素质都太稳了，说不失误就真的没有失误，明明只有3点的生命值，牧四诚走一下神没有接住他，白柳人就没了，但白柳却完全没有畏手畏脚，而是酣畅淋漓地给牧四诚抽出了一个便于他偷盗的空间。

"一分钟要到了。"白柳还能抽出空来和牧四诚说话，他神色因为脱力而显得有种很闲散的淡定，"你还没偷到盗贼哥哥身上的碎镜片吗？那我们可要完了。"

白柳说"我们可要完了"也是一种很懒懒散散很调侃的态度，似乎对自己要完了这件事没有什么正确认知，并不怎么害怕。

"部位不对，其他乘客和盗贼弟弟的碎镜片都在心脏附近。"牧四诚脸色阴沉地单手吊在吊环上，他因为体力的剧烈消耗也在喘气，"但这个盗贼哥哥的不在，我在它心脏附近找不到。"

"不在心脏啊……"白柳若有所思地自言自语，"从碎镜片是弱点的设定来看，这东西一定会被它们放在很重要的部位，其他的怪物都是心脏，但这个盗贼哥哥不放在心脏……"

这个盗贼哥哥和盗贼弟弟以及其他怪物的区别就是看上去偷盗判定技能似乎很强，移动速度很快，这两点和牧四诚有点相似……

"还有几秒盗贼弟弟的大招就蓄满了，我的体力也要耗尽了……"牧四诚看着下面走来走去正在蓄力的盗贼弟弟，他闭了

闭眼，喘着气说，"白柳，如果下一次我们攻击盗贼哥哥的时候还摸不到碎镜片，那我们都得交待在这儿了。"

白柳突然抬头："牧四诚，你觉得对于一个盗贼来说，最重要，或者说是弱点的部位是什么地方？"

牧四诚根本来不及思考白柳的问题，他嘶哑大吼着："白柳！！盗贼哥哥从你背后来了！！回头甩鞭子！"

一分钟已经快到了，无论是他还是白柳这个时候都消耗得非常严重了，牧四诚一只手抓着吊环一只手抓着白柳，下面就是正在蓄大招的盗贼弟弟，根本不能放手，也腾不出手去帮白柳格挡这一下，只能高声提醒他。

但白柳似乎没有力气反应了，他有些怔怔的，没有回头，他身后的盗贼哥哥伸出尖利的五指并成一个锥形，它牙床暴露，露出一个诡异的微笑，毫不犹豫地就扎入了白柳的心脏，直接刺穿了白柳的身体。

尖利漆黑的五指从白柳的胸前穿出来，白柳被刺得胸往前挺了一下，他后仰着头蹙眉唔了一声，嘴里瞬间溢出源源不断的鲜血，染红了他胸前的白衬衣。

牧四诚的瞳孔紧缩成了一个点。

"白柳——！！！"

**系统警告：玩家白柳受到盗贼哥哥攻击！！处于濒死状态！！**

**系统提示：玩家白柳受到盗贼哥哥的攻击，生命值 -2，精神值 -2，剩余生命值为 1，警告！已经非常靠近死亡边界线！**

白柳漫不经心地擦去自己嘴角的血液，抬眼看向脸色都吓白的牧四诚，不紧不慢道："吼什么呢，我没死，这些怪物的攻击伤害值又不是以部位判定的，盗贼哥哥的伤害值只有 2，我有 3 点的生命值，被扎穿脑子也能活，快过来帮我。"

牧四诚回过神来之后，看着浑身是血的白柳都他妈要虚脱了，这比他自己被扎穿心脏还刺激。

牧四诚一个斜冲躲开身后的盗贼弟弟，定睛一看，发现白柳居然用鞭子绞住了盗贼哥哥穿过他的双手，导致盗贼哥哥不能离开，贴在白柳身后无能狂怒地叫着。

白柳抬眸看了牧四诚一眼，他的声音因为失血过多而显得有些无力，但依旧冷静清晰："手，在手里。"

牧四诚一怔，他猛地回过神来："你认为碎镜片被盗贼哥哥藏在了手骨里吗？！"

"对，快点，我控制不住多长时间了，我们也没有多长时间了。"白柳露出一个微笑，"对于盗贼来说，最重要的部位应该是手吧，所以当初刘怀才会砍掉你的双手，因为你双手的攻击力最强。"

"那对于这个盗贼哥哥来说，我觉得最重要的地方，也应该是手。"

牧四诚一怔，然后终于前所未有地大笑出声，他笑得眼泪都出来了，最后说："对，我都忘了，对于盗贼来说最重要的部位就是手了，毕竟我被砍好多次了。"

"不过你说的的确是对的。"牧四诚垂下眼帘，收敛晦暗不明的眼神，他勾唇笑起来，他两只手都不空，牧四诚缓缓低头，眼冒红光，张大被兽化之后大得有些狰狞的嘴，恶狠狠地咬在被白柳绞住的盗贼哥哥的双手上，然后用力一扯，从白柳的身体里扯出了这一双盗贼的双手。

双手被扯出来的一瞬间，白柳嘶叫一声后仰，牧四诚满脸都被溅上了白柳的血，他带着邪气撕咬着盗贼哥哥的双手，含糊不清地说："盗贼最重要的，的确是他的双手。"

枯柴般的手脱离的一瞬间，盗贼哥哥凄厉地惨叫一声，还试图挣扎，但被牧四诚目光冷厉地咔嚓一声咬断，不再动了。

**系统提示：玩家牧四诚使用技能"盗贼的猴爪"从盗贼哥哥身上窃取了 20 个碎镜片。**

  盗贼哥哥失去双手的一秒之后，顷刻就虚弱了下去，它萎缩得更加矮小，它不甘地睁着流血的眼珠，恶狠狠地长啸着，看着牧四诚手中那双被剥离下来的手——那双手被黑漆包裹在内的指尖被轻轻擦拭一下就闪闪发光，每个手指头两个碎镜片，十个手指，一共二十个碎镜片。

  盗贼弟弟终于蓄满了大招，狂怒着蹲地狂捶，火焰从它身上冲天而起，灌满了所有的列车车厢，牧四诚他们移动虽然依旧很快，但还是撤退不及，车里爆出来的尾焰还是追上了他们，牧四诚反手把白柳丢出了火焰的范围，他侧身用后背替白柳挡了一下火烧，牧四诚被烧得闷哼了一声。

  白柳被甩在地上勉强打了几个滚。

  牧四诚满脸是血，狼狈不堪，背上是大片大片的烧伤，被烧得皮开肉绽，白柳被牧四诚甩出去，现在躺在地上，目光涣散，胸膛剧烈起伏着喘气，他体力已经彻底被耗空了，连小拇指都动弹不得，嘴角全是血，身前的白衬衣都被血染得变了一个颜色，但是这家伙也和牧四诚一样，嘴角上翘，在愉悦无比地笑着。

  因为他们是一对成功的小偷。

  因为他们哪怕生命值都要清空了，但都活了下来。

  "wow，干坏事成功的感觉真棒。"白柳艰难地抬手擦了下嘴角的血，满足地笑道，"特别是在偷到手的东西很有价值的情况下。"

  **系统提示：玩家牧四诚受到盗贼弟弟火焰灼烧伤害，生命值 -20，精神值 -20，目前生命值 16，濒危！**

  **系统警告：玩家白柳生命值为 1，即将清零，请注意保护自己，避免大幅度运动！**

  牧四诚也脱力地坐倒在地，他后仰着头靠在椅子上，昂着头大口呼吸着，他笑骂着踹了一脚瘫在地上不动弹的白柳："白疯逼，你在现实世界到底是干吗的？这么擅长偷别人东西，又这么擅长去控制算计别人，鞭子也使得这么好，你该不会是什么高智商犯罪联盟里的人物吧？"

"一个缺钱的下岗职工罢了。"白柳懒懒地说。

牧四诚轻蔑嗤笑："下岗职工？我信你个鬼。"

车内的广播声终于又响了起来："列车即将发动，请乘客们排队下车，请勿在车厢内逗留——"

满腔怨恨的盗贼兄弟失去了所有的碎镜片后，和一堆焦尸乘客离开了车厢，他们站在缓缓闭合的车门外，目光怨毒地看着车里的白柳和牧四诚，白柳躺在地面上，胸口有大片的血迹，他居然还有心情侧过脸来，笑眯眯地对车门外的盗贼兄弟打招呼："拜拜。"

"吼——"盗贼兄弟不甘地对着白柳怒吼着。

**系统提示：玩家白柳收集碎镜片进度（360/400）**

### 《爆裂末班车怪物书》刷新——盗贼兄弟（2/3）

**怪物名称：盗贼哥哥**

**特点：盗贼哥哥移动速度极快（3400 点的移动速度，火焰有加成效果），擅长偷盗**

**弱点：碎镜片（1/3）**

**攻击方式：抓挠，偷盗**

向春华和刘福浑身湿透地从游戏中出来了，他们呛咳着跪趴在登出口，浑身都是人鱼的鱼腥味。

这两个第一次进恐怖游戏的普通人吓得脸色白得惊人，撑在地面上的手脚都在打哆嗦，如果没有那个年轻后生给他们的一些指引，和他们一心想为果果复仇的心思，他们绝对撑不到游戏结束。

在果果的墓碑旁，那个年轻人说，很多东西他都告诉不了你们，就算告诉了你们也不会记得，白柳微笑着说，所以你们进去之后，一定要听话。

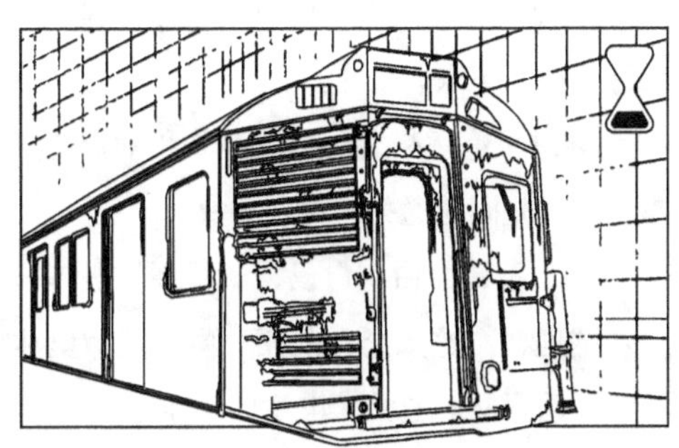

# CHAPTER 17

因为"禁言"机制的存在，白柳无法直接告诉向春华和刘福游戏的存在，他只能对向春华和刘福说，你们会遇到一些突发的情况，但不需要慌张，我会帮你们，带着你们活下来，但是你们要想办法告诉我你们的情况，和你们在什么地方，通过你们的面板购买道具告诉我你们的位置。

所以在进入游戏之后，向春华和刘福十分听从白柳的话，等他们完成第一个任务之后，他们想方设法地用自己仅有的积分依次买了四个最便宜的道具——"木塞""刀刃""小电筒"和"镇纸"（刘福买的是"振子"），这四个道具连起来就是："塞壬小镇"。

但他们也是畏惧害怕的，他们不知道白柳能不能懂这个意思，但这是他们仅仅可以做的事情了，这四个没有什么人购买的廉价道具也花掉了他们几乎全部的积分，并且让很多观众唾弃他们乱花积分，把他们踩到了几乎没有人来的分区里。

但所幸很快他们的系统就开始卡顿，似乎被什么人接管了一般，他们的面板时不时地就自主运行，自动帮他们购买道具，他们也战战兢兢地使用这些道具，什么手电筒、3D 投影仪和酒精，就好像有另一个人操纵着面板在配合着他们玩游戏一样，但向春华和刘福不怎么玩游戏，不过所幸这两人求生欲都极强，有时候就算白柳买给他们的道具他们还没有弄明白怎么用，这两口子也咬牙坚持了下来。

熬过了追逐战之后，向春华和刘福的游戏过程顺畅了许多，最后居然是同时通关的。

是的没错，白柳自己在《爆裂末班车》这个二级游戏里九死一生的时候，这人还在九死一生的间隙里抽空帮刘福和向春华玩游戏，助力他们通关，也就是俗称的"三开"。

不过虽然有白柳的帮助，他们大部分时候还是靠的自己。

因为白柳自己也处在一个危险度极高的游戏里，并且这位不靠谱的白柳系统会掉线，时不时就没有了动静，而白柳也不知道向春华和刘福游戏的具体进程，所以大部分的游戏过程还是向春华和刘福靠自己摸爬滚打，硬撑着通关的，他们出来之后还因为恐惧回不过神来，互相搀扶着，流着泪站了起来。

按理来说，遇到这么诡异非常规的事情，正常人都是逃避般地不敢相信，想要离开这里。

但向春华和刘福这两个从来不怎么相信这些神神鬼鬼的事情的正常成年人，通关之后的第一反应不是逃避，不是畏惧，也不是歇斯底里地叫吼着"我要离开这里"这种常规的正常人被拖入游戏之后的反应。

这对夫妻在登出口崩溃般地抱头相拥喜悦哭泣。

"那个年轻人说的都是真的。"向春华的手颤抖着扶在刘福身上，她在失去果果的短短几十天里，整个人像是老了几十岁，眼泪从她沟壑渐深的皱纹里落下来，她佝偻着身体咬牙切齿地流眼泪，"你说，果果会有救吗？那个畜生是不是真的可以得到惩罚？"

刘福也一直用手抹眼泪，这个大男人同样老泪纵横："会的，可以的，他说过会帮我们的。"

在进入这个游戏之前，在六月这个炎热的暑季，高考结束的那天晚上，向春华和刘福就那样面对面地木然坐着。

他们面前的桌子上放了三副碗筷和一大碗红烧肉，多出来那个空的碗旁边放着刘果果的准考证，准考证的照片上，穿着校服的女孩子有些拘束又带着一点期待地看着镜头，露出一个小小的，因为即将到来的重要考试而带着不安，又满怀希冀的笑。

向春华他们的房屋靠着街边，能听到那些已经考完解放了的孩子欢天喜地或者沮丧地讨论着试题答案。

这些笑语和落寞中，本该有一个 17 岁的女孩子的声音，但这个声音永远地消失在了一道尾巷，变成一片黑白又甜美的影像留在遥远的墓碑上，她应该拿起纸笔的手被人剁成肉末，为了快速处理，被李狗当成十几块钱一斤的廉价猪肉贱卖给了不知道谁。

刘福发了疯地扒下水道想找全果果的右手，可惜一直到下葬前都没有找到，他女儿的右手变成和猪肉混在一起的肉末，流进了地下。

"今年的物理有点难啊，我听张家嫂子说。"向春华呆滞地自言自语着，"但果果不是物理最好吗？今年的高考说不定正对了她的口味。"

"是啊，说不定她能冲一冲，考上她喜欢的那所师范……"说到一半，刘福再也说不下去了，他捂着眼睛压抑地，好像世界崩塌般地弯下了身躯，低声发出含糊不清又哀怒至极的呜咽号哭，他嘶叫着捶打着桌子，却小心避开了那张果果的准考证，"畜生！！！她才十七岁！！都怪我，我不该让她下去的！！！"

"也怪我，如果不是我要做红烧肉给果果吃，她也不会……别难过，那个年轻人说，他会帮我们的。"向春华眼睛周围一圈全是湿湿的眼泪，她麻木地流着眼泪，恍惚地拍了拍刘福的肩膀，好似在自我安慰般低语着，"去睡吧，睡着了就没事了。"

结果一觉醒来，他们就出现在了游戏内。

向春华和刘福互相搀扶着，他们对于这个陌生的地界有着小兽般的警惕，又有一点混迹市井的成年人独有的自来熟，他们唯一信任的只有那个叫作白柳的，据说购买了他们的灵魂，又在游戏里给予了他们帮助的年轻人。

看见有人路过，向春华小心翼翼地上前："这位小伙子，请问你知道有个叫作白柳的年轻人吗？"

这人奇异地打量他们一眼："你们是白柳的粉丝？去中央大厅核心屏幕吧，白柳刚刚暴涨了一波点赞和充电，观众的欢呼声震天了都，看样子他要冲上噩梦新星榜了，你们要是急着过去打 call 助力，得快点过去。"

向春华和刘福对视一眼，谢过了这个人，往他指路的中央大厅去了。


中央大厅核心屏幕。

王舜站在白柳的小电视的最前排，脸色凝重无比，虽然白柳刚刚才因为表现精彩被疯狂充电和点赞了一波，但是这里的观众没有一个脸色是好看的。

因为白柳生命值只有 1 了，随便一下攻击就能清掉这家伙。

"稳住啊！现在白柳绝对不能正面面对任何攻击了，一下都不行了！"

"救命！我又开始想吸氧了，我上一次看白柳的视频看到后来就很想吸氧，这次又是这样！"

向春华和刘福赶来就是这样一幅人人紧张地盯着小电视屏幕的场景，他们下意识往小电视上看去，还没为看到了熟面孔白柳松一口气，下一秒就都因为看到那个在白柳的小电视角落里一闪而过的男人而目眦欲裂了。

"李狗！！你这个畜生！！！"

李狗瑟瑟地缩着脖子坐在地上，疲惫至极地喘着气，只有1点生命值的白柳被杜三鹦和牧四诚护在中央，唇瓣苍白无比，但眼神还是清明的："我部署一下下一个站的安排，我们已经收集了360个碎片，还差40个，但我觉得这个游戏下一站是不会让我们集齐碎片的。"

"下一个站都不能集齐吗？"张傀疑惑地看过去，"但下一个站不集齐，我们就要回到出发站'古玩城'了，这辆列车爆炸应该是发生在古玩城和倒数第二个站之间，如果我们倒数第二个站集不齐，就要直面爆炸了！那大家都会死的！"

白柳语气不疾不徐，但因为虚弱而变得有些绵软："我之所以说下一个站集不齐碎片，是因为《怪物书》还有一个怪物没有刷出来，按照这个游戏的目前走向来看，每一个怪物——爆裂乘客、盗贼兄弟身上都是有碎片的，那么我猜测这最后一个怪物身上也一定携带碎片。"

张傀的反应极快，他很快就按照白柳的思路顺着推了下来，眯着眼睛摸了摸下巴："是这样没错，但白柳，如果下一个站我们就会把这个怪物刷出来呢？这样我们就能直接集齐通关了。"

"你们还记得这个游戏的最低死亡率是多少吗？"白柳答非所问。

所有人都一怔。

白柳垂眸："二级游戏的死亡率区间是50%到80%，那就是说，就算是按照一般的最低死亡率来算，我们七个人，在这个游戏里的死亡率也应该在50%左右，也就是要死三个半玩家才对，但我们现在一个都没有死掉，所以系统才会为了平衡强行降低杜三鹦的幸运值。"

"但如果是为了维持最低死亡率——杜三鹦，你现在的幸运值多少？"白柳转向杜三鹦突兀地问道。

杜三鹦似乎没有想到白柳会突然 cue 自己，手足无措地指了指自己的鼻子，在确认白柳要知道自己的幸运值之后，他立马打开个人面板看了一眼，然后探头看向白柳，说：“80。”

“那也就是系统只下调了杜三鹦 20 点幸运值，如果是要杀死我们当中的三个半玩家，杜三鹦这个幸运值下降幅度太低了。”白柳简单快速地下了判断。

“之前《塞壬小镇》为了维持平衡对我做的操作过分多了，而《爆裂末班车》只是下调了杜三鹦一个人 20 点幸运值就停手了，这调整很轻微了，我们上一站全员存活就说明了这一点，但系统却没有继续下调杜三鹦的幸运值，而是维持在了这么轻微的一个调整上——”

白柳缓缓抬眸：“这只能说明一个问题，那就是系统很可能认为只需要轻微调整，这个游戏的死亡率就平衡了。”

在其他人还有点云里雾里的时候，张傀已经明白过来了，他后背被一种让人毛骨悚然的凉意侵占了，他转头看向白柳，脸色一片惨白：“你是说，这游戏在通关之前有必死关卡可以提高我们的死亡率？！我们很有可能会在接下来的游戏里死到只剩三个半？！”

必死关卡，一定要死人才能通过的关卡，在单人游戏里是不会设置这样的关卡的，但在多人的恐怖游戏里，这种关卡的设置还是相对常见的，一般是为了保证游戏的难度和刺激性，必须要死玩家才能通过，简单来说就是“队友祭天，法力无边”。

在外面的恐怖游戏里是为了好玩和刺激才这样设计，但在这个恐怖游戏里这样设计，只显得血腥和残酷。

“你觉得一个叫《爆裂末班车》的游戏，它的必死关卡会是什么？”白柳语调不紧不慢。

而张傀却颓然地后倒靠在椅子上，他恍然地仰头看着列车顶上忽明忽灭的日光灯，喃喃自语：“……是爆炸，这游戏应该是要我们经历爆炸，所以下一个站我们很可能不能集齐碎片。”

“一定要过了爆炸抵达最后一个站，我们才可以集齐碎片。”

“有三个半要死，那就有三个半可以活对吧？”李狗嘶哑的

嗓音突然插入了白柳的对话，他在地上爬着，趁其他人不注意把手伸进了杜三鹦和牧四诚的包围圈，他脏兮兮的手抓住了白柳的脚踝，眼中爆发出强烈的求生欲，"那谁去活，谁去死，是你决定对吧！你肯定有办法让其中三个半人活下来对吧！白柳，让我活下来吧！我什么都肯做！"

牧四诚靠了一声，一脚把爬过来的李狗踢开，李狗被踢开之后，还不甘心地一直往这边靠，直到牧四诚亮出了猴爪才停止，但李狗眼神中那种强烈的、火热到让人毛骨悚然的求生欲让牧四诚头皮都有点发麻，他不由得侧身往白柳身前挡了一挡，对李狗龇牙恐吓了一下。

李狗不甘心地又缩回了墙角，但眼睛还是直勾勾地看着白柳。

"我的确有办法通过爆炸。"白柳眼神意味不明地看着李狗，"但这个计划要牺牲两个人。"

这也是前期白柳一定要救所有人的原因，因为白柳很早就预料到了这里有一个必死关卡。

所有人，就连牧四诚的呼吸都不由自主一顿，视线移到了白柳身上。

白柳掀了掀眼皮，娓娓道来："我之前核实过，系统商店的所有水系道具和爆炸道具在这个游戏里都被禁了，我连一瓶矿泉水一个二踢脚都买不到，禁水系道具这一点说明了这些爆裂过后的尸体怪物的一大弱点就是水，我猜测是因为经过高温爆裂的尸体遇水之后会出现一定的溶解反应，水可以说是对付这些怪物的一大利器。"

白柳说着，略有些遗憾地叹了一口气："但很可惜列车上和系统商店里都没有给我们提供任何水，并且下一个站我们不能再用杜三鹦引开怪物了，如果还用杜三鹦，系统一定会继续下调他的幸运值，那他就不管用了，因此我们需要大量的水来对抗下一个站台的怪物。"

"以及爆炸的问题也可以通过水解决。"白柳思路很清晰地说，"爆炸的杀伤力主要来自于冲击波、高温及爆炸投射物，如果可以引入大量的水灌满这一段地铁隧道，就可以很好地消除冲击波和高温等致死因素，增加我们在爆炸中的生存率。"

"但是哪里来那么多水啊？"牧四诚眉头紧锁，"就算是系统卖矿泉水，我们七个人把积分钱包都掏空买矿泉水也灌不满这一节地铁，你知道把一节地铁隧道全部灌满水是什么概念吗白柳？地铁隧道高度一般在8—10米左右，两个站的距离一般在1.5km，你要灌满一节地铁隧道需要五百多个游泳池那么多的水！"

"那也不是没有。"白柳勾唇一笑，"下一个站不就有现成的吗？"

牧四诚一怔。

"水库！！"张傀猛地回神，"我上地铁之前记过列车线路图！倒数第二站的名称是水库！水在这里！水库一般是不能建在地铁站这种地下中空的建筑物旁边的，这是一个很违和的地方，这是游戏给我们的提示！如果这个水库有一个中型水库的规模，那里面的水就足够灌满这条圆形的地铁轨道了！"

白柳很冷静："对，我也是这么想的，但问题是怎么把水引入地铁站？我倾向于用炸弹。"

"你想炸掉水库？"张傀很迅速地回了白柳一句，但他很快又皱眉反应了过来，"但系统商店禁掉了爆炸系的道具，你从哪里搞来炸弹？"

白柳终于微笑起来，他拿出一面只缺了最中央一片三角形镜片的巨大椭圆形镜子："当然是就地取材。"

"这就是360个碎镜片融合在一起的镜子。"

张傀有点迷惑地盯着这面不完整的镜子，他有点搞不懂，白柳不是在说炸弹吗，怎么突然开始给他们展示镜子了？

"我之前和我一个朋友讨论过一个问题，那就是'镜城爆炸案'中那两个盗贼是如何怀揣炸弹上车的。因为可以炸好几个车厢的炸药必定体积不小，这两个盗贼到底是藏在什么地方，躲过安检上车的？新闻上写着藏在镜子里，我一直觉得很奇怪，到底什么样的镜子能藏下那么多的炸药……"白柳轻声说着，然后把手贴上镜子光洁的表面。

镜子的表面突然出现水一样的波纹，缓缓扩散开，变成了一个水银的湖泊。

白柳嘴角的笑意越来越大，他在所有人惊愕的目光中缓缓把手没入了水银湖泊般的残缺镜面中，白柳的手往里摸了摸，好似摸到了什么一样，他面上露出一个满意的微笑，干脆利落地往外一扯，从镜子中扯出一个比镜子还大好几倍的巨大的黑色炸弹来。

黑色炸弹落在地面上，砸出一片灰尘，散发出一股浓烈的火药气息。

"现在我知道了。"白柳拍拍手上的烟灰，啧啧道，"原来真的就是藏在镜子里啊。"

张傀愕然之后，他脑子飞速转动，盯着这堆炸药："既然镜子里的炸药已经被你扯了出来，那是不是这辆列车可以不用爆炸？"

白柳不多说话，他又把手伸入了镜子里一扯，又是一个大炸药被拽了出来，他耸肩摊手："喏，我怀疑炸药是无限的，所以这辆车和这面镜子是一定会炸的。"

张傀的脸色又迅速地阴沉了下去。

"所以计划需要两个被牺牲的玩家。"白柳比出两根手指，不疾不徐地解释，"一个是把这个炸药送出去炸水库的，两分钟内我估计很难往返，这是第一个要牺牲的玩家。"

张傀眉头拧得能夹死一只苍蝇："这也只需要牺牲一个玩家，还有一个你要牺牲的玩家是用来干什么的？"

白柳勾起了嘴角："第二个要牺牲的玩家是需要用杜三鹦那个道具'虚伪的布料'，包住这面镜子后拿着，布料一定程度上是虚伪的，所以某种定义上不存在也不会破裂，可以很好地兜住爆炸之后碎裂的镜子碎片，避免我们在镜子碎裂之后再找一遍碎片，但这布料要玩家拿着才能使用，所以本人由于太贴近镜子了，很有可能被炸死。"

"所以现在唯一的问题是，"白柳慢悠悠地弯了弯自己竖立的两根手指，他掀了掀眼皮，脸上的笑变得意味深长起来，"这两个要去送死的玩家，是你们中的谁？"

"其实现在说实话，除了牧四诚杜三鹦接下来还对我有用，你们其他人对我来说都没有太多价值。"白柳摊手，继续说道，"张傀，你和你的三个傀儡生命值下降到这里，能提供的战力已经非常有限了，下一个站你们四个当中的两个谁死，我都无所谓。"

白柳嘴角微弯，遗憾又虚伪地叹息一声："因为你们对我都无用了。"

张傀和三个傀儡的目光一顿，迟缓地挪到了笑意盎然的白柳的身上，表情都渐渐凝滞了，这家伙卸磨杀驴的姿态太熟练了，他是认真的。

但白柳说的的确是实话，就连被他收购了灵魂，而且实力全员最高的张傀，等出了这个游戏，对白柳的正面意义也不大。

不仅不大，还有负面意义。

张傀是国王公会的高层玩家，并且张傀被白柳控制这件事会被小电视公布，白柳觉得国王公会这种大型公会是不会允许张傀这种被人控制的玩家占据公会高位的，更不会允许白柳控制着一个知晓很多公会内部高层消息的玩家。

综上，张傀对于白柳是个大麻烦，其实死在游戏里是最好的，一劳永逸，国王公会不需要来找白柳麻烦，因为这只是游戏内的恩怨而已。

但是如果选张傀去送死，白柳就要面临一个很棘手的问题。

那就是张傀死了，张傀手下的三个傀儡就会脱离掌控。

白柳想过试着选择用"旧钱包"这个技能去交易控制张傀手下这三个人，但是白柳觉得成功的可能性太小了——第一是因为这三个人对他都有很高的警惕了，知道他有控制技能，交易技能需要双方主动同意，能在几分钟之内顺利忽悠三个人主动同意和

他达成肮脏的金钱关系，白柳觉得可能性不大。

第二就是就算达成了，等下那种极端混乱的水下情况里，白柳也是无法操纵任何人的。

因为灵魂纸币是纸币，这玩意儿就和白柳一样，是怕水的，下了水白柳这个技能相当于就被 ban 了，要是他这个技能的弱点被人知道了，他的情况会变得很危险。

并且白柳通关前一定会把碎镜片放在自己身上，这样他的奖励才最高，如果让这群人知道白柳下水无法操纵灵魂钱币的技能，白柳很有可能腹背受敌，面临被一群人抢碎片的情况。

但很不幸的是，白柳觉得张傀已经猜到水下他很有可能不能控制别人这点了。

因为张傀看见了白柳之前紧急情况下使用灵魂钱币救牧四诚的全过程，知道白柳是用一种纸质的道具来操纵玩家——这也是白柳要张傀死的一个重要原因。

张傀很有可能已经清楚他使用个人技能的条件、限制、弱点，这对白柳一定程度上是致命的，如果他这次放了张傀一马，他下次就没有对方不知道自己个人技能的这个优势了。

说实话这次白柳就是打了个信息差，他自己心里也清楚这一点，张傀毕竟是个背靠大公会的玩家，很多渠道是白柳未知的，如果之后张傀用什么方法摆脱了白柳的控制，像是之前追杀牧四诚那样追杀他，白柳能不能跑掉那可就说不定了。

并且张傀这家伙还很有可能会公开白柳的个人技能，但白柳这个个人技能使用条件宽泛的同时，限制也极大，一定要借助金钱交易，如果张傀公布了白柳的个人技能，白柳之后会举步维艰。

白柳的眼珠微动，他平静的目光和张傀晦暗不明的眼神对上。

那是一种蛰伏和进攻的眼神，像是在等待时机反杀白柳，反杀这个只有 1 点生命值的白柳。

而张傀等待的时机马上就要到了。

"张傀抱住爆炸的镜子。"白柳毫不犹豫地下了命令。

张傀神色一变，似乎没想到白柳会选他，但他很快就镇定了下来，厉声反驳："我死了，其他三个傀儡都会脱离掌控！白柳，你不能选我！"

白柳眯了眯眼和呼吸急促的张傀对视着，他的笑很浅，浮在面上："但是我觉得，我不选你，你绝对会趁我不备杀了我，毕竟我现在只有1点生命值了，你对我威胁是最大的。"

张傀微妙地一顿，然后又开了口："白柳，我们也合作到了现在，我现在真的不想暗算你，我之前还拼了命地好好保护过你，对吧？"

他深深吸气吐气，缓缓举起双手做了一个投降的姿势，竭力用一种很真诚的目光看着白柳："我知道你还在怀疑我，我可以把我身上所有东西都给你，我现在只想通关，而且我是实力排名两百名左右的玩家，你已经控制住我了，杀死我不如留着我有用不是吗？我对你是很有价值的。"

张傀喉头滚动一下，他恭敬地弯曲身体，伏趴在地，对白柳低下了头，露出了后颈和后背，低哑地喊道："白柳……主人，我发誓我不会杀你，你可以让牧四诚用'法官的天平'来验证我的话是否为真，你可以不相信我，但你可以相信道具吧？"

这是一个非常非常臣服的姿势。

白柳笑起来，他也弯下身体，歪着头去看张傀低下的脸上的表情，笑得饶有趣味："张傀，这种姿态和语言上的心理暗示对我是没有用的，我已经对你玩过了。"

他视线懒散地一转："张傀你知道为什么从头到尾，我都没有想过和你谈合作，而是直接一上来就控制住了你吗？"

伏趴在地的张傀一怔，他听到白柳意味不明地低笑了一声。

白柳脸上的笑意不减，但眼神一瞬间却冷静得好似可以洞穿张傀，语气却在赞许："因为你很像我，或者说这个世界上想要既得利益最大化的人思维都是相似的，我们都很贪婪，我一开始就想要从你身上得到最多的东西，就像你也想从我身上得到最多

的东西一样。”

“得到最多东西的方式无非就是两种，交易和抢夺，你不屑于和我交易，而你想要得到的东西在我身上，无论你伪装得多想和我合作，但你想要得到这些东西的唯一途径就是杀了我来抢夺，不是吗？”

白柳似笑非笑：“所以我从一开始，就没有考虑过和你合作，因为合作对于你和我这种人来说，约束力太小了，是随时可以违背的，你看你不就中途违背了和我的合作吗？我也靠这点最终掌控了你，我好不容易做到了控制这一步，你凭什么觉得我会放过你？”

相信另一个同样有野心的聪明人会完全臣服于自己是一件很愚蠢的事情，白柳完全赞同这个观点，所以他向来都是用过就杀的。

他和陆驿站玩攻坚游戏的时候，哪怕早期是合作关系，在临近通关的关键时刻，白柳都会毫不犹豫地杀死陆驿站赢取最大利益，因为他知道陆驿站这个脑子同样好使的家伙一定也会想方设法地弄死他，成为游戏第一。

“而且用‘法官的天平’来验证你说的话是否为真？”白柳嗤笑一声，他垂眸，“我纠正你话里的一点错误。”

白柳嘴角微勾，他俯下身靠近愕然的张傀低语着：“‘法官的天平’不是牧四诚的道具，这应该曾经是你的道具，被牧四诚偷走了对吧？你让我相信一个被你玩够摸透了的道具？我没有那么蠢的，主人。”

张傀和白柳对视着，呼吸一滞，他下意识看向牧四诚，张傀以为是牧四诚告诉的白柳这件事，但很快张傀又回过神来——牧四诚是绝对不会把自己的赃物是从什么地方来的告诉任何人的才对！！这是牧四诚保护自己的职业习惯！！牧四诚不可能告诉白柳自己的道具是从他这里来的！

但牧四诚也同样震惊，他的确没有告诉过白柳“法官的天平”是他偷的，牧四诚下意识问白柳：“你怎么知道这道具是我从张傀那里偷的？！”

"因为他之前不是已经用同样的把戏玩弄过一次你了吗？就刘怀。"白柳后仰身体倚在墙面上，眼睑闭合，一只手慵懒地靠在椅子上，"人只有在自己熟悉的东西上才会有很强的信任感，一次又一次地去使用。"

"张傀在这种生死存亡的关头不想着使用自己的道具，而是下意识地试图让我去相信你的道具，你俩之前还是敌对关系……你觉得这可能吗？考虑到你的技能，我觉得这是最有可能的答案了。"

张傀有种被彻底看穿的心悸感，撑在地上的手心顷刻就被渗出来的汗液湿透了，汗液顺着他的下颌滴落下来，他用一种恐惧的眼神看着白柳。

白柳这家伙……从一开始就想杀他，他计划好了的……从他被控制开始，白柳就给他准备好了死亡的结局。

这人真的是新人吗？

为什么在第二个副本就对杀人毫无心理障碍感了？！这人现实里到底是干吗的？！

"好，接下来就是从你们三个人当中挑选一个去送炸弹了。"白柳转动眼珠看向蜷缩在角落里没有说话的三个人，失血过多的疲倦让他脑子晕眩了一下，他晃了一下，又被牧四诚扶起。

白柳低着头剧烈呛咳着，牧四诚脸色有点奇怪地看向白柳，问："你真要选张傀拿镜子？你都控制他了，他对你应该还挺有价值的吧？你不留他一命？"

"价值是有的，但这不是因为你太废了，守不住我嘛，所以我只能把他给弄死了。"白柳随口甩锅，他用手背擦了一下自己的嘴，一片殷红，应该是又吐血了。

但白柳甩甩手上的血珠，不甚在意地继续说了下去："我选张傀拿镜子，是因为落水之后我这个狗样子很有可能控制失效，无法控制所有人，如果张傀起了反击的心思，你对付不了，但其余人牧四诚你应该可以对付了，所以脱离控制也没事。"

"下一个站我会控制他们快速搜集齐碎镜片，我们拿了碎镜

片跑路就行，他们的移动速度没有你快，我们这边还有杜三鹦80点的幸运值加持，足够我们三个人通关了。"

牧四诚明白白柳意思了，他、白柳、杜三鹦他们三个人的确优势很足，应该是最先通关的，等下爆炸一开始大家都自顾不暇了，有没有白柳的控制技能其他人其实无所谓了，只要挺过爆炸那个节点，这些人也不可能再来偷袭白柳了。

牧四诚沉默了一会儿："剩下三个人，你准备选谁去送炸弹？"

"怎么？"白柳移动了一下眼神，"你有推荐人选？"

牧四诚顿了顿："刘怀，我建议你选他。"

白柳略微有点惊讶地挑了一下眉："理由？"

他感觉牧四诚不是为了私人恩怨意气行事的那种人。

"不是出于私人恩怨建议你的，是因为刘怀有一个个人技能叫作'刺客闪现'，闪现距离远远超过一节车厢的长度。"牧四诚语气复杂难辨，他微微避开了白柳的视线低声说，"你只有1点生命值了，如果他想得到碎镜片，张傀一死，他就能脱离傀儡丝的掌控闪现来刺杀你。我体力因为刚刚耗空了，现在正在缓慢恢复中，使用的个人技能都只能发挥很低等级的水平……对上刘怀这个技能，我不一定护得住你。"

刘怀颓然地软了身体，他惨笑了两下，在牧四诚开口那一刻，他就知道牧四诚一定会说这个。

当初他就是用这个技能，闪现背刺差点杀死了牧四诚，这的确是一个有杀伤力也很需要提防的技能，刘怀绝望地闭上了眼睛，他已经可以预料到自己被选中的结局——只有1点生命值的白柳，不可能放任有这种个人技能还脱离自己掌控的玩家的。

"哦，这样啊。"白柳拨弄了一下自己胸前的硬币，好似思考了两秒之后，突兀地开口了，"你说得有道理，但我之前和人交易过了。"

白柳在收购向春华和刘福父母灵魂的时候，答应过他们要帮他们处死李狗，虽然这个交易没有时间限制，但如果这次放过，之后要弄死这个李狗，花在他身上的精力一定会比现在高几倍。

而且根据白柳在现实里的了解，李狗应该快集齐积分道具出狱了，如果这次放过他让他通关游戏得到积分，白柳手下的两张灵魂纸币——向春华和刘福，说不定会被李狗这种一看就是激情犯罪类型的人在出狱后蓄意报复而死亡。

白柳不做这种性价比低的事情。

他会选择的方案永远是收益最大，并且性价比最高的方案，风险不在白柳的考虑之中。因为没有风险，就没有收益。

白柳波澜不惊地抬眼开口："所以我的选择是，让李狗去送炸弹吧。"

所有人都是一呆。

刘怀惊疑未定地睁开了眼睛，他无法置信自己再次死里逃生了。

李狗则是癫狂般地挣扎躁动起来，他发了疯一样双眼赤红地就要提刀上前去抓白柳，但很快李狗就被白柳控制张傀用傀儡丝牵住了。

李狗是真的要疯了，他的四肢被傀儡丝勒出血了还在不甘地摆动着，他用一种带着血腥气的暴戾眼神看着白柳，大喊大叫着："白柳！！你他妈凭什么选老子！你没听到牧四诚说的话吗！刘怀才是可以杀你的那个！！你凭什么让我带着炸弹去送死！！"

"我马上就要出狱了！！！"李狗歇斯底里地怒吼着，他眼睛里暴出了血丝，脖子和额头上粗壮的青筋因为愤怒快速勃动着，"你不能让我死在这里！！"

脸红脖子粗的李狗和眼神毫无波动的白柳对视了一会儿，似乎明白白柳不会被他威胁到，李狗又好似虚脱一般双膝一跪，眼神愣怔，宛如一摊烂肉趴在地上。

过了差不多十秒钟，这人好似突然想通了一般，李狗忽然开始呜呜呜地一边作揖一边对着白柳砰砰磕头，一把鼻涕一把泪地号啕大哭："白柳！求你了！！不要让我去！白哥！我从头到尾

都老老实实的，按照你说的做的，没有一点偷工减料，你让刘怀去吧，他才是要害你的那个！真的不要选我！白哥，你放着刘怀这个有大威胁的不选，偏要选我，你和我开玩笑的对吧？！"

牧四诚也不赞同地看向白柳："为什么选李狗？他比刘怀的威胁性低多了，等下刘怀要是偷袭你，你很有可能会出事！"

小电视前的王舜也疑惑不解地皱眉："怎么回事？白柳不是这种会临到头放人一马的人，为什么脑子昏头选了李狗？他生命值只有1了啊！"

其他观众也有点着急——

"刘怀连牧四诚这种高攻速的都能背刺！白柳就算有牧四诚都挡不住刘怀的！"

"靠，我不懂白柳为什么选李狗，没理由的啊！"

绝大部分观众都不理解白柳的选择，他们困惑着，担忧着，又失望着，只有站在人群最后的一对夫妻捂住自己的嘴，拼尽全力不让自己哭出声来，因为竭力忍着哭，他们甚至有些站不稳，踉跄着，互相依靠着，勉强不跪下。

他们蒙眬的泪眼里是小电视里白柳苍白又安静的侧脸。

他们知道白柳为什么选李狗，他们知道这个年轻人为什么做出这个对自己很危险的选择。

向春华低着头，她终于控制不住地哽咽出声，浑浊的眼泪从捂住嘴的五指上滚落，刘福用粗糙的大手给她擦去，但自己的眼泪却流了满面。

"谢谢你，谢谢你，白柳，谢谢你。"

他们太累了，每一天都过得像是行尸走肉，每一时每一刻都在自我谴责和折磨，无数的路人对他们伸出同情的双手，但很快又抽去了。他们说着节哀，逝者已逝，放下吧，日子总要再过的，你们这样难过果果看了也会难过，开心点吧。好似他们来说了这些话又离开，他们就真的会好过一点。

这些安慰都是稍纵即逝的，而他们怀抱着希望却一次又一次地落空，歇斯底里地呼喊着要让人为果果付出代价，苦难在他们身上镌刻出狰狞的痕迹。

向春华不再是那个和蔼可亲的向阿姨，刘福也不再是那个憨厚老实的刘大叔，他们渐渐地变成了所有人都厌烦的人。

他们也不想这样，但是不这样，谁来记住可怜的果果？

他们也曾经千百次地问那个问题，为什么是果果，他们也曾麻木恶毒地讨论着，这条巷子里那些比果果可爱的女孩子为什么没有遭受李狗的毒手，为什么这些女孩子的家长还能假装怜悯地安慰他们说，果果死了也好，被强奸了，下半辈子也不好过，也嫁不出去了，死了说不定下辈子还能投个清白身子。

这个世界上那么多女孩子，清纯明媚天真，在果果出事前，他们都是爱着这些和他们女儿一样可爱的小孩的，但在果果出事后，他们只想问——为什么不是她们？为什么非得是果果？

为什么李狗这个畜生那么刚好，就选中了他们的果果？！

李狗跪在地上，膝行靠近白柳，又被牧四诚给踢开，李狗的嘴角被牧四诚一脚踢出了血来。

李狗因为害怕而微微后退了一点距离，他嘴唇颤抖着，仰头看向面上没有任何情感波动的白柳，李狗控制不住地流下了眼泪："白哥，为什么一定要选我？！就算你不想选刘怀，你还可以选方可啊！！为什么非得是我！为什么非得选我去死！"

白柳很平静地看着李狗："你非要问的话，直白一点来讲，我选你去死只是因为你倒霉罢了。"

倒霉地刚好跟着张傀选中了这一款他在的游戏，倒霉地在游戏里撞到了他的手上，倒霉地刚好是张傀的傀儡，倒霉地张傀又被他白柳给彻底控制了。

"但如果你一定要在死前知道自己的死因，我也可以满足你。"白柳表情宁和，眸光淡淡，他若有所思地蹲了下来，垂眸看着涕泗横流，似乎极为想不通为什么自己会被选中的李狗。

白柳轻声开口询问他："你还记得刘果果吗？"

李狗听到"刘果果"这个名字，浑身就像是过电一般打了个哆嗦，他猛地抬头，愕然又震惊地看着白柳。

白柳的眼神和语调都是前所未有的平静："如果你一定要寻求一个逻辑上说得过去的理由，那可以说——因为你当初选中了刘果果，所以我现在选中了你，就是这么简单。"

"怎么会……"李狗彻底瘫软了，他一个屁股蹲坐在地上，双手撑在地上，双目失去焦距，失神又恍惚地看着白柳，喃喃自语着，"怎么会是因为刘果果？她都死了啊。"

虽然李狗是因为刘果果坐的牢，但李狗早就忘了这个让他爽了一个晚上的小女孩儿了，这个女孩儿除了在让他爽爽的时候是个人形，后来刘果果在他的记忆里只是一团模糊的碎肉，李狗从来没有把这刘果果这个人形充气娃娃当成人过。

但从白柳的口中浅淡又清晰地吐出的这个名字，让李狗的记忆回到了那个让他遭受了牢狱之灾的晚上，那团模糊的碎肉突然就在他的记忆里自动拼凑成了一个有感情和眼泪的真实小女生，绝望又崩溃地在被他抓住之后奋力哭喊惨叫着。

而李狗把不停挣扎的刘果果压在身下，一个巴掌扇向这个高中女生，狞笑着叫她别喊的时候，刘果果也曾求他饶过自己，也曾崩溃地大喊大叫求救。

刘果果也曾目光空洞地仰头望着李狗，眼泪在她脸颊上干成脏兮兮的泪痕，刘果果声音嘶哑地问李狗，为什么是自己？

和李狗现在对白柳做的事情、问的问题一模一样。

而李狗只是嗤笑一声，他一只手摁着刘果果的双手的手腕，一只手解开裤子，舔了舔嘴皮道，算你倒霉小美女，我刚看了点片子有点上头。

列车里的广播女声响起："即将到达下一站——水库，请车上的乘客坐稳扶好，要上车的乘客排队在车门外，先上后下——"

白柳目光一凝，扫过所有人："要到站了，李狗背上炸弹，张傀过来拿镜子，牧四诚守着我，其余人全力清扫碎镜片。"

"列车已到水库站，请各位乘客做好上下车准备——"

白柳沉声："开始！"

在所有乘客涌入列车内的那一刻，李狗双脚不受控制地被调动着跑出了车厢，他背着一个巨大的黑色炸弹，眼泪一下就飙出来，他真的怕了，手和脚都颤抖着，到处都是燃烧掉落的碎片，在整个地铁站里飞舞着，时不时地飘过李狗的面颊，把他脸上的皮肉烧得干裂爆开，但他却因为处于控制之中，不仅不能挣扎，还要主动往火更大的地方去。

背着炸弹的李狗躲避开站台上那些走来走去的焦尸，但总有躲避不开的时候，烈焰无情地烧焦了他的面颊，让他痛不欲生，又无法挣扎，他泪流满面，尖厉地大叫着："白柳！！！我知道错了！！我不敢了！我对不起刘果果！放过我吧！！"

他哭号着，哭得真情实感，面容扭曲："我不该对她做那种事情！我知道我错了！！白柳求你让我回去！！我不想死！放过我吧！求求你了！！"

"再来一次，我绝对什么都不会对她做的！我发誓！！我如果做了我就被千刀万剐！！！"

**系统提示：玩家李狗受到火焰灼烧，生命值 -15，精神值 -15，因精神值发生剧烈震荡，精神值持续降低……精神值低于 40。**

**系统警告：玩家李狗即将见到大量潜意识恐怖幻觉！请玩家及时恢复精神值！**

在烈火焚烧中惨叫的李狗根本听不到系统警告的声音，他听到了也没有办法，因为他身上的积分已经全部被白柳给拿走了，根本没有购买漂白剂的积分了。

但很快，李狗感觉自己背上背着的炸弹突然变得湿漉漉又充满了肉腥气，从他的脖子那个地方滴落了一滴血下来，这血是热的，

周围的火焰是热的，但李狗却情不自禁地打了个冷战。

他的后背迅速被某种温热的、铁锈味的液体染湿了，有女孩子沾满鲜血的湿漉漉的黑色长发从李狗的肩膀上滑落，在李狗的肩膀上晃晃悠悠地荡啊荡，一滴一滴的殷红血液砸在李狗的脚背上，有一双洁白的双手从李狗的后颈绕过，轻轻地环绕住了他，其中一只手的手背上还用黑色油性笔写着："高考倒计时（模糊）天！果果加油！师范等着你！"

小女孩轻声哼着不成调的歌，脚在李狗的背上一晃一晃："充满鲜花的世界到底在哪里，如果它真的存在那么我一定会去～"

这首歌是《追梦赤子心》，是刘果果高三誓师大会的合唱曲目，李狗每天都能看到这个女生戴着耳机哼着这首歌从小巷路过，多么清纯靓丽的风景线，而他只是用油腻腻的眼神窥探觊觎着这不属于自己的美丽，并且最后用屠刀千百次地摧毁了这脆弱又单纯的美丽。

李狗僵硬地吞了一口唾沫，他不敢回头，只能反复小声默念着："这是幻觉这是幻觉……"

"我想在那里最高的山峰矗立，"女孩子清甜的声音打断了李狗的小声默念，她咯咯咯地笑着唱着，却有种浓烈的阴森气，冷冰冰的手缓慢地箍紧了李狗的脖子，"不在乎它是不是悬崖峭壁～"

一张被砍刀剁得七零八碎，鼻梁下陷的脸从李狗的颈子后探了过来，刘果果用一张残缺的面孔对他诡异又烂漫地笑着："李叔叔，好久不见。"

"啊啊啊啊啊啊啊啊啊啊啊啊啊——"李狗彻底崩溃了，他飞跑着，如果不是张傀的傀儡线还拉着他，他已经完全分不清东南西北了，他奋力跑着试图甩开背后的刘果果。

他明明在烈焰焚烧的车站里奔跑，但车站突然变成了他曾经工作的那个小巷道，无论他往哪边跑，他都会看到刘果果血肉模糊的面容，在自己血淋淋的屠宰铺旁边微笑着，一边对他唱着歌，一边向他靠近着。

李狗慌不择路地跑着，但他身后的刘果果突然变成了好几个他那么大，她笑眯眯地抓住不停惨叫的李狗的手脚，然后面带甜笑地把他放在了砍猪肉的案板上，摁住，她垂下眼眸一边轻哼着歌曲，一边一下一下地用尖刀插入他的腹部，剔开他的骨头和内脏。

就像是当初李狗对她做的那样。

"啊啊啊啊啊啊啊啊啊 —— 痛！！痛！！停下！！别砍了！！"李狗惨叫到眼珠子都凸出来了，但在他下一次叫出声的时候，刘果果似乎是觉得他烦，一下把尖刀的刀尖插入了他的喉咙，刀尖在她轻快的歌声里在李狗的喉咙里转了一个圈。

"那是懦夫的表现～"她愉悦地唱着。

鲜血顿时喷涌而出，李狗在剧痛中干呕了几下，他快撑不住了，他刚刚痛得失禁了，现在小腿都还在打摆子。

但就算这样，李狗也仍在被傀儡丝拖着走，他一边吐着血一边被傀儡丝拖曳着向水库靠近。

李狗的四肢都已经被刘果果给砍碎了，虽然是幻觉，但李狗在自己潜意识里投射出来的刘果果的不断攻击下，完全清醒不过来，他双目空洞地拖着自己的四肢，在火焰灰烬中爬过车站。

刘果果趴在他的身上，一下一下地用刀割着李狗的头皮，李狗就算是痛到极致，也一个字都喊不出来，只能流着眼泪双目无力地睁大，喉咙里一股一股地涌出血来。

在幻觉里，李狗的衣服和下巴都已经全被血打湿了，但现实却是这人像条死狗一样突然在地面上就抽搐了起来，在地上翻白眼。

其实什么都没有发生，李狗只是被自己臆想出来的恐怖幻觉折磨着。

李狗杀人的时候从来没有把刘果果当成过一个人，杀她就像是杀一只猪那么简单，自然也不会觉得愧疚，他原本是不会有这些把他折磨到发疯的幻觉的，因为他潜意识里就从来没有畏惧过刘果果。

他知道自己可以轻易决定这小姑娘的命运，就像是对待一只对他没有反抗能力的小猫。

但白柳突然把刘果果从一只对他毫无反抗能力的猫，变成了一个可以把他送上绝路的人，他潜意识里的恐惧突然觉醒，他意识到了自己到底做了什么。

我原来杀了一个人。

刘果果原来是一个人，原来她是这么痛的。

李狗背着刘果果，用手肘撑着地面，最终一步一步艰难地爬到了水库，他艰难地喘着气，刘果果贴在他的背上，血和他的血混在一起，黑色的长发在他颈部打着卷，李狗理智上知道这是一个炸弹，但现在这个炸弹就是刘果果，被他强奸过、杀死、砍剁的刘果果。

她好像一只快乐的小鸟，在李狗的肩背上唱着只有一个人能听到的歌：

"也许我没有天分，但我有梦的天真，我将会去证明用我的一生；也许我手比较笨，但我愿不停探寻……

"就算鲜血洒满了怀抱。继续跑，带着赤子的骄傲。"

刘果果是一个美丽的、漂亮的、努力的、懂事的、爱吃猪肉的十七岁女孩，她马上要高考了，她要去一所很好的师范学校做老师，她爱唱《追梦赤子心》，笑起来的时候撩一下自己耳边的长发，这个世界上原本没有什么能打倒她，就算她被强奸了，她或许会哭鼻子，会难过，会歇斯底里地大骂或者蜷缩在自己的房屋里。

但一切原本都还有可以重来的机会，这又不是她的错，她不必为了这种事情一辈子不好过。

她原本有机会把这件事情变成一个疤痕。

但也只是原本。

李狗闭了闭眼睛，他流下浑浊的眼泪，哽咽着张开了嘴，他似乎想说什么，但最终什么也没有说，血从他喉咙里涌了出来，李狗不甘地睁大了眼睛，背后的刘果果抱着他的脖子，唱完歌之后轻笑了一声，带着他坠入了水库中。

无数的气泡翻涌在水面上。

"轰"的一声，炸弹爆炸了。

李狗在水库边被炸成了无数细小的骨头碴和碎末，就像是刘果果那样。

水库缓缓地崩塌，水从缺口里涌出。

女孩子清脆的笑声在水库边上似有若无地响起，好似冷冷嘲笑，但很快这笑又消失不见，毫无痕迹。

**系统提示（对全体玩家）：玩家李狗生命值清零，确认死亡，退出游戏。**

车厢内。

被盗贼兄弟追赶的一行人竭力地跑着，牧四诚提溜着白柳一马当先，跑在最前面，后面的张傀他们都在收集碎片。

但很快这群人就要撑不住了，没有杜三鹦帮忙调开盗贼兄弟，所有人的道具和各方面数值也被消耗到了极限，但是盗贼弟弟和哥哥这一对怪物兄弟却因为被抢了碎片，这一次的进攻特别猛烈。

如果再被追一会儿，等盗贼弟弟的大招蓄满，他们很有可能就要全军覆没了！

牧四诚一个闪躲吊在吊环上，出气不匀地看向白柳，脸色苍白："白柳，我要撑不住了！"

白柳看了看车外，他也呼出一口浊气，微笑起来："不用撑了，水下来了。"

水从地铁的台阶上滚滚而下，嗞嗞嗞的火焰被浇灭的声音和哗啦啦的水流下的声音交织在一起，升腾的水蒸气几秒之间就灌满了整个地铁站，列车顷刻之间就被笼罩在一片半透明的雾气之中，那些对他们穷追猛打的爆裂乘客被流入的水一浸透，身上的

火被瞬间熄灭。

这些焦尸的脚背好似被灌进来的水融化一般粘在了车底无法动弹，它们仰着头凄厉地哀嚎着，挥舞着干瘪的手，但却再也无法前进寸步，在水蒸气中被定在了原地。

正在追白柳的盗贼弟弟被水一淋，脚绊脚地摔倒，那么大一团扑进地面上的水里，瞬间就收缩成一团黑炭般的焦尸，嗷呜嗷呜地惨叫着，盗贼哥哥也不追他们了，而是很焦急地叽叽叽叫着转头去扶盗贼弟弟，但是盗贼弟弟就算是收缩了，对盗贼哥哥来说也太大了。

这两兄弟可怜地互相叫着搀扶着，好似在加油打气，被水淋成了两只落汤鸡，抱成一团瑟瑟发抖。

牧四诚放下了白柳在旁边休息，现在这对盗贼兄弟攻击力和速度都大大降低，几乎不可能追上他们。他斜眼看了一下身上染血的白衬衫被打湿，满脸虚弱的白柳，又扫了一眼在大"雨"里似乎在哭泣的盗贼兄弟，心情复杂地啧了一声。

谁能想到当初把他们搞得差点全军覆没的盗贼兄弟，现在居然被白柳这个只吊了一口气的家伙整治成这样……

"戴上潜水器。"白柳提醒牧四诚，他给自己戴上了一个潜水面罩，呼吸间在面罩上喷出氤氲的雾气，只露出一双依旧漆黑淡定的眸子，"等下开车，这段轨道说不定会塌陷，水会跟着全部涌进来的。"

"列车即将发动，请下车的乘客及时下车，下一站，终点站——古玩城。"



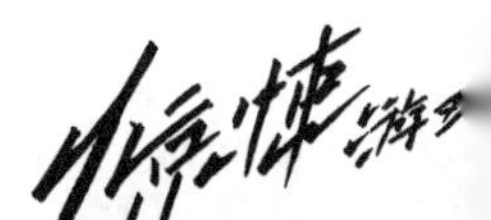

# CHAPTER 18

牧四诚给自己也戴了一个潜水器，这玩意儿在系统商店买只要 3 个积分，他们早就买好了。

牧四诚给了一个眼神给白柳："走吧，现在去找他们会合。"

杜三鹦和张傀在一个车厢，他仰头抹了一把脸上的水，大口地喘着气，旁边的张傀、刘怀、方可也是狼狈不已，这几人气还没有喘匀，白柳就和牧四诚从一片雾气的车厢末尾走了过来，白柳把自己的 360 个碎镜片装在杜三鹦那个虚伪的布料里，丝毫不顾忌张傀怨恨的眼神，大大方方地就塞进了张傀的怀抱中："你那边应该也有 20 个碎片，大概还有几十秒就会爆炸，你好好拿着。"

**系统提示: 玩家张傀获得 380 个碎镜片，收集进度 (380/400)。**

"至于你们两个，"白柳转头看向刘怀和方可，这两个人在白柳毫无波澜的眼神注视下忍不住抖了一下，"现在碎镜片已经收集完了，你们已经没用了，而且还会是危险因素，不如——"

刘怀率先咬牙开口道："我们绝对不会偷袭你们的，你们现在杀死我也会浪费时间，而且我们的生命值也快见底了，这个时候偷袭你我们并不能得到任何的好处，还很容易死亡，我们会躲得远远的。"

"如果你实在是不相信的话……"刘怀看着白柳毫无波动的眼神，有些绝望，"我只是想活下去而已，我可以做任何事证明我自己绝对不会偷袭你。"

白柳淡淡的："那就砍掉你自己的双手吧。"

刘怀愕然地抬头，就连牧四诚的表情都木了一下，两个人几乎动作同步地看向白柳。

白柳倒是不觉得自己说出了什么石破天惊的话，他态度依旧是很自然的："我对杀人没什么兴趣，但你的存在的确是个隐患，你那个匕首技能要用手对吧？并且砍掉双手后即使你没死，你生命值也会落得和我差不多，这样你偷袭我的风险会变得更大。"

"并且失去了双手的你……"白柳转头看向牧四诚，"这样的刘怀你能打过了吧？"

牧四诚盯了白柳一会儿："你……我……"他表情一片混乱了几秒钟之后，最终喷了一声，嗤笑，"如果刘怀砍掉双手，我随便扛。"

白柳转头看向刘怀，他很礼貌地说："OK，那你动手吧，我们的时间不多了。"

刘怀脸上的表情五味杂陈，他最终咬牙，转身向方可，拜托他帮忙砍掉了自己的双手。

方可神色复杂地接过了刘怀递过来的匕首，刘怀的手臂落地的一瞬间，牧四诚的神色有几秒忍不住的怔，但很快恢复了自然，他并没有幸灾乐祸，也并没有很高兴，只是眼眶有点发红地转过了头，垂着漆黑的猴爪站在白柳的身侧。

“至于方可——”白柳一一清算，他话还没说完，方可就很干脆地惨叫一声，断掉了自己的一只手，求生欲很强地哭着说：“我这样可以了吧？”

白柳：“……我只是想让你和刘怀把道具和积分交出来而已，没有让你断手的意思。”

方可：“……”呜呜呜呜呜。

他说起这种打劫的话来也是云淡风轻，一派的理所当然，刘怀和方可面面相觑一会儿后，老老实实把积分和道具都上交了，然后白柳的视线移到了张傀的身上：“还有你，也把身上的积分和道具都交给我，不然你死了好浪费。”

即将被白柳坑去送死的张傀：“……”

这他妈是挫骨扬灰还要把他的灰拿去卖钱！白柳太他妈损了！！

张傀恨得牙咬得咯吱咯吱的，但是他拿白柳还真的没有任何办法，白柳如愿以偿地打劫了三个高级玩家，心满意足地收手了。

围观了全程的杜三鹦和牧四诚：“……”

他们幽幽地看着打劫杀人放水都很熟练的白柳，脑子里不由自主地在思考一个问题——到底是哪个监狱倒了把白柳这个祸害给放出来了？

下岗职工白柳清点了一下自己满载的战利品，很愉悦地对方可和刘怀挥挥手：“拜拜，下次有机会再一起玩游戏，你们让我的游戏体验非常好。”

刘怀和方可：“……”

还是不了，我们的游戏体验很差。

方可和刘怀在白柳看可再生韭菜的欣慰目光中狗撵似的跑了，牧四诚都无语了，白柳很明显就是准备下次遇到了接着抢，等到白柳收回了目光看向杜三鹦和牧四诚的时候，杜三鹦紧张得都想哭了，他结巴道：“白、白柳，我真的没什么道具了！我用了很多了！你别抢我！”

白柳很诧异："我怎么会抢你，我们是合作伙伴啊。"说完，他有点遗憾地顿了顿，"你也没有了吗？我以为你幸运值100，一定存了很多道具呢。"

牧四诚："……"你收敛一下自己看肥羊的眼神再说话，白柳。

杜三鹦眼泪汪汪地狂点头："我真的没有了！"

白柳倒是不会对牧四诚下手，主要他还指望着牧四诚帮他，而且牧四诚这家伙的技能是偷盗，他拿过来牧四诚也能偷回去，但牧四诚应该是属于口味挺挑剔的那种盗贼，不会轻易出手，刚刚白柳在拿方可和刘怀的道具的时候，牧四诚抱胸斜眼看着白柳，眼神嫌弃得就像是在看一个在捡垃圾的流浪汉。

但，白柳摸摸鼻子，他本来就是个"贫穷的流浪汉"。

列车一开，两边的隧道就开始渐渐地陷落坍塌，狂暴的水流从四面八方灌入列车隧道，又从列车上碎掉的车窗和破开的缺口灌入列车里，在短短几秒间，水就淹没过了白柳的腰。

白柳被水浪翻来覆去弄得人都浮了起来，还是牧四诚眼疾手快地拉住了他，杜三鹦抓住一个椅子，在喷涌而下的水流中大声喊道："白柳！张傀在这个车厢爆炸！我们守在这个车厢的两边吧！我和牧四诚生命值都还够，还有一点防御道具，我们来守吧！你离远一点！"

白柳捂住潜水面罩比了一个 OK 的手势，水面没过了他的面颊，白柳转身笨手笨脚地摆着手脚游走了——没办法，他还是不会游泳。

杜三鹦和牧四诚守在车厢的两边，他们都用了一点道具保护自己，而车厢中间戴着潜水面罩的张傀脸色惨白，牙关紧咬，他的道具都被白柳搜刮走了，只给他留了一个潜水面罩防止他在爆炸前被淹死，他只能握着装了镜子的"虚伪的布料"这个口袋等着爆炸。

车厢的前后门都被人堵了，张傀就算再聪明，没有道具没有时间，又被人控制住了，他也没有任何办法。

他这下是插翅难飞，不可能逃掉了。

牧四诚和杜三鹦看着这个场景，都有一瞬间的恍惚。这对他们来说，都是似曾相识的场景。

牧四诚曾经无数次被张傀用这种恶心巴拉的手段困住过，每次都是伤痕累累地从游戏里爬出去，有好几次差点连命都没了，杜三鹦就更不用说了，他在几个站之前才被张傀困在一个车厢里满车厢跑过，没想到风水轮流转，居然也有轮到他们来困住张傀的时候。

想着想着，牧四诚忽然很想笑，白柳明明是个幸运值为 0 的家伙，但遇到这个人之后，好像也不总是坏事？

这个人好像把他遭受过的苦难，以一种很自然的态度全部都给还了回去，尽管牧四诚知道白柳不是为了他做的这些事。

……但怎么说，他还是不由自主地感到愉悦。

张傀隔着布料能清晰地感受到，他手中的镜子越来越烫，越来越烫，他忍不住浑身剧烈地颤抖起来，他好似突然崩溃了一般，求助的目光四处乱晃，他似乎在水下惊慌地说着什么比画着什么，但没有人能听到他的声音了。

牧四诚眯了眯眼睛试图去看张傀在潜水面罩里的口型：
"镜……子……里……有……"

在牧四诚说出最后一个字之前，张傀手中的镜子猛地爆发出一阵强烈的红光，他面目狰狞地惨叫起来，大量的气泡从他的四周随着爆炸的气流涌出来，牧四诚下意识用手挡了一下自己的眼睛。

镜子爆炸了。

剧烈的冲击波让整个列车都摇晃震荡起来，浑浊的气泡从脚下升腾起来，爆炸带来的波流一下一下地在水底冲刷着，让这个水下地铁一直在上下左右地晃。杜三鹦没有抓稳车厢门，在车厢里东倒西歪地滚了好几圈，丢了好几点生命值才昏头昏脑地停下来。白柳就小心多了，他用之前抢劫来的防御道具把自己包裹了个严严实实躲在很远的车厢，等到爆炸结束之后才过去。

**系统提示（对全体玩家）：玩家张傀因精神值清零，确认异化，退出游戏。**

牧四诚站在那个掉落在地上的袋子前，里面是一面光洁如新，只有中间破损了一个三角形的镜子，和爆炸之前是一模一样的。

它安静地躺在水底，旁边已经找不到任何张傀尸体的痕迹了，那么近距离地面临爆炸，很有可能是碎成渣被水流给冲击走了，一想到自己在张傀这个人的碎肉水里，牧四诚有点恶心，但很快别的东西吸引了他的注意力。

牧四诚低头照着这面镜子，镜中映着的牧四诚，因为缺失了的那块碎片，眼睛的地方是缺损的，看起来有点奇怪。

明明只缺 20 个碎片就要通关了，牧四诚心中却有一种很奇怪的不祥的预感。

这种预感就像是第一次在这个游戏里见到对他微笑的白柳——一种自己马上就要倒大霉的预感。

如果杜三鹦在这里，他一定会声嘶力竭地叫所有人跑，因为他能很强烈地感受到那面镜子的问题，但可惜的是，杜三鹦被撞头之后还在晕呢，还没过来。这或许也是他的幸运，让他顺利地逃过了这一劫。

"镜子里有什么……"牧四诚喃喃自语着，"张傀在镜子爆炸前，在镜子里看到了什么？"

白柳觉得自己也是倒霉，明明不会水，但是每次都会碰上有水的游戏，他真是个多水的玩家，但明明就很讨厌水也不会游泳。感叹着，白柳四肢跟狗刨一样划着水，划到了牧四诚所在的车厢。

牧四诚如实把他知道的事情和白柳说了，然后提点白柳："但无论张傀想说什么，我们的当务之急是找到剩下的 20 个碎镜片，你觉得剩下的 20 个碎镜片会在什么地方？"

"乘客身上是不可能了，古玩城是终点站，应该只有下车的乘客，没有上车的乘客了。"牧四诚摸着下巴思索着，"难道在车站里？但是我们就是从古玩城这个站上来的，也不太可能在车站里，我当时搜寻了一圈，没有看到任何碎镜片。"

"列车里我们已经找过好几次了，也不可能在车上……"牧四诚还在思索分析着，"难道是等下古玩城还会登上来一批乘客？"

白柳却打断了他，他侧头看向牧四诚："我知道张傀想和你说什么了。"

牧四诚愣怔了一下："说什么？他说的镜子里有什么？"

白柳侧过头去看向那面镜子，眸色微沉："镜子里有最后一个怪物。"

"我们遇到的所有碎镜片都是在怪物身上，无论是爆裂乘客还是盗贼兄弟，镜片都是在它们身上的，我们的怪物书还缺最后一页，也就是差最后一个怪物，我们缺的那 20 个碎镜片很有可能在最后一个怪物身上。"

牧四诚蹙眉："那最后一个怪物是什么？一般来说游戏里的怪都是死掉的人或者动物，我记得爆炸案这个新闻里的死人除了乘客就是盗贼兄弟，只有这两个适合被设计成游戏里的怪物吧？难道是镜子里的幽灵？但这之前游戏没有任何线索提示，我们没有触发任何和镜子里的幽灵有关的故事任务。"

"不，你忽略了，镜子里并不需要有幽灵，这个案子里还死了一个东西。"白柳目光微动，"那就是碎掉的镜子本身。"

牧四诚一怔，他猛地回神看向镜子："你是说镜子是最后一个怪物？！"

"对。"白柳弯下身体，啧啧地看着这面镜子，"张傀应该想告诉你的是，最后一个怪物是镜子。"

"我刚刚就觉得不对了，因为系统通告的张傀退出游戏是因为精神值清零，这很奇怪，因为他处在爆炸中心，生命值只有十几，但是死亡却是因为精神值清零，我当时还以为你用道具折磨他了。"

牧四诚无语："我没有那么闲。"

"但现在看来你没有。"白柳若有所思地看着这面镜子，"那

折磨张傀到精神值清零的，就是别的东西了，比如这面怪物镜子。"

"我之前一直以为这个镜子对那些怪物有增强作用，所以他们被我们取了碎镜片之后，才会变得虚弱。"白柳在水中晃荡着身体，头靠近镜面去观察这面残缺的镜子，"但你提醒了我'镜城爆炸案'的事情，我现在发现很有可能不是这样的，因为现实中的爆炸案里那对盗贼兄弟是畏惧镜子的，如果这个游戏的蓝本是参考的现实案件，镜片就不该对盗贼兄弟有增益效果，因为不合逻辑。"

牧四诚拉住吊环防止自己在水中漂走，他不解地看向白柳："那你怎么解释我们每次取了镜片，这些怪物对我们就虚弱了下去？"

"对我们……"白柳目光渐渐沉凝，他沉静了一分钟，忽然开口，"我们换一个思路，这面镜子在车内爆炸成 400 个碎片，这 400 个碎片还恰好全都在乘客和盗贼兄弟身上，如果只是镜子爆炸碎片弹入乘客体内，不可能每一片都恰好在乘客和盗贼兄弟的身体内，还恰好弹入了它们特意保护的重点部位，这很奇怪。"

"……的确有点奇怪。"牧四诚听着眉头越发紧锁，"是因为什么？"

白柳垂眸："唯一合理的解释就是，这种碎片的分布不是爆炸弹射导致的，而是这些怪物自己在收集碎镜片，收集来藏在了自己身体最重要的部位。"

"自己收集？！"牧四诚有点惊讶，"你不是说他们怕这面镜子吗？"

"对，所以他们才要收集。"白柳的目光渐渐沉凝，"这个游戏里有两个收集碎镜片的队伍，我们和乘客，我们收集是因为要恢复这面镜子，而他们收集是为了阻止我们，他们害怕这面镜子，所以不想我们收集完所有碎镜片，想方设法地阻止我们，把自己收集好的碎镜片分别藏在不同的人身上，藏在最重要的部位，而我们是去抢夺的一方。"

"他们被抢了碎镜片之后的虚弱，并不是因为碎镜片给了他们增益，而是因为他们害怕的碎镜片到了我们手里，他们是因为害怕我们而虚弱的。"

牧四诚有点震惊："但是这些乘客和怪物为什么要这么做？"

"只有一个原因。"白柳的目光落在了这面镜子上，"我猜测它们之所以成为这副模样，都是因为这面镜子。"

在他话音落下的一瞬间，水底的镜子腾一下亮起，里面燃起熊熊的火焰，而消失不见的张傀就在镜子里面。

张傀眼睛的地方是镜子上那个三角形的碎片缺口，这也让张傀似乎看不见东西，他疑惑地喃喃自语，在镜子里走来走去，敲敲打打："这里是哪里？"

但很快张傀就没有疑惑的时间了，他背后突然出现了一丛丛火焰开始烧灼他，张傀开始惨叫逃窜，不停地拍打着镜面，似乎想要逃出来，但他背后的火焰却不依不饶地追着他，张傀无处可逃，很快就被镜子中的火焰烧成了一具嗞嗞作响的焦尸。

——和那些乘客一模一样。

"之前我还疑惑过，一场爆炸里为什么会有那么多剧烈烧伤的尸体，因为爆炸一般都是冲击伤，很少有被直接烧死的，但我们见到的所有怪物，无论是爆裂乘客还是盗贼兄弟，都是很典型的焦尸形态。"白柳看着镜子里被烧成了一块焦炭的张傀，挑眉，"现在我想我知道为什么了。"

最终镜中跳跃的火焰缓缓熄灭，张傀的焦尸也消失不见，镜子干净光洁的镜面清晰地映着列车里的景象，唯一不同的是，镜子里的列车上有一块碎镜片。

"看来我们找到最后一块碎镜片了。"白柳若有所思，"果然是在最后一个怪物身上。"

系统提示：恭喜玩家白柳补充完《爆裂末班车》所有背景设定，进入最终序章——镜中列车。

系统提示：恭喜玩家白柳解锁所有怪物书。

### 《爆裂末班车怪物书》刷新——爆裂乘客（1/3）

怪物名称：爆裂乘客

特点：移动速度极快（1000 点的移动速度，火焰有加成效果）

弱点：碎镜片，水，鬼镜

攻击方式：烈火灼伤（被灼伤后生命值和精神值都会下降）

### 《爆裂末班车怪物书》刷新——盗贼兄弟（2/3）

怪物名称：盗贼哥哥、盗贼弟弟

特点：盗贼哥哥移动速度极快（3400 点的移动速度，火焰有加成效果），擅长偷盗／盗贼弟弟极其强壮高大，移动速度极快，每一分钟可以使用一次大范围攻击（1400 点的移动速度，火焰有加成效果，愤怒时喜欢用拳头让对方听话，攻击力极强）

弱点：碎镜片，水，鬼镜

攻击方式：抓挠，偷盗／怒气狂捶，烈焰冲击

### 《爆裂末班车怪物书》刷新——鬼镜（3/3）

怪物名称：鬼镜

特点：？？？（未知，系统无法探索）

弱点：暂无（不要求玩家探索该怪物弱点）

攻击方式：？？？（未知，待探索）

你已触发游走神级 NPC 鬼镜！！

《爆裂末班车》游戏副本生存率正在极速下降，重新计算中……原游戏通关率为 23%，目前下降至？？ %！！

警告！警告！该 NPC 极为危险，目前没有明确弱点，一旦 NPC 想要杀戮，玩家无法利用弱点逃脱，只有死路一条，请玩家加快游戏破解进度，在该 NPC 展开杀戮之前离开游戏！

在集齐碎镜片之后神级 NPC 苏醒，请玩家在集齐碎镜片之后尽快离开游戏！

“Wow。”白柳有点稀奇地看着自己的面板，遇到这种情况，他倒是一点不慌，“这神级 NPC 不是据说很难遇到吗？怎么我又遇到了？”

但是牧四诚心态已经彻底崩了，他在查看了自己的面板之后，脸色青青白白，用一种扭曲到狰狞的表情咬牙切齿地看着白柳，感觉像是恨不得把白柳给暗鲨了一样：“真不愧是幸运值 0 的你。”

“老天爷定的我就这么幸运，要每次都遇到他。”白柳耸肩，“我也没办法啊。”

“靠！”牧四诚看着镜子里那个躺在地面上的碎镜片忍不住爆脏话，“那镜子里的碎镜片要怎么弄出来？张傀都在里面被烧死了！难道要我们进去吗？”

“你冷静一点牧四诚，张傀之所以被火烧，是因为他的精神值被这面镜子清零了，按照游戏的规则，他需要被变成这个副本的怪物，镜子才会把他给烧成焦尸。”白柳语调从容，丝毫不慌，“从这个角度推论，我们只需要保持精神值不掉为 0，在这面镜子里应该基本就是安全的。”

他说着，取下了自己的潜水面罩，叼了一瓶精神漂白剂，然后白柳还用眼神示意牧四诚也快点喝，喝完了好进镜子。

白柳这货一点自己进去送死的自觉性都没有！你他妈生命值只有 1 了啊！

牧四诚崩溃又无语，但游戏不通过也是一个死字，最终他也咬牙喝了一瓶精神漂白剂，喝完之后，这两人在水中一个俯冲就潜入了镜子里，镜子洁净的表面水波般地晃荡了两下，又恢复了了无波纹的状态。

白柳的心态没崩，小电视前一群观众的心态崩了。

“我日不是吧？！又是神级 NPC，还他妈要进镜子？这已经是噩梦难度了吧？！”

“我看到白柳进镜子手脚都冰凉了……他只有 1 点生命值了……”

"妈的，我不甘心！！柳哥加油！！我给你点赞充电！！都最后序章了！稳住我们能赢！！"

"柳哥稳住啊！！！"

王舜脸色紧绷得都快滴水了，向春华和刘福把自己游戏通关的全部积分都充电给了白柳，这两人吓得闭着眼睛不敢看小电视，表情仓皇又无措，双手合十不停低语着："菩萨保佑，菩萨保佑白柳没事！好好的！一定不能有事！好人一生平安！"

镜中的白柳并不知道这些局外人紧张得都快跺脚了，他倒是顶着个见底的血量条淡定得不得了。

主要是镜中的场景让白柳也实在紧张不起来。

列车轰隆轰隆地前行着，周围都是叽叽喳喳刚刚下晚自习的高中生和低头一直刷手机的加完班的社畜，这些人疲惫地打着哈欠。

略显嘈杂的人声和每次都很拥挤的上下车的人流，带着麻木倦怠的神色进进出出的人们，这是白柳熟悉得不能再熟悉的社畜日常，没有焦尸，没有烈火，什么奇怪的现象都没有，如果不是白柳清晰地记得自己在游戏里，他或许以为自己已经回到了现实。

白柳扫了一眼列车车厢的 LED 屏幕上的时间——20XX 年 Y 月 Z 号，晚上十点五十七分。这是一辆末班车，白柳的记性不错，他记得他登上的那个发生爆炸案的列车，就是在十一点爆炸的——如果这就是真实的场景，那么应该再过一个站这辆列车就爆炸了。

甜美的女性广播声在车厢里响起："下一站陆家嘴，终点站——古玩城，请要下车的乘客做好准备，依次排队在车门边，先下后上——"

白柳站在车厢里，他记得自己在陆家嘴这一站和陆驿站一起下车了，如果这是这辆列车爆炸的真实场景的投射，那么……白柳转头走了一两个车厢，他左右看了看，最终在一个车厢的正中央看到了自己和陆驿站。

"白柳"和这车厢里其他的社畜一样，眼睛要眯不眯地看着手机，时不时张嘴懒懒地打个哈欠，他那个时候还没下岗，工作经常做到很晚，陆驿站要是也加班的话就会在地铁站等着他会合，两个人共乘一段地铁线路之后，再各自回家，虽然白柳不太懂陆驿站为什么要等他，这种宛如小学生一起牵手上厕所的操作一度让白柳有种微妙的嫌弃。

但陆驿站倒是很坚持，他觉得白柳那么晚回家不太安全，可以陪他一段路陆驿站就会陪。陆驿站和白柳一起长大，他一直很习惯于照顾白柳，因为这人的确是让人很不省心，比如现在，"白柳"就靠在座位旁边，抱着双臂头一点一点地睡着了。

陆驿站无奈地摇了摇头，他脱下了自己的风衣，盖在了"白柳"的肩膀上，他有点警务人员天然的警觉性，给"白柳"盖好风衣之后站在了他的旁边，目光从整个车厢扫过，和这边的白柳对上了视线。

然后又像是什么都没有看到一般，很自然地掠了过去。

白柳远远地看着，他的身影好似虚拟投射出来般透着一种不真切的半透明质感，他觉得自己好像一瞬间变成了一个不真实的，那个正被陆驿站风衣盖着的"白柳"的信息复制体。

陆驿站看不到他。

很快列车就到了陆家嘴站台，车门打开，在白柳的记忆里他们就在这一站下车了，因为陆驿站接到了一个电话临时有事，但其实白柳要坐到终点站古玩城才能换乘，按理来说他应该在换乘的时候死在那场爆炸里，但一直要和他一起的陆驿站提前带他下了车，白柳最终在陆家嘴这里绕了一圈换乘了。

但这一次，"白柳"并没有下车。

陆驿站接到了一个电话，明显也是有事要提前下车，但是"白柳"靠在椅背上假寐，陆驿站让他一起下车叫不动他，最终陆驿站把自己的风衣留给了无论怎么样都唤不醒的"白柳"，很明显这家伙就是在装睡，不想再和陆驿站一起走了，最终陆驿站自己一个人无可奈何地下车走了。

“白柳”安静地站在打开的车门对面，眼睛疲倦地闭合，而其他人和陆驿站都涌了出去，随着时间的流逝，“白柳”还没有下车，列车要启动了。

白柳脸上出现不稳定的斑块，好像是信息载入错误般在他脸上不安分地闪烁着。

列车内的播音又甜美地响起：“列车即将启动，下一站终点站……”

**系统玩家信息数据载入错误……检测到玩家白柳已经死亡……死于爆炸案中无法进入游戏……启动玩家白柳数据删除，玩家白柳人物游戏数据删除中……**

白柳的身上开始出现非常多那种不稳定，像是噪点般的斑块，以像素的形式在他全身上下不稳定地闪烁，但白柳却没有什么紧张的感觉，而是略微挑了下眉：“居然真的是现实。”

这种游戏中高度还原的现实场景白柳觉得很有可能是根据玩家的记忆生成的，但这个游戏是超出了常规的，或者说是超出了他所在维度的现实世界的能力的，白柳在看到这趟和他记忆中完全一模一样的列车之后，就开始怀疑起另外一种可能性。

那就是这里根本不是他的记忆，而是现实，这个游戏把他带回了当初爆炸案的场景中，他就在那辆即将爆炸的列车上，因为这里的场景和他的记忆出现了一个很明显的偏差——白柳很清晰地记得，他那天虽然很困，但他根本没有在列车上睡着，因为太冷了。

这里根本不是根据他的记忆衍生出来的场景，这就是白柳上过的那辆即将爆炸的末班车，只有真实存在的东西才会出现和记忆不同的偏差。

他刚刚一直就在等列车启动，如果列车启动，“白柳”这个人就应该死于爆炸案内，后面就不存在什么进入游戏了，那么他现在出现在这里就是一个“悖论”，系统一定会提示他数据故障，结果果然是这样。

"白柳"头靠在座位旁边，睡得半梦半醒，他是真的累了，白柳知道他很疲惫。

但白柳也不会眼睁睁地看着自己睡死在这辆要爆炸的末班车上，虽然他现在只是一段投射过来的数据影像。

白柳神色冷静地点开了系统面板购买了一个手机，他现在虽然只是虚拟存在的数据模式，但数据也可以触摸到现实，也可以改变现实——用数据传递的形式。

白柳输入了自己的电话之后，拨打了出去，电话在拨出去的一瞬间就被接通了，白柳看到那边的自己接起了电话，他微不可察地勾起嘴角，轻微地调整了一下自己的声线："喂，请问是白柳先生吗？"

"嗯，我是。"那边的"白柳"接起了电话，懒散地问，"你是？"

"我在陆家嘴地铁站出闸口这里捡到了陆驿站先生的手机和钱包，里面有他的身份证和驾照，他的紧急快捷播出号码就是您的号码，但是这位先生的手机快没电了，所以我用我自己的手机打给了您。"白柳面不改色地撒谎，"可以请您过来拿一下他的手机吗？"

白柳记得陆驿站在这个时间点刚换手机，还是一款有点小贵的手机，陆驿站平时用得很爱惜，但他一向做事很马虎，再怎么爱惜的东西也会弄掉。

钱包加新手机，这对白柳来说就是足够的行动力了。

"白柳"顿了两下，他挺直腰板站了起来，开始往车门的方向走去，在车门合上前的最后一秒走了出去，他轻声说："OK，你站在出闸口不要动，我出来取，麻烦你了。"

站在车上的白柳脸上那些不稳定的斑块和噪点在"白柳"走出车门的一瞬间消失了，他隔着闭合的车门看着站台上的白柳，垂眸微笑："有劳您了，我不会动的。"

在"白柳"下车后不久，白柳的身体就从一种半透明的数据虚拟化的状态实化了，他若有所思地捏了捏自己的手掌，他能碰到周围的乘客了。

也不知道是两个"白柳"同处一个时空导致了他的身体虚拟化，还是"白柳"不下车即将死亡这件事导致了他的身体虚拟化，但这些都不重要了。

下一个站就是"古玩城"，他现在还在车上，最多还有三分钟这辆列车就要爆炸了。

"白柳——！！"牧四诚的声音从拥挤的另一个车厢里传来，他艰难地挤到白柳的旁边，脸色难看到极致，"这里这么多人，怎么找碎镜片？！马上就要到站了！到站之前这辆末班车就要爆炸的！"

"而且我刚刚试过了，我本来想在刚刚那个站台下车。"牧四诚的语气凝重，"但下不去，我就像是被什么东西拦在了这辆车上。"

但白柳却对牧四诚的焦急逼逼置若罔闻，白柳没有回应牧四城的话题，而是自顾自地对他说："这里才是现实，因为真正的'你'不在这辆车上，所以你无法实现'下车'这个动作，而'真正的我'刚刚已经下车，所以我也没有办法从一辆'我'已经下过车的列车上，再次下车。因果关系不成立，会导致游戏逻辑紊乱的。"

"什么现实？！"牧四诚警觉道，"白柳这不是现实，这是游戏里！你精神值没跌吧？出现幻觉了你？说些什么下车不下车的胡话呢？"

"我不是这个意思。"白柳用手指点了点牧四诚的肩膀，然后指着车厢上的地铁线路图，"你看看这张线路图，古玩城上一站是陆家嘴，不是水库，你注意看，这条地铁路线也不是环形的，是一条线形的地铁路线，这是我们现实世界里的地铁图。"

牧四诚顺着白柳的手看过去，也发现了这一点，他皱眉："但我们不可能回到现实，我们的确是在游戏里。"

　　白柳似有所悟地继续说道："我说这里是'现实'的意思，并不是指我们回到了真正的现实，这里的'现实'是相对我们之前所在的那个满是焦尸的列车而言的，那个地方并不是真的游戏世界，那个地方只是一个不断循环的镜子世界罢了。"

　　"而我们现在站着的这辆列车，"白柳用脚尖点了点自己的脚下，眼眸平宁，"才是真正的游戏里相对的现实，也可以说是已经发生过的现实衍生出来的可能性导致的平行时空，这个游戏的原型是'镜城爆炸案'，一般游戏能参考原型在游戏里高度还原事件，就已经做得很好了，而这个游戏，它拥有比还原事件更强的能力。"

　　"它再现了事件场景。"白柳看向牧四诚，"它带我们回到了那个爆炸的时间点，然后在这个节点上由我们玩家来操控事件，它就会根据我们的操控演算可能出现的场景，从而得出不同的结果。"

　　比如刚刚白柳登入列车的第一反应是去找自己和陆驿站，原本的白柳是没有在这辆列车上睡觉的，因为冷，但是登入这辆列车的白柳身上带了一个东西，让车厢变得温暖了起来——380个碎镜片，刚刚爆炸过的，白柳在进入镜中世界的时候这380个碎镜片就自动进入他的系统背包了。

　　白柳是虚拟的，但镜子是真实的，白柳的靠近让这面镜子上残留的热量温暖了疲惫的"白柳"，从而导致他真的睡着了，让他没有按照白柳记忆中那样，跟着陆驿站一起下车。

　　但牧四诚根本没有关注这些，他只需要知道白柳知道这里还在游戏里就行，在还有三分钟列车就要爆炸的情况下牧四诚急得不行，他一心通关，从白柳的话里抓出了关键信息。

　　"不断循环的镜中世界？"牧四诚急切地问，"不断循环是什么意思？"

　　"你不觉得我们之前那个搜集碎镜片的任务存在一个很大的逻辑漏洞吗？"白柳懒懒地说，"我们是要在一辆即将爆炸的末

班车上搜集碎镜片对吧？”

牧四诚点头：“是。”

“但是……”白柳掀起眼皮，似笑非笑地看着牧四诚，“如果这辆末班车还没有爆炸过，车上那些爆炸产生的碎镜片又是从什么地方来的呢？”

“除非是它已经爆炸过，我们才有爆炸之后的碎镜片可以收集。”

牧四诚彻底停滞了一两秒，才回神过来，他恍惚地喃喃自语：“这是一辆不断循环的末班车，爆炸了一次又一次……我们在那里面收集好碎镜片根本没有用，收集完成之后很有可能会把自己完全困在那辆不断循环爆炸的末班车上，所以那些乘客在想方设法阻止我们，草——它们是在救我们这些傻逼玩家。”

“是的，我在上地铁之前注意到了，地铁站里的电梯运行方向是反的，后来上下乘客的顺序也是反的，就连我们的任务，某种程度上也是‘反’的。”白柳条理清晰地解释，“我们的任务是收集碎镜片，但其实碎镜片早就已经被‘乘客’收集好了，我们所做的事情反而是把这些收集好的碎镜片再次分别抢过来，而且看起来我们是在干反派干的活，那些乘客才是对的，我猜测这是镜子的特性之一——‘将物体本身的性质反过来’。”

“所以我觉得镜子中的主线任务，和我们所在的这个现实世界的真正主线任务应该是反过来的。”白柳眸光冷静懒散，手上有一下没一下地挑动着胸前的硬币，“我们所在的这个现实里，列车还没有爆炸，那就是说镜子是根本没有被打碎的，镜中的任务是收集拼凑镜子，那么反过来看就是……”

牧四诚猛地意识到了什么：“我们要打碎镜子！”

白柳勾唇一笑，打了个响指：“Bingo。”

**系统提示：**恭喜玩家白柳以及玩家牧四诚触发终极主线任务——打碎罪恶的鬼镜，终止不断循环的镜中爆裂末班车。

**系统提示：白柳身上的 380 个碎镜片归位，请玩家迅速找到真正的镜子，打碎通关。**

牧四诚有些后怕地长出一口气，他看着白柳，忍不住啧了一声："你这家伙，就算是这样脑子都完全不乱吗？"

三分钟爆炸倒计时，1 点的生命值，这货居然还有心情思考现实世界真实任务，他不焦吗？！

"但是镜子在什么地方？"白柳不心焦，牧四诚却是心焦的，"这辆列车一共六节车厢，现在还有两分钟了，我们根本不可能每节都找。"

"不用找。"白柳不疾不徐地靠在车门上，他指了指，"我之前坐过这辆列车，在我下车之前我记得那对盗贼是在这节，我就直接过来了，结果他们果然是在这节，喏，站在中央。"

牧四诚视线移过去，只见人群中站着一大一小两个贼眉鼠眼的乘客，手上推着一个巨大的行李箱，大小刚好可以放下一个镜子，镜子应该就在那里面，旁边还站着几个西装革履的人，应该是博物馆的人员。牧四诚一见就反应过来他们就是那对盗贼兄弟，他看了一眼白柳，有点无语："你早就看到了怎么不过去？站在这里不动干吗？"

白柳摊手笑："这不是等你偷镜子吗，大盗贼，我怎么有本事从另一对盗贼的手里抢过东西？这当然要你来啊。"

牧四诚一怔，然后缓慢地勾唇，嗤笑道："你倒是会省事。"

话完，牧四诚眼神一变，变得又冷又凝，他调整了一下耳机的位置，戴上了兜帽，帽子往下遮住了自己的眼睛，右手斜向后方甩了一下，变成了尖利并拢的猴爪，身形鬼魅地从周围的乘客旁边晃过。

白柳都没看清牧四诚做了什么，就听见那对盗贼兄弟的尖叫："镜子没了——！！有小偷！！！"

车厢内的人群顿时骚动起来，白柳一转头就感觉自己后领子

被人一提，戴着兜帽的牧四诚一手拎着箱子，一手提着白柳，嘴角带着放肆的笑，踩在车壁上飞快地腾空奔跑起来，背后是盗贼兄弟声嘶力竭的怒吼："抓住那个小偷！！！"

牧四诚面无表情地亮了一下刀子，说了一个滚字，人群立马就尖叫着惊慌失措地让开了，跑去了其他车厢，牧四诚就这么一路畅通地跑到了末尾车厢，还吓跑了车厢里的其他乘客，给自己空出了一整个车厢来。

"Cool，牧四诚，你干坏事真的很不赖。"看着瞬间空无一人的车厢，白柳诚心诚意地称赞。

牧四诚挑眉："彼此彼此。"

白柳蹲下打开箱子，里面果然就是那面镜子，并且是完整的，白柳把镜子竖起来的一瞬间，听到了系统刺耳的警告声。

**系统警告：当镜子被打碎的一瞬间，神级 NPC 会破镜而出，镜子面前的所有玩家会被无差别攻击，请玩家小心破镜！**

被神级 NPC 攻击一下，无论是白柳还是牧四诚，以他们现在的生命值那都是必死无疑的，牧四诚嘴角的笑很快散去，空荡的车厢只有列车运行时被灌进来的风的声音，和从另一个车厢里传过来的被牧四诚吓哭的乘客小小的呜咽声。

甜美的女性广播声适时地响起："即将到达终点站——"

"你有'人鱼的护身符'，牧四诚。"白柳侧过头，无波无澜地看向牧四诚，"你有没有绑定这个道具？"

牧四诚脸色一僵："……我拿到的第一时间就给绑定了。"他拿出"人鱼的护身符"道具。

这个白色的人鱼小雕像的脸已经不再是之前的模型脸了，而是牧四诚这家伙的脸。

同时，牧四诚也意识到白柳想做什么了——白柳想利用这个"人鱼的护身符"道具。这个道具可以让玩家打碎镜子之后瞬间逃开，但这个道具已经被牧四诚给绑定了，所以现在只有一个结果了。

　　"我来碎镜子吧。"牧四诚拿着雕像，深吸一口气。

　　但这方法并不怎么保险，因为没有人知道神级 NPC 的杀人速度有多快，攻击技能是什么，来不来得及让牧四诚使用道具。

　　"白柳，你该不会从一开始让我偷到那个'人鱼的护身符'，就是为了现在这一刻吧？"牧四诚脸色有点诡异和憋闷，"你到底是什么时候知道我们在列车中的那个世界是假的的？"

　　"唔，我有这个想法，大概从我看到地铁站那个运行方向相反的电梯以及环形的地铁线路开始的。"白柳很诚实地回答道，"因为如果是我，我会把一个线路在游戏里设计成圆形，大概就是为了循环。"

　　操，那不就是游戏最开始的时候吗！都他妈还没上车呢！！！

　　牧四诚整个人裂开来。

　　那个时候白柳就知道了——白柳这货简直和神级 NPC 一样，都是这个游戏里的 bug ！！

　　牧四诚眼睛闭了闭，他其实没的选了，无论这个他来碎镜然后用"人鱼的护身符"逃脱的方案对他来说死亡风险有多大，他也不可能逃避的。

　　总不可能让只有 1 点生命值的白柳来碎镜子吧？

　　白柳拍拍手站起来，若无其事地说："等下我会用鞭子来抽碎镜子，如果神级 NPC 破镜暴走，你记得及时捏碎护身符逃跑。"

　　牧四诚静了好几秒，神志不清般地看向白柳，难以置信地摇晃白柳的肩膀："你刚刚说谁来碎镜子？！"

　　"我啊。"白柳很奇怪地看牧四诚，"我还有怪物书的最后一页没有集齐呢，就差鬼镜的攻击方式了，我就等着它来攻击我呢。"

　　牧四诚："……"

　　牧四诚："？？？"

　　牧四诚："？？？！！！"

"擦！！"牧四诚完全混乱了，他觉得自己所有的常规推测逻辑在白柳这个神经病身上都是无效的，他无法置信地看着抽出了鞭子的白柳，"喂，你不是真的要自己碎镜子吧？！"

白柳斜眼看他一眼："或者你也想来？"

"我当然不想来啊！！但是我至少有'人鱼的护身符'！！你他妈有什么就敢这么莽！"牧四诚彻底暴躁了，他恨不得摇醒白柳，"你有病吗！？你生命值只有1点了！"

牧四诚说着抽出了一个纯白的人鱼小雕像就想挡在白柳面前，他深吸一口气亮出了猴爪直面镜子，冷声呵斥："好了，我来碎镜子，等下镜子一爆游戏结束你就可以登出了，你给我滚远点，找个地方藏好自己，不要在最后死了。"

"牧四诚，其实你来碎镜是性价比很低的做法。"白柳不疾不徐的声音从牧四诚的背后传过来，"很明显神级 NPC 破镜而出会爆一个群攻技能，如果是我来碎，你还可以利用道具跑，但如果是你来碎，这个群攻技能扫到我我很可能立马就 GG 了，还会浪费一个道具。"

"这不划算。"白柳很平静地评判。

牧四诚越发无语和爆炸："都他妈什么时候了还扯什么划算不划算——"

"以及，"白柳的声音冷静又清晰，"牧四诚，我说过你是我目前最有价值的一张牌，你死在这里太可惜了，对我来说性价比太低了。"

牧四诚一静，他意识到白柳……是在说真的。

他是真的觉得浪费。

牧四诚用一种匪夷所思的眼神转过身去看白柳，白柳眼神毫无波动地仰头看着牧四诚，两人僵持了一小会儿，牧四诚愣怔无比地开了口："不是吧白柳？你真想自己来碎镜，然后我眼睁睁看着你死？！你真的是个神经病吗？！"

白柳脸色苍白又虚弱，似笑非笑地望着他："牧四诚，你不是很排斥被我控制吗？怎么现在愿意替我去死了？我们两个到底谁是神经病？"

牧四诚诡异地沉默了下来。靠！对哦！他不是被控制的吗！事情是怎么发展到这一步的！

哦对，是白柳这个疯逼完全不按照规则出牌导致的，哪有控制别人的人替被自己控制了的人去死的，牧四诚晕乎了一会儿才理清了这个逻辑："白柳，你他妈做到这一步是为了什么啊！"

"为了钱，"白柳指尖一翻，忽然出现了一枚1积分的硬币，他突兀地笑起来，"为了你对我的剩余价值。牧四诚，既然你都愿意主动挡在我前面帮我碎镜了，这和你愿意为了我死也差不多了，但你死在这里太浪费了。"

白柳掀开眼皮："不如把你的灵魂卖给我怎么样？至少我不会让你像现在这样，随便就让自己为我而死这么没有价值，牧四诚。"

牧四诚一时无言，他一时不知道该怎么评价白柳这句话，神色复杂，没有开口。

"我需要你为我偷更多的东西，和我合作更多次，赢得更多的金钱和积分。"白柳声音轻轻，他抬眸直视牧四诚，把1积分的硬币举到他的眼前，"所以我不会死，我也绝不会浪费你的命，这场交易你做吗？"

牧四诚神色从诡异变得冷静，又变得冷漠，他直视着白柳："我很讨厌被人控制。"

白柳点头，没有收回手上的硬币，依旧笑得无懈可击："我不会控制你，我们只是合作，或者我不会让你有被我控制的感觉。"

"合作？"牧四诚啧了一声，面无表情地抢过了白柳手上的那枚硬币，忽地嗤笑一声，"这种合作的感觉，还不错，但一积分太少了，至少一万积分。"

"你卖身价真贵。"白柳皱眉犹豫了起来，"一万积分啊……"

牧四诚看了白柳一会儿，然后突然震惊："我操你不是吧！！你真的在犹豫用一万积分买我吗？！我他妈可是新星榜第四！白柳！"

"但是……"白柳很诚实地说，"一万积分就是很贵的，我买其他人都只花了一积分，只有张傀花了一万二，但是我觉得太贵了，所以他最后去死了，你也想去死吗？"

牧四诚："……"

日，你他妈是在威胁我吗?!你以为我会那么轻易受你威胁吗！

牧四诚面无表情："你开个价吧。"

"最多一百积分。"白柳很诚恳地看着牧四诚，"你看你也是第一次做出卖灵魂这种生意，不如给我打个一折怎么样？"

牧四诚："……"

**系统提示：玩家白柳用 100 积分购买了玩家牧四诚的灵魂。**

**系统提示：玩家白柳获得玩家牧四诚的灵魂钱币，与系统共有玩家牧四诚的灵魂债务权。**

"喂，你真的要自己碎镜子吗？"牧四诚有点烦躁地扒拉了一下自己的头发，"啧，早知道就不把护身符拿到就绑定了，你这样光棍地碎，很容易狗带的，这个护身符能解绑吗？解绑了我留给你。"

"不用给我。"白柳摇头，"你的安危也很重要，我需要有一个'人鱼的护身符'来确保你的安全，毕竟你现在属于我的财产了，我需要保障我的财产安全。我还是第一次花这么多积分买灵魂，一积分一千块，欸，你居然也值十万了……"

说着白柳叹了一口气："十万啊……我是不是该再考虑一下？"

牧四诚："……"

你妈的，这种冲动消费买了奢侈品之后后悔的语气是怎么回事，老子在你那里连十万块都不值是吗！

"白柳，"牧四诚面无表情地威胁，"你他妈要是再叨逼叨，我就在你面前碎镜自杀让你损失十万块钱。"

白柳迅速闭上了嘴。

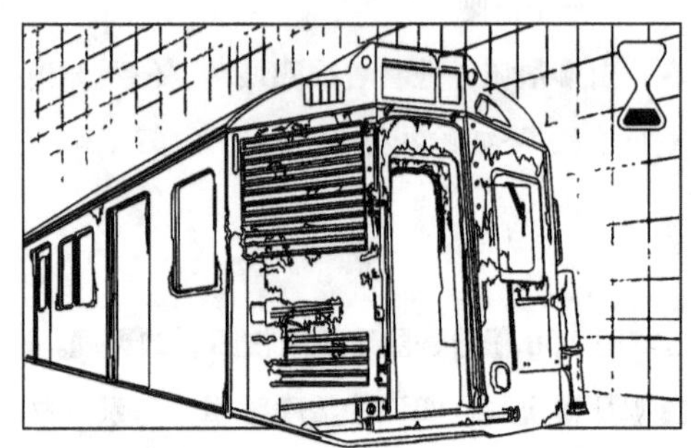

# CHAPTER 19

　　牧四诚拿着"人鱼的护身符"按照白柳的吩咐去了最前面的车厢，也就是离镜子最远的车厢，白柳说是为了防止神级 NPC 的群攻范围太大，牧四诚来不及使用道具就直接狗带，最好离碎镜的地方远一点。

　　牧四诚离开之后最后看了一眼白柳。

　　一个 1 点生命值的玩家和一个即将出来的神级 NPC，如果是之前，牧四诚一定会觉得这家伙必死无疑。

　　但如果这个玩家是白柳……

　　牧四诚深吸一口气，哼笑了一声转身，他觉得自己是在白操心，也觉得自己可能已经被白柳这家伙糊弄疯了。他居然觉得白柳一定会活下来。

　　这个把道具和生机都留给自己的家伙，一定会活下来。

　　毕竟才在自己身上花了十万块，要是没有在他牧四诚身上利用回来就狗带，白柳这抠得出奇的家伙变成鬼都不会放过他吧。

牧四诚好笑地摇了摇头，握紧"人鱼的护身符"，深吸一口气转身离去。

在确定牧四诚走了之后，卖惨自己没有道具，假装兄弟情哄骗牧四诚卖了灵魂给他的白柳毫不犹豫地点开了系统面板。

**系统提示：玩家白柳正在登入玩家木柯的系统面板……已登入玩家木柯的面板。**

白柳面色冷静："调出道具'人鱼的护身符'。"

一个白色的人鱼石雕像掉入了白柳的手中，木柯的"人鱼的护身符"也没有绑定，正好白柳可以使用。

白柳一手拿着白色的鱼骨鞭，一手拿着雕像，他深吸一口气又缓缓吐出，看向镜面自言自语："塔维尔，希望你和我猜测的一样，是一个有自我意识的智能游走 NPC，也希望你在是一面镜子的时候，记忆不止七秒，能记得住你在是人鱼的时候答应过我什么。"

没错，白柳之前已经调查过神级 NPC 了——《塞壬小镇》神级 NPC 塞壬王告诉白柳他的名字叫塔维尔，但原本的 NPC 塞壬女妖的名字叫梅得，而塞壬王却给了白柳一个完全不相干的名字，而且之前的塞尔女妖也没有说过要帮玩家实现愿望的话。

这种新数据覆盖原本数据的情况，白柳在了解了这个神级 NPC 的一系列极具自我意识的行为之后，倾向于定义对方是"具有智能的游走类型 NPC"，他有他自己的名字和想法，就像是一个实力强悍并且扮演恐怖游戏 boss 的另类玩家，在不同的游戏之间流窜。

白柳觉得对方是拥有属于自己的记忆的，这也是白柳敢冒险亲自碎镜子的原因。

第一，他也有"人鱼的护身符"，本质上牧四诚碎镜和他没有太大区别。

第二，神级 NPC，也就是塔维尔曾经答应白柳实现他一个愿望，从上次对方反复强调这一点来看，这个"愿望"明显是有一定效力的。

前提是对方没忘。

白柳闭上了眼睛，他缓慢地调整了一下自己的呼吸，然后又睁开，握紧了自己手中的骨鞭，直视镜子里的自己，然后毫不留情地一鞭抽下。

在抽下的一瞬间，列车也爆炸了，火焰从列车的尽头宛如潮水般涌过来。

镜中的白柳的影子碎成了无数个碎片，列车呼啸而过，拉扯出绵长剧烈的鸣叫声，落在地上的碎镜片震动着拼凑成了一个不完整的镜子。

镜子里面出现了一个全身赤裸的男性，苍白阴郁又浓稠绮丽的脸，完美无瑕的躯体和肌肉线条，它的脸上沾着细碎的镜片，碎镜片好似碎钻一般点缀在它赤裸完美的身体上。

它纤长卷曲的发丝垂落到他的腰间，是和水银一样漂亮的亮银色，这一切呈现在碎裂的镜面内，就像是一幅价值连城的艺术画像。

它好似被吵醒了一般，缓缓睁开了有着纤长睫毛的双眼，瞳孔就像是流动的镜面般，毫无感情地映着这烈火焚烧毁天灭地的爆炸场景。

在它，或者是他完全睁开眼睛的一瞬间，整个列车的所有车窗玻璃全部碎裂飞溅，人群惶恐地呼叫逃命，但很快还是死于镜子碎片的擦喉而过，血液在几秒之中喷溅得到处都是，在车厢尾部的牧四诚被一堆飞舞的镜片围攻擦伤，在生命值清零前的最后一瞬间，牧四诚看了看前面，咬牙捏碎了护身符，离开了游戏。

**系统提示：镜子已经被打碎，玩家牧四诚通关，正在计算奖**

励中……

杜三鹦昏乎乎地从满是水的车厢里爬起来，他看着突然刹车停止运行的列车，还没来得及反应过来，就看到面前的一切景象像是一面被打碎的镜子一样，忽然碎成一片一片，噼里啪啦地纷乱散开了。

**系统提示：鬼镜已被打碎，镜中列车已终止运行，玩家杜三鹦、方可、刘怀正式通关，正在计算奖励中……**

塔维尔伸出冷白的骨节分明的手指贴上镜面，他有点厌烦地垂下了眼帘，似乎从沉睡中苏醒让他有点不适，带着起床气地低声说：“好吵。”

喧闹的爆炸在一瞬间暂停。

飞溅的碎片和奔走呼号的慌张人群都停滞在了空气中。

白柳的背后是下一秒就要滚到他身上的火浪，周围布满了悬空震颤的碎镜片，几乎把他整个人都包裹起来了，这些碎镜片尖锐的一端朝着他，却只是停在空中不停地、轻微地颤抖着，并没有攻击他，白柳紧握在手里的“人鱼的护身符”在塔维尔睁眼的一瞬间碎成了粉末，像是白色的沙子般从他的指尖滑落。

而白柳看着镜子里的塔维尔，他长长地、长长地呼出一口气，终于真情实感地微笑起来：“好久不见，塔维尔。”

现在他都还没有受到塔维尔的攻击，白柳笑起来：“看来你还记得我？”

镜中的塔维尔淡淡地与白柳对视着，长发像是在银色的水波里晃动般：“并没有很久没见，白柳，我上一次醒来见到的人也是你，这么短的时间，我很难忘记你。”

“是吗？”白柳轻声笑了一下，“你还记得上一次你答应过要实现我的愿望吗？”

塔维尔嗯了一声，他平静地看着白柳："你想好要许什么愿望了吗？"

"是的。"白柳微笑，"攻击我，用一种不会杀死我的方式攻击我，塔维尔，这就是我的愿望。"

塔维尔微妙地沉默了两秒："我很少看到你这样的人类，你……每次都要求我攻击你，你很喜欢这样？"

如果白柳知道自己现在的回答会导致之后塔维尔越来越深的误解，白柳一定认真答题，但现在他到了快要通关的时刻，又面对着塔维尔这个建模让他非常欣赏的游戏 NPC，于是白柳放松了神经，他似笑非笑，没忍住口花花地调戏了对方一下："可能因为是你打的我才喜欢？或许我们特别有缘，所以我才这样？"

塔维尔毫无表情的脸上出现了一点非常浅淡的困惑的表情，但很快又消失了，他用一种无机质的眼神从头到脚扫描了白柳一遍："你只有 1 点生命值了，我用任何一种攻击方式你都会死亡。"

白柳很无赖："这就是你要思考的问题了，我的愿望就是这样。"

塔维尔盯着白柳看了很久很久，然后他有点迟缓地试探着从镜子里探出头来，垂下长长的浅色眼睫，张开嘴在有点蒙的白柳的唇瓣上非常非常轻地咬了一下。

**系统提示：玩家白柳受到了神级 NPC 鬼镜之主的攻击！**

**系统提示：玩家白柳生命值 -0.5，仅剩 0.5 生命值，请尽快退出游戏！**

"这样可以吗？"塔维尔垂下轻颤着的眼睫，轻到几乎用气音在白柳耳边问道。

白柳稍微有点不自在地侧了一下头，他抬手擦了擦嘴上那个塔维尔留下的完整的牙印。也不知道该说什么，只好点头："……可以了，谢谢你。"

上一次……塔维尔好像也是亲在这个地方，这个 NPC 好像有点喜欢他的唇？错觉吧……？

### 《爆裂末班车怪物书》刷新——鬼镜

怪物名称：鬼镜（神级 NPC）

特点：？？？（未知，系统无法探索）

弱点：暂无（不要求玩家探索该怪物弱点）

攻击方式：鱼尾击打，咬脸（2/？？？？）（注：因为无法确定攻击方式上限，集到一个就判定玩家集齐）

**系统提示：**恭喜玩家白柳集齐《爆裂末班车怪物书》整本书！

**系统提示：**玩家白柳已降服镜中怪物，游戏通关，正在计算奖励中……

白柳化成碎镜片般的光点在塔维尔的面前消失，他挥手笑着告别："谢了，塔维尔，有缘分下次见。"

镜中的塔维尔垂眸抚摸碰过白柳的自己的唇，低语着："……还是热的。"

是和冰冷的镜子与低温的人鱼完全不一样的温度，而且完全不怕自己……他第一次看到不避开自己，还主动让自己攻击的"人类"。

触碰攻击了之后不会变成冷冰冰的尸体，躺在地上恐惧怨恨、死不瞑目地看着他，也不会变成和他一样的怪物，畏缩地依附着、又躲避他的存在。白柳依旧带着体温，笑眼弯弯地看着他，对他说，下次见，塔维尔。

好奇怪。

又好温热。

下次见，白柳会把他这个怪物的最终总和当成什么东西呢？如果白柳知道自己到底是一种什么样的存在，还可以若无其事地说出这种话吗？

"下次见，白柳。"塔维尔对着白柳消失的地方，自言自语着，他闭上了眼睛。

一瞬间，镜子彻底碎裂，列车陷入剧烈的爆炸火焰中，人群发生凄厉的惨叫声，而带来灾厄的怪物并没有被打扰，他合上双眸，沉睡于被人轻吻过的寒冷碎镜片中，等待下一次相见。

他的唇上有不属于他的余温。

从白柳进入镜子，点明这里才是游戏里的现实，要打碎镜子开始，小电视面前的观众就屏息凝视不语。

等到了白柳提议自己打碎镜子，牧神不让的时候，小电视前的观众一阵骚动，又是难过又是不忍——

"白柳对牧神真的很好，这两个人应该是好朋友，但这里是游戏，我还是希望白柳让牧神来碎镜……"

"……我是牧神的粉，欸，我之前很烦有人老是拿白柳来和牧神比，现在就是心情复杂……我一点都不想白柳死，但我也不想牧神死……"

"呜呜呜我不敢看，他们两个我都很喜欢，谁死我都接受不了，白柳那么厉害，他一定有办法的对吧！"

"白柳现在只有 1 点生命值了，还能有什么办法，你们把他当神吗？我觉得就牧四诚上吧！"

等到最终白柳说服了牧四诚，让牧四诚先走，守在后面的向春华和刘福慌了，他们和那个什么牧四诚一点都不熟，就眼巴巴地盼着白柳通关，看到白柳主动揽下来送死的任务，急得直蹦。

其他观众有些很不赞同白柳的做法，但更多的还是钦佩白柳对朋友的义气。

白柳说不会让牧四诚死，就从头到尾护住牧四诚到了最后。

"欸，我好想哭啊，太可惜了，牧神和白柳要是都能活的话，他们组队，日后一定是不亚于总积分榜第五第六的那种神级组合

玩家。"

"其实牧四诚实力很强，就是差个帮扶的，不然早就爬得比张傀高了，他的个人技能很有潜力，是新星榜里唯一一个和黑桃对上过，偷到东西活下来的玩家，要是牧四诚心甘情愿做白柳手里的刀，这狼狈为奸的两人的排名肯定上升得很快。"

"别说了，其实白柳和杜三鹦的相性也很好啊……"

镜子一碎，神级 NPC 一出来，就导致了小电视面前的观众精神值下降，就和上次《塞壬小镇》的情况一样，等到一群观众头晕脑涨地被系统滋了一脑门精神值漂白剂回过神来的时候，白柳的小电视已经黑屏了。

黑屏了只有两种情况——玩家已经死亡，或者玩家已经通关。

王舜有些沉痛地低下了头，其他玩家也纷纷沉默着低下了头——这是对他们喜欢且尊重的玩家离开的一种怀缅尊重的表达。

白柳不可能还活着了。

向春华和刘福跌跌撞撞地推开其他玩家往前走，帮他们报了仇的白柳在他们心中也和他们的孩子无异了，看到白柳就这么眼睁睁地没了，情绪剧烈起伏之下，向春华往前走了几步一个腿软，跪在了地上，但还恍惚地抬头伸手想去抓白柳那个小电视，眼前却被泪朦胧了。

刘福还镇定一点，他把向春华扶起来，自己脸上也是掩饰不住的悲，但还勉强维持住理智："要是白柳真和果果一样出事了，我们去游戏里挣积分，把他们复活！"

下一秒，小电视亮起，系统毫无感情的机械声播报道——

**恭喜玩家白柳解锁所有主线任务以及怪物书通关《爆裂末班车》。**

**系统：玩家达成 true ending 结局——《永远停止的末班列车》。从那场爆炸开始，死去的乘客便日复一日地被那面可怕的镜子困在这里，重复着他们死前一个小时的痛苦，他们惨叫着，**

哀号着，四处躲藏偷偷藏起那面镜子的碎片，可惜这些都无济于事，那面毫无人类感情的镜子依旧循环燃烧着他们，到灰烬焦炭都不曾停息。终于有一天，有人停止了这班被大火熊熊燃烧过的镜中末班车，乘客们微笑着走出了列车，就算是死亡，他们也终于可以到站了……

王舜愕然抬头，向春华和刘福在一阵大起大落之下虚脱，双双跪在地上，然后又捂嘴喜极而泣。

"活着！！他成功通关了！"向春华嗓音嘶哑地第一声叫了出来，打破了过于默然的氛围。

观众在懵逼又无法置信地凝滞几秒之后，又哭又笑地大叫起来——

"靠靠靠！！！怎么活下来的这家伙！！！1点生命值！！那可是神级 NPC ！！他怎么扛下来的！"

"别想了！！人还活着！！快给充电收藏点赞！！冲一下最后一个推广位！！快点的！！"

"对对对！！冲最末推广位了！！！冲啊白柳！！同志们不能让这种牛逼的玩家被埋没了！！快冲！！！看看能不能帮 6 哥冲上噩梦新星推广位！"

"杜三鹦和牧四诚那边都冲上噩梦新星屏第三第四了，我看了一下，其他位置的新星都在，估计悬，要是其他位置的新星不在还能冲一下噩梦新星第十，唉！！白柳这玩家的运气真的很差。"

"现在好多新星玩家在冲推广位，白柳要上噩梦新星有点困难，我觉得上不了，核心区的观众还是太少了，怼不上去，太可惜了，明明是一个这么精彩的游戏视频。"

"那我们还冲吗？感觉无望啊……"

**系统提示音突兀地响起：玩家杜三鹦以及玩家牧四诚大力推荐了玩家白柳的小电视！**

观众一愣，他们很多人很快反应了过来，立马登上论坛去看怎么回事，然后纷纷惊叫出声——

"靠！牧四诚一出游戏就把自己的推荐屏幕挂上白柳的小电视了！牧四诚直接在论坛里说去给白柳点赞的玩家里他抽三个人免费带一个一级游戏！！"

"这边杜三鹦也挂了白柳的小电视！！杜三鹦还在论坛说现在给白柳点赞收藏推荐的玩家里抽十个人，免费送价值 600 积分的系统道具！"

"操！！这两个在推广位上的人下了狠手在帮白柳冲位置！直接把白柳的小电视挂在了屏幕中间！完全不管自己能不能吃到推广位福利！"

"我泪目了！这就是男人之间的友情吗！白柳给爷冲！！！我也不会放弃你的！！"

"冲啊！！！白柳！！！你才是当之无愧的噩梦和新星！！"

源源不断的观众涌入，他们或许好奇，或许什么都不知道，或许只是从杜三鹦和牧四诚的小电视里了解过，让这群人激动得又哭又大叫的那个小小电视屏幕里，到底是一个什么样的玩家。

但是他们都清楚，那个可怕如噩梦一般的游戏，如果没有这个人的存在，那必然一个通关的玩家都没有。

某种程度上来讲，白柳对于死去的玩家来说，是比噩梦更可怕的噩梦，但对于那些幸存的玩家来讲，也是比新星更闪耀的新星。

"还差一点了！啊啊啊啊只差一点了！"

**系统提示：玩家方可以及玩家刘怀大力推荐了玩家白柳的小电视！**

王舜长出一口气，他仰头看着白柳那个小小的电视——从一开始要在中央大厅边缘位才能找到这个完全不起眼的小电视，到现在需要仰头看着这个被放在万人之前被敬仰瞩目的小电视。

从来没有玩家在两个游戏之内就冲上了噩梦新星榜——除了那个传说级别的玩家，这个游戏里的总积分榜第一名"黑桃"。

但王舜有预感，很快这个记录就要被白柳打破了。

**系统提示：玩家白柳的小电视所有数据进入最终核算⋯⋯**

观众们停下了不停充电点赞的双手，有些惴惴不安地看着白柳的小电视，小声讨论着。

"啊啊啊啊，我好紧张啊，能不能冲上去啊！"

"我们都尽力了，冲不上去的话⋯⋯呜呜呜我就大哭一场下次接着帮我 6 哥冲吧！"

"我要求不高，真的，噩梦新星榜第十就成，虽然我知道这要求已经很过分了⋯⋯"

新增 100007 人赞了白柳的小电视，新增 126700 人收藏了白柳的小电视，新增 41190 人为白柳的小电视充电，玩家白柳获得 67100 积分。

玩家白柳一分钟内获得超 100000 赞，获得充电超 60000 积分！你被观众所疯狂喜爱着！

恭喜玩家白柳获得最终推广位，成为中央屏幕噩梦新星榜第二位，浏览量正在急速上升中⋯⋯

小电视前是长久的，好似凝固一般的沉默，所有观众都缓慢地，好像是不敢相信自己做到了什么一样张大了嘴巴，然后又变成一种癫狂到开始犯傻的大笑、欢呼，和要把白柳这块小电视区域掀翻的尖叫——

"Ohhhhhh——！！！！"

"白柳就是最吊的！！！！"

"我靠！！！噩梦新星第二！！！！！！！！"

中央大厅噩梦新星屏幕。

这是一个黑色的电视厅，和核心厅那种金碧辉煌的装修风格又有所不同，是一种墨色的现代工业风格，到处都是黑色的幕布笼罩着墙壁，中间点缀着零零散散的亮银色或者金灿灿的小碎片，看起来像是夏夜的星空一般梦幻，但仔细一看就会发现墨色的幕布上有些血手印，而那些小碎片则是人的金属义齿碎片，被人粘在了上面。

游戏中对"新人"的定义是参与 52 场游戏及以下的玩家，根据一般玩家一周一次的游戏频率，正好是开始游戏一年内的玩家都可以被称之为新星，新星有自己特殊的榜单，而噩梦新星是新星推广位当中最好的。

噩梦新星这个厅一共有十个屏幕，只有新人中当日综合积分前十的人才能上，竞争一向十分激烈，通常很多人是刚刚登上来，很快又被挤下去了，但现在这个竞争激烈的大厅的画风却有些……奇异。

因为第二位的屏幕、第三位的屏幕和第四位的屏幕，全都挂着白柳的小电视。

王舜赶过去一看哭笑不得，因为白柳冲上了第二位，但是第三的杜三鹦和第四的牧四诚也把白柳的小电视挂在自己屏幕中央了，打眼看去就像是白柳一个人就占了三个噩梦新星推广位一样，有不少没有关注白柳的观众也被白柳吸引了注意力，他们一边迷惑着一边往这边走。

"这新人谁啊？？！一个人占三个屏幕，牛的。"

"就是那个白柳啊！之前论坛吵得不可开交的那个！一看你就不吃瓜，当时一群人逼逼人家说遇到了张傀，下场要么死要么做傀儡，啧啧，我看这阵仗，不像是给张傀做了傀儡的。"

"我记得当时论坛好多人骂他来着，因为他第一场单人游戏拿了很多充电积分，很多底层玩家都眼红他，说他装逼迟早遭雷劈，现在人家噩梦新星榜也上了，我看这新人要是个心狠手辣的，逮着几个爱逼逼的直接在游戏里杀了，也不知道遭雷劈的是谁。"

《爆裂末班车》true ending 线通关——积分奖励 30000

《爆裂末班车》true ending 线通关——属性点：100（可按照玩家自身需要提升面板属性）

《爆裂末班车怪物书》——爆裂乘客页集齐奖励——道具：碎镜片 20 片（品质不明）——需要集齐碎镜片之后才可解锁完整道具。

《爆裂末班车怪物书》——盗贼兄弟页集齐奖励——道具：盗贼黑手指 1 根（品质优良），碎镜片 60 片（品质不明）——装备上盗贼黑手指之后相当于拥有了第三只手，可以不经意间偷盗别人的东西；碎镜片需集齐之后才可解锁完整道具。

《爆裂末班车怪物书》——鬼镜页集齐奖励——道具：镜框（品质不明）——盛放碎镜片的核心工具，需要 400 个碎镜片才可拼凑成一块完整的镜子。

《爆裂末班车怪物书》集全总奖励——道具：乘客的祝福（品质优良）——乘客们感激你解救了痛苦的他们，于是赐予你祝福，只要你坐在交通工具的座椅上，他们的魂灵便会守护着你，不让任何怪物伤害你。

注：交通工具不可为玩家自己强行携带，必须为场景原本固有的。


### 系统：玩家白柳此次小电视的综合评定

此次《爆裂末班车》游戏过程视频总共被 153266 名玩家大力点赞，被 196835 名玩家倾情收藏，总共获得 94802 点积分充电，但同时也有 1359 名玩家不喜欢这个视频，踩了 1 次这个视频，最高峰时期有超过十万人同时在观看白柳的小电视，玩家白柳的游戏视频毋庸置疑对观众有非同凡响的吸引力。

白柳小电视综合数据超过三十万，对玩家白柳《爆裂末班车》

的视频进行评级——理应为闪银色徽章级别视频，综合考虑 1:112 的踩赞比，对视频进行适当降级处理，最终评级为亮银色徽章级别视频，该级别视频可获得进入 VIP 库资格——玩家白柳此次的游戏视频进入 VIP 库。

进入 VIP 库之后，若是有玩家想要观看玩家白柳此次《爆裂末班车》的游戏视频，需成为系统的 VIP 会员后，再向系统缴纳 60 积分，观众观看所缴纳的积分白柳和系统五五分成。

### *白柳此次小电视获得以下成就——*

本月内首个离开坟头蹦迪区的玩家

噩梦新星榜第二位

本月内首批通关《爆裂末班车》的玩家之一

第二个在第二次游戏就登上了噩梦新星榜的玩家（首个玩家：黑桃）"

…………

白柳从登出口出来的时候，就看到牧四诚抱胸靠在登出口等他。

看白柳出来了，牧四诚用有点匪夷所思的目光上下打量白柳一圈："虽然我知道你多半有后手，但你到底是怎么出来的？那可是神级 NPC……"

白柳高深莫测地笑笑："你想知道？"

牧四诚迟疑了几秒，还是点了一下头。

白柳坦然摊手："拿积分来买消息。"

牧四诚："……"

"你他妈才得了十几万的充电积分，这种钱你都要赚我的，不至于吧？你真是钻钱眼里了。"牧四诚特别憋闷，"算了，我不想知道了，你都坑我多少钱了。"

白柳笑得越发亲和："那个黑手指道具，你只有一根对吧？

这道具是盗贼系的，对你很有帮助，你不想凑齐它吗？”

“我这里也有一根。”白柳无辜地看着牧四诚。

牧四诚：“……”

“你要多少？”牧四诚无语地问，准备掏钱免灾。

白柳笑容愉悦：“我要剩下的 320 个镜子碎片。”

“……但我这里只有 80 个碎镜片啊。”牧四诚皱眉，他和白柳对视几秒，忽然意识到这家伙打的是什么主意了，“靠，你不是吧，你要我帮你收集其他所有的碎镜片，凭什么啊！”

白柳不紧不慢地说：“你反正也要去其他玩家那里收集你的黑手指，不如顺便帮我也收集一下。”

白柳倒是没想到这次给的道具都是拼凑类型的，黑手指需要五根才能聚集成“第三只手”，碎镜片需要 400 片才能汇聚成一个道具，通关的人有五个，正好每个人一根手指，80 个碎镜片，虽然都是优良品质的道具，但是每个人都只拿到了五分之一，根本无法使用。

“盗贼的黑手指”这个不用说了，明眼人都能看出这个道具牧四诚势在必得，一定会想方设法凑够五根手指。

但碎镜片……这个是谁能凑齐还真不一定。

牧四诚嗤笑：“白柳你是不是忘了，方可和刘怀是公会玩家，得到的好道具是要上交给公会的，‘盗贼的黑手指’这种个人属性很强的碎片道具，他们拿着并没有什么用，也可以不用上交给公会，我可以砸钱让他们卖给我。”

“但那个属性不明的碎镜片，明显是因为带有神级 NPC 属性、系统无法计算所以才会属性不明，上一个带有神级 NPC 属性的道具，你那个鞭子，在游戏里有多嚣张，判定强得有多离谱大家都看见了，你一个 F 面板的玩家，都能用出这么大的威力了，”牧四诚抱着双臂挑眉看向白柳，“那这个同样带有神级 NPC 属性的碎镜片凑齐的道具又会好用到什么地步呢？”

“这个碎镜片方可和刘怀是必须上交给国王公会的，国王公

会一定会想方设法地集齐碎镜片，凑齐这个带有神级 NPC 属性的道具。"牧四诚很肯定地说道。

"但有 240 个碎镜片在你和我，还有杜三鹦身上。"白柳思索着问道，"国王公会想用什么办法，从我们身上拿到这个碎镜片？"

牧四诚的右手比出三根手指："我能想到的国王公会会用的办法有三种。第一种是收购，也就是交易，他们会用高价从我们这里把碎镜片买走，以及我不得不沉痛地告诉你白柳，杜三鹦已经把碎镜片卖给国王公会了，6 万积分。"

白柳轻声叹息："果然这种会给人带来不幸的东西，杜三鹦一定会马上出手，不过 6 万积分买一堆功能不明的碎镜片，国王公会倒真是财大气粗。"

牧四诚继续说："第二种是盗窃，这是我老本行了，也就是找有盗窃技能或者是道具的公会玩家跟着我们，在游戏中盗取我们身上的碎镜片，不过你放心，从我手里偷到东西，这事除了你这个神经病还没人做到过。"

"当然还有最简单直接，收益最大的第三种方式。"牧四诚似笑非笑地对白柳晃了晃自己的三根手指，"我觉得你应该猜到收益最大的第三种办法是什么了。"

白柳掀开眼皮："杀人嘛，在游戏里杀了我，我身上的一切东西就都是他们的了。"

"你杀了他们公会一个高级玩家，张傀是他们花了不少资源养出来的，就这样被你弄死在游戏里了。"牧四诚口吻夸张地恐吓着白柳，但脸上却带着一点漫不经心的笑意，似乎对得罪国王公会这件事很无所谓，"你可是大大地得罪他们了，现在你还要和他们抢碎镜片，你有没有一点自知之明？你会被他们追杀到天涯海角的！"

"我现在有了，不过看起来也来不及了。"白柳看了一眼牧四诚，忽然笑起来，"不过你没把碎镜片卖给国王公会，是留给我的意思对吧？看起来你也做好了和我一起被追杀的准备？"

"倒是够自恋。"牧四诚哼笑一声，移开目光没看白柳，他双手插兜，忽然伸出一只拳头捶了白柳一下，"是你先开口死皮赖脸要和我合作的对吧？"

白柳被捶得一个趔趄，忽然听到了系统的提示声音。

**系统提示：玩家牧四诚赠送给玩家白柳 80 个碎镜片。**

"欸，我们给我们这个组合起个什么名字吧？"牧四诚好似突然想起了什么一般，他好似在自言自语般，脸上带着一点很奇异的笑，他好像因为要和国王公会作对而感到很兴奋，"我当初被张傀追杀的时候，和刘怀说，等我们有一天把张傀杀了，我们这个组合一定就扬名立万了，当时我给我和刘怀那个组合起了个特烂俗的名，叫盗贼和刺客。"

但是后来盗贼偷了刺客的刀，刺客用刀断了盗贼的手，那个操纵一切的，曾经不可逾越的傀儡师，居然就那么轻易地在一个新人的手中，被毫无波澜地处死了。

那个没有太多特色的组合名字也早就消失在了论坛里。

"我们给我们这个新组合也起个名吧？"牧四诚重复问道。

白柳对这种旁枝末节的东西倒不是很在意，但有直播这种相对娱乐的东西存在，有个组合名的确更好，他先是征询了牧四诚的意见："你说叫什么？"

牧四诚眼神漂移了一下："……你说盗贼和谋士怎么样？"

连白柳都忍不住："＝＝"

……这人是不是除了把职业组合起来就不会起别的名了啊，要是知道白柳的本来身份是流浪者，这货可能还会起个盗贼与流浪者这种一看就充满了穷酸气的名字……

"你起这个名字还不如叫……"白柳假装思索，"流浪者与猴。"

沉默两秒之后，牧四诚勃然大怒地跳起来："我操！！白柳你内涵我！"

　　牧四诚不会想到，当初白柳随口一说的这么一个带点滑稽的组合名字，会在未来横扫整个游戏，成为无数玩家闻风丧胆的梦魇组合，只要听到那声尖厉刺耳的猴子笑，见到那个白衬衫西装裤的微笑年轻人，这场游戏的胜利就已经被锁定了。

　　金钱和桂冠在永眠于恐惧的游戏里，永远属于"流浪者与猴"。而他们的胜利即将拉开序幕。

　　白柳出游戏没过多久，他正在和牧四诚边走边聊。

　　"这个面板属性点是什么？"白柳指着他《爆裂末班车》奖励中的这一处问，"是我理解的那个可以随意加在每个属性上，提升我的面板属性的东西吗？"

　　"是也不是。"牧四诚简单地给白柳解释，"这个游戏的玩家等级评定是根据四个属性来的，体力、敏捷，也就是速度、还有攻击和抵抗力，你获得的属性点只能用来加在这四个属性条上。"

　　白柳若有所思："我上一个游戏就没有奖励这个属性点。"

　　牧四诚翻了个白眼："这属于系统的额外奖励，你上一个新人单人游戏副本已经吃了一个'个人技能'的额外奖励了，你还想吃一个'属性点'的额外奖励，想得倒是美，这玩意儿很难得到的，二级游戏里通关才给 100 点，系统抠得很，而且这玩意儿也不能无上限地加点，到你潜力极限，你再怎么加面板属性都不会上升了。"

　　"不过，"牧四诚微妙地一顿，"很多人在加到潜力极限之前就死了，因为一个二级游戏就 100 点属性点，不是大公会养的玩家或者自身技能不过硬的，很容易就死了。但也有一个快速获得面板属性点的方法，但很少有人会用。"

　　白柳看着牧四诚："什么方法？"

　　"参加联赛。"牧四诚低声说，"黑桃就是这样成了 S 级别以上的玩家，联赛给获胜玩家奖励的属性点很高。"

还没等牧四诚说完，游戏大厅内突然炸开了好几个五彩缤纷的虚拟烟花，烟花缤纷落下形成各种各样的字眼，吸引了来来往往的玩家的注意力。

**重磅！重磅！一年一度的恐怖游戏电竞联赛它来了！走过路过千万不能错过！这是所有游戏玩家的年度盛事！**

玩家们看到了这个，又好似见怪不怪地移开了视线。

"啧，不知道哪个公会这么有钱，这么早就开始买系统烟花来打广告了。"

"应援季开始了嘛，从这周开始，各大公会都要开始疯狂打广告宣传自家选手了，国王公会上一次砸了一千万积分在广告上，差点没有回本……"

虚拟烟花落到了玩家身上，玩家的系统面板就自动弹出了一个像是开业大酬宾般的游戏活动界面。

**系统活动——恐怖游戏电竞联赛即将开启！**

玩家可以选择自己的参与身份——联赛选手或者是观众。

作为联赛选手，你要在赛场中和其他选手激烈拼杀，生死不论；而作为观众，你可以观看一场场酣畅淋漓的游戏竞赛，为自己喜欢的战队和选手激情打 call，充电点赞。

这是一场赌上生命和欲望的竞技比赛，你，是否已经选择好自己的位置？你选择做一个为了实现欲望不顾一切的疯狂参与者，还是一个宛如神明的冷静旁观者？

…………

玩家参加联赛报名要求：5 名下副本次数超过 52 次的玩家组成一个战队参赛。

赛制：每两支队伍之间对决一场团队赛、一场双人赛、一场单人赛，最终三场比赛得分总和最高者晋级（注：在比赛时队伍

**中有玩家死亡可以自行吸纳新玩家补充）。**

…………

下面还有一大堆的活动细则，比如比赛中玩家的系统商店禁用之类的。

白柳身上也落了烟花，他的系统界面也弹出了这个活动广告，他简单滑动系统界面看了一下，感觉和现实中的电竞比赛有点像。

但白柳其实对这种电竞类型的游戏不是很感兴趣，毕竟白柳是个做恐怖游戏而不是做对抗游戏的。

不过一个恐怖游戏里居然还有电竞联赛，这倒是让白柳有点惊讶，但是牧四诚似乎早就知道这件事了，他啧了一声，把系统通知界面给关了，还抱怨了一句："烦死了，公会和系统又开始到处打广告了，联赛应援季果然要来了。"

"应援季？"白柳看向牧四诚，"这什么意思？这就是你说的面板属性点奖励很高的联赛？"

牧四诚不耐地努了努嘴："你往下滑就知道了，全是宣传广告，病毒式营销。"

白柳一路下翻系统页面到最后，发现正如牧四诚所说，下面全是各种玩家和公会的宣传页面，页面上有战队海报和单人玩家海报，海报旁边还有充电和点赞的按钮，充电和点赞的综合数据越高，宣传页面的排名就越高。

数据排名第一的单人玩家图片上是一个被刘海遮住了眼睛的男人的侧脸照片。

这人嘴唇苍白，下颌骨瘦削，冷白精瘦的手腕上挽了一支黑色的长鞭，鞭尾被握在手里，脸侧着微微上扬，眼尾纤长，似乎在斜视，给人一种非常凌厉冷淡的感觉。这玩家的图片还很糊，但就算以白柳这种对人类美感没有正常感知的眼光来看，这家伙也长得非常优越，是一种可以用美术标准来衡量的优越。

非常完美的骨骼建模，让白柳想到了塔维尔，但这人比塔维尔的长相要冷峻得多，如果说塔维尔是月光那种泛着莹色的惑人长相，这位玩家就像是一柄没有刀鞘的刀，是好似多看两眼都会被刮眼睛的锋利外表，就算是这种高糊的照片，也透着一股凛然的杀气和高高在上的漠然。

白柳点开了这人的简介。

### 玩家：*spades*（黑桃）

目前应援综合数据：130万，在所有参赛玩家中位于第一，解锁免死金牌（注：玩家因人气过高，拥有系统庇护，获得免死金牌，在竞赛游戏中当该玩家处于濒死状态时会被系统强制退出游戏，放置于保护罩内）。

总积分排行榜：第一

所属公会：杀手序列

白柳跟着向下滑动，紧接着应援第二位的玩家的单人海报和黑桃的差别就很大了，黑桃的个人海报可能就是路人随手的街拍，这第二位的个人海报完全就是那种娱乐圈顶级团队的精修图，连脸上的汗毛都能看得一清二楚。

第二位是白柳早有耳闻的一位老熟人。海报中是一个雪肤黑卷发的美艳旗袍女郎，半长卷发，杏眼红唇，右眼下有一颗红桃的图标，穿艳红色的单边开衩旗袍和缎面黑色高跟鞋，跷着二郎腿，露出黑色丝袜，手上正在洗一副扑克牌，表情似笑非笑十分慵懒，看着非常勾人，只是一眼就有种勾魂夺魄的艳香和欲气扑面而来。

### 玩家：*heart queen*（红桃皇后）

目前应援综合数据：97万，在所有参赛玩家中位于第二，解锁免死金牌。

总积分排行榜：第二

## 所属公会：国王皇冠

………

白柳一边看，牧四诚就一边给白柳解释："这个游戏里每年八月开始会有一次电竞联赛，玩家可以自行组队参加，当然，普通玩家去玩这个就是送菜，联赛是大公会的场子，他们底子很厚，为了给参加联赛的玩家拉票，这些公会会在游戏里放烟火，搞各种各样的花样做宣传，我们叫应援季。"

"公会还会大肆搜刮游戏里的道具储存起来，给参赛玩家做准备，养属性。"

"这种大肆搜刮和宣传都很烦的，会搞得我这种不怎么 care 联赛的玩家连想要的道具都很难收到。"牧四诚忍不住吐槽，"而且今年我听说傀儡师本来是国王公会战队的预备役，所以国王公会才下了大力气培养他，他自己也在疯狂搜刮新傀儡，没想到死你手上了，他们应该需要换预备役队员了。"

"今年国王公会野心勃勃，还引入了一个新人，叫小女巫，个人技能是可以在游戏中恢复生命值，是个十分稀缺的玩家，一直在被各大公会抢，这玩家也是新星榜第一，最后被国王公会抢到手了。"

"本来我听说国王公会要用傀儡师的控制技能和这个小女巫的治疗技能组一个很奇特的战术，还在练习，结果张傀就被你给端了，他们要换战术了。"

说到这里，牧四诚有点幸灾乐祸地哼笑了一声。

白柳看着宣传面板上五花八门的战队和玩家，思索了一会儿，询问："我之前就觉得很疑惑了，在这种生死类别的游戏中，为什么观众的打赏力度会如此地疯狂，这个第一点赞充电加起来都有 130 万了，而且还有电竞比赛这种竞技娱乐项目。"

"观众也不过是普通玩家，在这种涉及生死存亡的游戏里这么娱乐化，这有点不太正常。"

牧四诚在自己的系统面板上滑动了两下，递给了白柳："因为观众给这些参赛玩家的充电，不光是充电，还是下注，玩家只能拿到 10%，系统抽成 5%，其余都是赌注。"

**系统温馨提醒：在游戏前，观众投注给玩家的充电积分的 85% 将进入赌博系统，若该玩家在竞赛中胜出，观众可赢得输家的充电积分。**

**小赌怡情，大赌伤身，请各位玩家酌情充电，适度赌博。**

"130 万算什么？"牧四诚说，"你没看到去年的联赛，打决赛的时候双方充电积分拼到了一个亿，现在应援季才刚开始，这数据还有的涨。"

"平时观众给我们这些普通玩家充电都是毛毛雨，拿来练手养新人的罢了。"

"一个亿的充电积分……"白柳的关注点迅速走歪，他换算了一下，就算赢的玩家只拿 10%，那也是一千万积分……

一千万积分一千万积分一千万积分……白柳的目光缓缓变得深沉起来。

而牧四诚还在一无所知地科普："冠军的奖励是每个人一亿积分，单人赛和双人赛，团队赛的第一名还有属性点奖励，但这个我不清楚，据说每年都不一样，但赢了的玩家得到的积分奖励加上中间充电抽成的收益，几乎是一个天文数字，一年一次吃饱，全家不饿，所以联赛公会会拼尽全力来准备应援。"

白柳放在系统面板上的手指悬空停滞了五秒，他的目光在听到"每个人一亿积分"的时候长久地凝滞住了，然后白柳冷静地深吸了一口气，迅速翻到了之前他一扫而过的报名界面。

去他妈的故事游戏体验！！他要参赛！！让他参赛！！

白柳脑子里瞬间只剩下那个"一亿积分"，不夸张地说，现在他从眼睛到脑子都被那一亿刺激成了钱币的形状，他飞快翻到

报名界面：

**离报名截止还有：2（月）:01（天）:7（小时）:34（分）**
**玩家离参赛条件还差：50 次游戏副本次数，4 名队友**

差太远了。

白柳稍微冷静了一点，理智思考着——他只剩 61 天的时间，还要过 50 次游戏副本，平均现实时间的一天多就要过一个游戏副本，就算游戏副本内的时间流速更慢，一天一个游戏，他的精神也不一定撑得住，说实话游戏对他的消耗也是很大的，不然白柳也不会每次出去都睡得那么死……

但他又瞄了一眼那个游戏奖励的一亿积分。

牧四诚还在喋喋不休："不过这竞赛今年和我们这些新人没什么关系了，要过 52 次副本才能参加，我一般是一周一次，现在也就过了 26 次，还剩两个月，怎么都不可能凑齐这个副本次数……"

正说着，牧四诚对上了白柳的眼神，他不由自主打了个寒战后退了两步："白柳，你要对我干吗？！"

白柳微笑："朋友，熬夜打游戏吗，两个月打五十次副本那种？"

牧四诚："？？？"

牧四诚和白柳是一起登出游戏的，登出地点选在了白柳的家。

因为牧四诚说想和白柳线下联系，但游戏当中是不允许谈及玩家真实世界的具体信息的，比如具体地址和具体电话号码之类的，就和游戏外不允许谈及游戏内的信息是一样的，什么电话微信 QQ 号，一旦出口全被系统给屏蔽掉，所以两个人交流的最快的方法，就是直接从同一个玩家的登出口登出。

每个玩家的登出口都是一串十二位的数字，有点像是密码，在确定登出之后，玩家输入密码，系统就可以把你传输到这串密码所对应的登出口。

玩家登出口的初始密码对应的登出的地方，就是他们最开始登入的地方，也是玩家默认登出的地方，第一次游戏中白柳没有输入密码，那么他就会默认从登入的地址登出。

比如白柳从自己的家登入游戏，游戏会生成一串十二位的密码给他，这串密码对应的登出口就是白柳的家，无论是谁输入密码都可以从"白柳的家"这个地方登出。

牧四诚还是个大学生，他是从寝室登入的，白柳要是从他的寝室登出会被宿管阿姨当场逮捕，于是两人选了从白柳的小出租屋登出。

但刚一从白柳的屋子里登出，牧四诚就苦口婆心地说了一句话："白柳，听我一句劝，别参赛，而且你参赛人数根本凑不够吧，只有我们两个人怎么参赛啊——"

话还没说完，牧四诚就打住了，他用一种很诡异的目光看着睡在白柳床上的那个满脸泪痕样貌精致的小男生。

木柯不知道在游戏里经历了什么，哭得满脸是眼泪，手腕和脚腕上还有一些红痕，看起来像是被鞭子抽了一样，他抱着白柳的衬衫把整个头都埋了进去，像是很没有安全感的小动物一样地在床边蜷缩成一小团，睡得正沉。

白柳倒是见怪不怪，他没有给床上的木柯过多眼神，目不斜视地从睡了木柯的床旁边走过，还随口回了牧四诚一句："是三个，床上这个也会参赛。"

"？？？"牧四诚满脸问号，"草，白柳你认真的吗？这人谁啊？"

不怪牧四诚眼瘸认不出木柯，他是真没想到木柯，这个之前和白柳一批的新人会以这样一种形态出现在白柳的床上……

白柳转头看了牧四诚一眼："木柯，上次我从游戏里带出来的新人玩家，我会带他一起刷本。"

木柯和白柳都是纯新人，而且游戏次数都是 2 次，白柳和木

柯差的游戏次数都是一样的，他带着木柯刷本刚好可以同时刷够。

木柯上次也是从白柳的家这里登出的，他是知道白柳的家的登出密码的，并且这次木柯在游戏通关之后又选择从白柳的家里登出，也在白柳的预料之内。

白柳在进入游戏之前让木柯自己玩游戏，他不会多插手，建议了木柯选单人游戏，如果木柯能活过这一次他才会开始认真对待培养木柯。

白柳不太喜欢和心志很软弱的人交流，他们太会给自己找借口了，所以白柳决定先试试木柯，如果木柯可以成功靠自己通关一个游戏，他就试着培养木柯，免得出现张傀那种情况——国王公会花了很多的资源培养张傀，结果张傀自己太过依靠傀儡和自己吸取而来的智力，最终折在了白柳的手里，导致了大量的沉没成本。

白柳不喜欢做无法回收沉没成本的事情，但他喜欢做一些成本反馈很高的事情。

看来木柯应该是靠自己拼命通关了，但通关之后那种生死一线的剧烈不安感让他下意识地选择了从白柳的家登出，这是一种寻求安抚的做法，也是一种证明自己的行为——木柯想在通关之后第一时间向白柳表示，他做到了。

有点像好不容易考了一百分一边哭一边给家长展示卷面的小孩。

家长白柳拿了白衬衫和西装裤去卫生间换了衣服，几分钟之后，人模狗样地从卫生间里出来了。

牧四诚现在像是见了鬼一样缩在了角落里，离床上的木柯远远的，指了指床上的木柯，牧四诚用一种一言难尽的表情和语气问换好衣服出来的白柳："……你把上次你救的那个新人玩家拐上床了？！"

"他自己要来的，也有我家这里的登出号码，我也没办法。"白柳丝毫没有察觉牧四诚已经想歪了，"我之前本来准备放养他，但是现在时间紧急，我想参赛，手上的牌又不多，他也还算听话，我觉得我可以带着他刷副本培养他。”

白柳在知道了参加那个联赛可以得到一亿积分之后，整个人就像是魔怔了一样一定要参赛，牧四诚怎么劝都不听，只好问白柳，这竞赛要五个参加了 52 次游戏以上的人才能组队，白柳去哪儿找这些人和他组队？

就算是强行加上还差二十多次游戏次数的牧四诚自己，白柳这边也还差三个人。

但刚刚白柳那样子，明显是准备带和自己一样就过了两次游戏的木柯去参赛！

这简直是在开玩笑！两个月不眠不休地刷五十次游戏达到报名线，就算白柳这个疯逼的精神值能承受住，木柯一个普通玩家怎么可能承受得住？

牧四诚没忍住指着还在床上的木柯：“白柳，你这个神经病说不定能强刷五十次，但木柯一个新人？他现在应该是刚刚通关出来吧，身上还有伤，你知道什么情况下玩家从游戏副本里出来身上会带伤吗？我和你出来可都是没有伤的。”

白柳给自己打好领带，视线从木柯手腕和脚腕上的伤上扫过，最终落到牧四诚的脸上，问：“什么情况下玩家出来会带伤？”

牧四诚随手找了一个椅子翻转坐下，他在游戏里耗费了不少精力，看起来也懒懒的，但除了人有点没精神之外，牧四诚的身上的确没有伤。

牧四诚头搁在椅子上，抬眼看向正在打领带的白柳：“游戏里的伤势要带出来，只能是他认定自己受伤并且不可痊愈，那么游戏就会顺从玩家的意思让你带伤出来，一般来讲只有在极端恐惧的情况下，比如精神值下降到 10 以下，通常人就会失去对游戏的认知，觉得自己不是在游戏里，而是在现实里，那他就会觉得自己真的受伤，这伤势就会被带出来。”

说着，牧四诚看了眼床上那个肢体动作和外貌看起来都非常易碎的男生，也就是木柯，用一种很不赞同的眼神看向白柳。

　　"一个玩家从游戏里出来带伤，只能说明这个玩家的心理素质不行，面板潜力不高，而且要是我没记错的话，这个木柯还是个无个人技能玩家吧？"牧四诚挑眉问道，"你确定你要带他去参赛，这和送菜有什么区别？"

　　"但我可以说，某种程度上，上个副本《爆裂末班车》，我是借助了他的帮助，才从游戏里顺利通关的。"白柳抬眸看向牧四诚，不疾不徐地说。

　　白柳最后是靠着木柯的那个"人鱼的护身符"，才有和神级NPC对峙的底牌，也是靠着木柯手上的这个"人鱼的护身符"才把牧四诚给忽悠进来。

　　按照牧四诚的说法，木柯会带伤出来，那他在自己的游戏副本里，必然是已经到了极端恐惧紧急的程度了。

　　但他在自己的单人游戏副本里依旧没有用"人鱼的护身符"这个道具，他把这个他最珍贵的求生道具留给了白柳。

　　只是因为在进入游戏之前，白柳和他提过一句"我说不定会用你的道具'人鱼的护身符'"，木柯就算是就精神值掉到了混淆现实和游戏的程度，都没有用这个道具，还努力带着一身伤从游戏里跑出来了。

　　这和牧四诚在《爆裂末班车》中是一样的做法。

　　"你和他在我心里都有同样的价值，牧四诚。"白柳看着牧四诚，他眸光没有什么波澜，"因为你们都曾在绝境中遵守了和我的交易，我很尊重这一点，所以我更不能违背和你们的约定，我说了如果他这次能自己出来，我就会好好培养他，让他活下去。"

　　"就和我不会放弃你一样的，我也不会轻易放弃他。"白柳看向床上的遍体鳞伤的木柯，垂眸，"因为你们都已经向我证明了你们对于我的价值。"

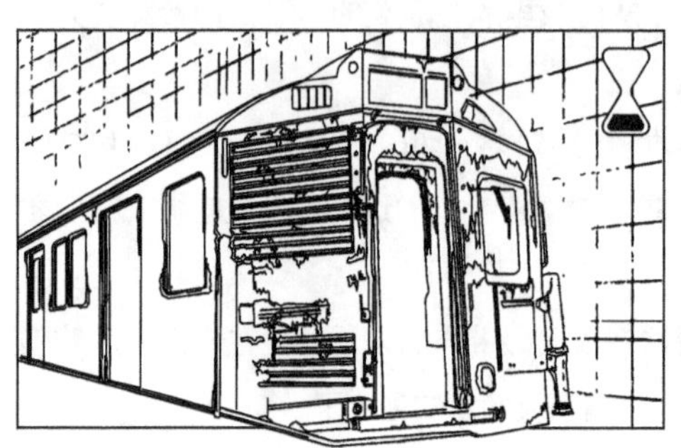

# CHAPTER 20

　　白柳说完之后转身继续低头给自己的领带打结，倒是牧四诚一怔。

　　这两人交谈间，躺在床上的木柯哭叫一声，浑身大汗手脚抽搐着从床上醒了过来，他坐起之后全身控制不住地剧烈颤抖，下意识抱紧怀里白柳的白色衬衣，喘息着，双目空茫还在往下掉茫然的眼泪，好像还没从噩梦的余韵里清醒过来。

　　白柳轻声喊他名字："木柯，你活着，冷静点。"

　　木柯失焦的双眼才慢慢恢复焦距，他愣愣地看着面前的白柳，泛红的眼眶里泪水一点一点蓄积，手上攥紧的白衬衣也被他放开，白柳察觉到这人想往他身上扑，稍微后退了一点，安抚性地拍了拍木柯的肩膀："没事了，你回到了现实。"

　　"白柳，呜呜呜，白柳！！"木柯好像一根被过度的恐惧扯断的水管般号啕大哭着，只有看到白柳才能让他稍微冷静一点，他的手死死地攥住白柳的西装衣摆一角，他失魂落魄地抬头看着白柳，眼泪大滴大滴地涌出来。

木柯的嗓音因为过度叫喊而嘶哑："我以为我会死在那所学校里！他们要勒死我！"

白柳垂眸轻声说："但是你没有，所以你做得很好，你也活下来了，一切都过去了木柯。"

木柯哭个不停，他哭得胸膛剧烈起伏着，哭到一半还打了个哭嗝，他抬起湿漉漉的眼睫看向白柳，很轻很小心翼翼地询问："我按照你说的自己通关了，那我合格了对吧？你会让我在游戏里尽量活下来对吧？"

"我会尽力培养你，让你自己成长强大起来，可以独当一面存活下去。"白柳很爽快地回答，但他话锋一转，语调又变得残酷了许多："但如果你只想着依靠我的手段，变得愈来愈没有价值，我也保证我会很迅速地放弃在你身上的所有投入，你明白了吗，木柯？我不喜欢浪费精力做没有回报的事情。"

木柯疯狂地流泪点头，他哽咽着，漂亮的眼睛里盈满了泪水，像个好不容易得到认可的小孩："我会的，我保证我会的白柳！"

"我想从下一场游戏开始，安排你跟着我。"白柳站起来递给了还在流眼泪的木柯一张卫生纸，斜眼看木柯，"如果你愿意跟着我，我们就要在六十天内刷五十个副本，我想带你参加联赛，但同时我需要你迅速地成长起来。"

木柯拿着白柳递给他的卫生纸，愕然地抬头。

白柳无波无澜地垂眸看他："你能做到吗？如果你不能，我会为你安排其他培养你的路线，你不一定非要跟着我。"

白柳的话还没有说完，木柯咬了咬下唇，他攥紧了白柳递给他的卫生纸，低着头，嗓音和瘦弱的肩膀都有些颤抖："你需要我这样做是吗？那我、我就能做到。"

"你真的想好了吗木柯？"白柳语调平淡，"木柯，我习惯在和人商量事情的时候对方直视我，你把头抬起来。"

　　木柯缓缓地，有些发颤地抬起了头，白柳看清了木柯低头想要隐藏的表情。

　　这个得了心脏病的小少爷红着眼眶，跪坐在白柳的床上，双手攥成拳头撑在膝盖上，身体有些控制不住的颤抖，乖巧可怜地仰头看着白柳，木柯明显对于白柳所说的六十天刷五十个副本害怕得不行，无法控制的恐惧让他的眼泪流得满脸都是，还在强忍着抽泣。

　　用寻常人的眼光来看，这个哭得凄惨的小男生一定是个好看又惹人怜惜的，谁看了都会心软一下，白柳却依旧只是平静地询问：“木柯，你有别的选择，这游戏里有不少靠颜值上位获得观众充电积分的玩家，你也可以走这条路，跟着我会很辛苦，所以木柯，想好了再回答我。”

　　“跟着我打联赛，和在我的帮助下做个实力不错的颜值充电玩家，两条路你都可以活下来，你选哪条路？”

　　白柳抬起眼皮看着愣怔的木柯：“跟着我你会成长很快，我从个人需求和你的能力发展的角度来看，对你的建议是你可以先跟着我试试，先跟着我养养你自己的面板属性，能跟着我进联赛最好，不能跟着进去，你快速成长起来也可以从其他地方帮助我，联赛我找其他玩家也可以，你只是我的一个备用选项，简单来说就是你是凑数的。”

　　“所以你的选择呢？”白柳对木柯伸出了手，他安静地看着木柯，等木柯的回答。

　　木柯是知道打联赛这件事的，他出游戏的时候也看到烟花和系统通知了，但他很快就出来了，因为他刚刚通关太害怕了。

　　任何新人在通关游戏后都会想着快速逃离游戏，只有白柳这种脑回路有问题的还能慢条斯理地闲逛收集信息，而木柯的心理素质显然做不到让他在濒死通关后还保持一种相对平和的心态。

　　游戏通关之后那种濒死的，连一根浮木都没有的感觉让木柯好像回想起了玩《塞壬小镇》的时候那种溺水的窒息感，而他周

围并没有向他伸出手的白柳。

没有白柳的环境让木柯太害怕了，白柳那一次把他从海底救出给了木柯极强的心理暗示和影响，在木柯心中白柳是高于这个游戏的，白柳甚至能越过系统的屏障把他给救出来，这带给了木柯无与伦比的安全感，所以当木柯再次遭遇那种让他差点死亡的场景之后，精神崩溃的木柯出于对安全环境的下意识需求，在一种恍惚失神的状态下从白柳的屋子里登出了。

木柯是恐惧联赛的，他知道这一定是一个比他刚刚通关的单人游戏要危险千万倍的游戏场景，他这种新人进去一定是九死一生的。

木柯眨了眨自己发红的眼睛，他心跳很快地垂下了沾着泪水的长睫，他看着白柳对他伸出的手，呼吸渐渐变快。木柯心里是知道白柳是个很凉薄的人的，这人并不会每次都救他，第一次救他也是为了他身上的附加价值——那个"人鱼的护身符"——但是这个东西已经被白柳用掉了。

白柳并不是一个好人，但他是一个很守信的人。

木柯仰头直视白柳，眼神就像是遇到威胁的小动物，带了种警惕又试探的感觉："如果我跟着你，你会保证尽量让我在游戏里存活吗？"

白柳很有耐心地低语："我保证。"

木柯对白柳所有的安全感都来源于此——只要是这个人说出口的承诺，他从来没有食言过，无论是怎么样的绝境都没有。

而白柳答应过，不会轻易放弃他，会尽力让他存活，就算打联赛听起来好像很可怕也是一样的。

"那，我要跟着你打联赛。"木柯把手很轻地放进了白柳的手里，他用还带着鼻音的哭腔，小小声地回答，还带一点抱怨和委屈，"我不想一个人过游戏了。"

白柳轻握了一下木柯的手又放开，这代表他们达成了合作，他放柔了语气："好，我知道了。"

但很快白柳就收起了自己这副虚假的，用来哄骗别人合作的营业温柔面容，他迅速地和木柯进入了谈正事的模式。

"那木柯你什么时候可以准备好？毕竟下一次我们进去了很有可能很久都不会出来了。"白柳询问木柯，"你看起来需要一场很好的休息，以及你大概要消失两个月左右，你应该也要和你周围的人说一声？"

"但我们的时间也不多。"白柳看向木柯，"我最多可以给你一天的时间来做准备工作，你可以吗？"

木柯的嘴唇有点抖，他有点不太适应立马就要进入这种高强度的模式，但在白柳平静的目光直视下，木柯还是很快地应了下来："……好。"

"现在回家吧，木柯。"白柳拿起手机打电话给了上司，他一边打电话一边目光看向木柯，"我现在通知上司来接你，你有我的住址和电话，明天你做好准备了给我打电话，你可以直接过来，或者你需要我到时候来接你。哪种会合方式？"

"我，我来找你可以吗？"木柯小心地看着白柳问。

"可以。"白柳无所谓。

白柳打电话给了上司，上司没多久就过来了，这是他第二次到白柳这个小出租屋来接木柯小少爷了，一回生二回熟，虽然这次上司的眼神还是很诡异，但他还是态度恭敬地和白柳问了好，但在进房门看到房间里眼眶泛红，一看就刚刚哭过，坐在床上的木柯之后，上司的面部还是忍不住扭曲了一下。

可怜兮兮的小少爷手脚上还有伤痕，像是被什么东西捆过（游戏里留下的伤痕）。

但这不是最让上司目瞪口呆的，最让他震惊的是白柳的桌上还趴着睡了一个面容疲惫，样貌优越的男大学生（在等白柳和木柯交涉的时候睡着了，牧四诚身上穿的是有他们大学 logo 的衣服），而且牧四诚肩膀上还披了一件白柳的外套，这男大学生像是整夜没睡一样睡得很熟，眼下还有青黑。

上司表情扭曲地看着一脸平静但是眼下也有一点黑眼圈的白柳：你这个畜生一晚上到底玩了几个男人？！

白柳一转头就对上了上司一脸信息量加载过大的表情，但鉴于白柳向来不揣摩上司的心思，他就当没看到一样引着木柯过去了。

木柯一步三回头地跟着上司走了，很心不在焉，上司想到刚刚看到的，对他来说极具冲击力的画面，忍了又忍也没有忍住自己八卦的好奇心。

在走出了白柳的小出租屋之后，上司咳嗽了两声，假装随意地问："木柯啊，刚刚白柳房间里那个人看着是个大学生啊，和他是什么关系啊？"

"哦，那个人啊。"木柯说起牧四诚有点心情复杂又酸不溜丢的。

木柯是知道牧四诚的，新星积分榜排名第四的新星大神，牧四诚比他更强，明显更有用，而且牧四诚显然对白柳的意义不一样，和白柳关系也更好，从白柳对牧四诚的态度就可以看出来。

牧四诚睡着了之后，白柳居然还给牧四诚披外套，和木柯交谈的声音也放低了不少，似乎是怕吵到对方睡觉，木柯多看了两眼牧四诚，白柳还解释了一句说牧四诚在游戏里体力消耗很严重，让他好好休息。

……是他在白柳那边没有的待遇。

木柯这位小少爷在什么人那边都是特殊待遇，白柳不冷不热，一开始还有点厌烦的态度木柯也察觉到了，但白柳对牧四诚这个大神玩家和对他完全是不一样的态度，这让木柯有点微妙的酸。

他哼了一声，有点愤愤不平："他？和我一样都只是白柳玩游戏的同伴罢了，总有一天，我会超越他在白柳身边的地位的！我会让白柳更喜欢和我一起玩游戏的！我从明天开始就每天和白柳玩游戏了！他怎么可能比得过我！"

"……"上司听得表情木然，内心震撼。

你们 M 之间，竞争都这么激烈的吗？！连"玩游戏"都要竞争上岗？！

而且小少爷你倒也不必如此拼吧！每天和白柳玩"游戏"你的身体能撑住吗！

"……你也注意一下身体，不要过度了。"上司表情尴尬又极度复杂地咳了一下，委婉地劝告，"玩那什么，很伤身的，你最近多休息。"

"不行。"木柯有点恍惚地幽幽说道，"接下来两个月白柳给了我任务的，我要两个月和他玩五十次游戏，我们还要五个人一起玩游戏，我身体可能受不了，我和其他人也没有一起玩过，唉，白柳只给了我半天休息就要开始了……"

上司彻底木了："……"

白柳这个"主人"给的任务也太他妈离谱了吧！两个月五十次"游戏"！而且居然还是多人运动我的妈！

上班做社畜都要放假，他居然都不给木柯放假，还要木柯加班加点地陪他"玩多人游戏"，可真是个绝世大人渣！

上司沉痛地想道：白柳这个畜生居然实行的是 996 制度。


等上司把木柯接走之后，牧四诚已经被闹醒了。

他懒洋洋地靠在白柳的椅背上，白柳给他披在肩膀上的外套被他搭在手上，本来牧四诚是强烈阻止白柳参加联赛的，但他很快就发现了白柳这家伙参赛的意志之坚定，考虑到白柳此人一贯的作风，牧四诚觉得白柳这份参赛的心不是他轻易可以动摇的。

牧四诚冷眼旁观白柳把木柯忽悠上贼船，自己倒是不紧不慢地睡了，因为他意识到自己无法轻易地动摇白柳的想法之后，牧四诚能做的就是严肃地告诉白柳，他不会和白柳一起胡闹，去参加这个危险性极高的联赛。

不过白柳给他披的这件外套让牧四诚开口的语气忍不住地柔和了不少："怎么，你把那小美人忽悠上你贼船了？"

"你叫木柯小美人，你是 gay？"白柳看了一眼牧四诚，"木柯这种类型的对你有性吸引力？"

牧四诚瞬间被噎住："我是直男！！开玩笑听不懂吗？！"

白柳随意地点点头："我现在懂了。看你样子，是有话想和我说？"

在牧四诚开口之前，白柳找了一根板凳坐在了牧四诚的对面。

白柳坐得很自在随便，但不由自主地给牧四诚带来了一股压迫感，让牧四诚从没有骨头一样懒在白柳的靠背椅上，到忍不住坐直了身体。

白柳淡淡地直视牧四诚："我猜你想和我说，你绝对不会和我们一起参加这个联赛。"

"你能给我一个可以说服我的理由吗？"白柳后仰靠在了书桌上，手屈指在书桌上敲了一下，"你为什么不愿意参加这个电竞联赛？"

"死亡率高，风险大，人数不齐，副本次数不够。"白柳接连说了几个理由，他抬眸看向牧四诚，"这些可以全部都交给我，你只要负责参加就可以了，你还有什么其他担心的问题吗？"

牧四诚简直要被白柳这副气定神闲的模样给气笑了。

要是一个副本之前的他，说不定就被白柳这一切尽在掌握当中的样子糊弄过去了，但现在的牧四诚已经不是当初那个牧四诚了，一个副本之后，牧四诚已经稍微有点清楚白柳这货的性格了，那就是赌性大得不行。

就算是成功率很低的事情，但是只要收益够高，白柳这人也很敢尝试。

"这些就是我担心的主要问题。"牧四诚难得语气正经，"白柳，联赛真的不是开玩笑的，玩家死亡率很高，你没必要为了这个游戏放弃自己真正的现实生活，虽然这游戏的确可以带来很多东西，但以你的实力完全可以慢慢挣积分，这样更稳妥，除了游戏，你总要为真实的生活留一些退路……"

　　"真正的现实生活？"白柳意味不明地轻声重复了这一句，他不慌不忙地等着牧四诚苦口婆心劝说他的话说完，才问了一句毫不相关的："你对木柯上一轮通关的那个单人游戏怎么看？"

　　牧四诚一怔，他没想到白柳会突然提起这个，刚刚白柳的确和木柯聊了这个，牧四诚当时困得不行，但也跟着听了一耳朵。

　　木柯上一轮通关的游戏叫作《离校之日》，是一款有点日式的校园背景的单人游戏。

　　游戏内容倒不是最吸引这牧四诚注意力的地方，牧四诚更被吸引注意力的点是……

　　木柯说里面的学校有原型，是他在日本留学过的一所私立高中，曾经因为有女生跳楼自杀而一直闹鬼，后面断断续续地死了不少学生。

　　木柯所在的那个宿舍更是除了他之外，其他人都以各种离奇的方式死完了，这也是木柯会混淆游戏和现实，带伤出来的重要原因——游戏里的高中和他念的高中的背景设置是一模一样的。

　　这和白柳他们经历的事情也很类似——《爆裂末班车》的原型是一辆白柳曾经误打误撞坐上了的爆炸末班车。

　　牧四诚沉默两秒："我觉得不可能那么凑巧，连续两个游戏在现实里都有原型。"

　　"没错，我也是这么觉得的。"

　　"所以我个人现在觉得有三种可能，可以解释这个。"白柳从自己的书桌里抽出了一张纸。

　　白柳习惯有思路的时候记录下来，特别是在白柳现在确认他们的记忆是可以被随意篡改欺骗人的情况下。

　　因为写了具体信息的文字会被"禁言"消失，所以白柳就只提炼了一些简单的关键词写下来，他写下来之后用五指撑着纸面一转，给书桌对面的牧四诚看，白柳解释的语调很平稳——

　　"我倾向于这个游戏中的很多游戏都有现实中的原型事件，只是有些人知道原型有些人不知道原型，比如你和我都知道'镜

城爆炸案'这个原型，因为我们都在镜城，但很明显张傀就不知道，又比如木柯说的这个闹鬼的日本高中，他知道，但是你和我都不知道。"

"但问题是，这些设计游戏的现实'原型'，是如何选取的呢？"

白柳在纸面上写了一个"场景选取"。

"第一种可能性，游戏随机选取现实中的场景及事件作为原型设计恐怖游戏，但从镜城爆炸案和那个闹鬼的日本高中来看，游戏的选取显然是有一定倾向性的，它会选取原本就带有恐怖性质的惨案来设计游戏，所以这种可能性不高，pass。"

白柳又在纸面上写下"灵感来源"四个字，继续说道——

"第二种可能性，游戏会选取玩家经历过的惨案和灵异的事件作为原型来设计游戏，我和你都知道游戏可以事后删改人的记忆，那有没有可能游戏也可以提前读取玩家的记忆，并从玩家的记忆里摄取灵感，以玩家的记忆作为参考来构架游戏？

"这让玩家在一定程度上很容易代入恐怖游戏，并且场景更真实，比如第二个副本最后那几分钟的列车场景设置得和我记忆中的一模一样，这种会让人分不清现实和虚幻的真实度其实是很难做到的。"

牧四诚思索着抱臂，食指在另一只手的手臂上敲了敲："我觉得你说的这第二种可能性推论上已经比较合理了，我倾向于这一种，那你说的第三种可能性呢？"

"不，但这个可能性有一个非常大的漏洞，那就是时间线的逻辑不对。"白柳抬眸直视牧四诚，"我们玩的那款《爆裂末班车》你记得是什么时候开始存在的吗？"

牧四诚一怔，他回忆着："好像挺久了吧？我进去就在了。"

白柳平静地提醒牧四诚："但是'镜城爆炸案'是今年的事情，这说明《爆裂末班车》这款游戏早于'镜城爆炸案'，在爆炸案还没有发生的时候，这个以爆炸案为原型的游戏就已经存在了，牧四诚，你懂这意味着什么吗？”

牧四诚的脸色开始变了，他似乎意识到了什么，缓缓地看向了白柳，白柳不冷不热地继续说了下去。

“这说明我们弄错了逻辑关系，并不是《爆裂末班车》参考‘镜城爆炸案’，”白柳很平稳地继续说了下去，“而是‘镜城爆炸案’参考了《爆裂末班车》这个游戏。”

说完这句话，白柳在纸面上写下了“测试阶段”这四个字。

牧四诚看着白柳毫无波动的眼神，他好像被一盆冰水兜头浇了下来，他僵直地看向白柳在纸张上写下的四个字，寒气从背后一波一波地冒了出来，牧四诚手都有点抖了，像是被冲击到极致般，他明白白柳的意思了，但他看着桌面的纸张上那些白柳写下的字，还是无法置信地反驳着：“这怎么可能？！”

用一种游戏内的说法来形容牧四诚现在的状态就是：精神值掉到安全线以下了。

白柳语调平宁：“每个游戏开发到最后的时候，都会出一个版本，叫作公测版，简单来讲就是面对局部公众测试，并不会开放给全体玩家。”

“如果某个副本这部分玩家的反应我们满意，我们才会把这个游戏副本放在正式的游戏里，对所有人公开这个游戏副本，也就是最终的正式版游戏。”

白柳掀开眼皮：“我所猜测的第三种可能性，那就是游戏和我们所处的现实，分别是一款游戏的公测版和正式版。

“游戏内是在测试我们这些被选中的部分玩家对某个副本的反应，如果‘系统’满意这个游戏副本里我们的表现，对应的游戏就会被投放到我们所在的现实里，对所有人公开，变成正式版。”

“比如《爆裂末班车》被投放到现实里，就是‘镜城爆炸案’，而《离校之日》投放到现实里，就是木柯之前念过的日本高中，总的来说，不过是同一款恐怖游戏的两种不同表现形式罢了。”

“换言之，”白柳看着牧四诚的眼神里什么情绪都没有，“我

们这个世界也并不安全，随时会被投放那些系统里恐怖游戏的正式版。"

"如果是这样，牧四诚你所追求的真实生活的意义，本身就和在游戏里存活无异，所以我觉得你没有必要为了你所谓的真实生活拒绝一场竞赛。"

"因为你所在的现实，也不过就是一场你看不到的游戏竞赛罢了。"

白柳说完自己的三个猜测之后把笔放下，笔在桌面上滚动了两下，滚到脸上毫无表情的牧四诚手边。

白柳态度依旧是平淡的，似乎不觉得自己说了什么很不得了的事情，最后白柳看向满脸麻木的牧四诚真诚地补了一句："当然，这只是我个人的看法，也有可能不是这样的。"

狭窄的出租屋里陷入了长久的寂静，只有风偶尔拂过白柳的指尖，吹拂那张被他写下世界真实的纸面。

现在正是盛夏，阳光从白柳身后的窗户灿烂地洒进来，已经是正午了，能听到蝉肆意泼洒的嘈杂鸣叫，还能听到窗外汽车喧闹的鸣笛声。

但这些好像赋予了人间烟火气的视觉和听觉体验一瞬间在牧四诚的世界里变得黑白和单调，和坐在书桌面前逆着光安静专注看着他的白柳一样，在卷曲数据化的多维线条里不断后退，消失在他闭上眼的缝隙中。

在白柳放下笔的一瞬间，牧四诚感觉自己耳鸣了几秒，他仿佛一霎之间连呼吸是虚假的了。

现实就是游戏……

他拼尽一切想要保留的一个脱离他卑劣欲望而存在的应许之地，原来也只不过是一场游戏。

牧四诚颓然后仰靠在椅子上，他一只手的手背搭在眼睛上，另一只手垂落了下来，他保持这个姿势不言不语了很久。

白柳没有打扰他。

过了不知道多久，牧四诚才声音干涩地嗤笑开口："白柳，我在想你是不是为了哄我和你一起参加联赛，编造了这么一个恐怖的事情来忽悠我？这是假的吧？不是真的对吧？"

"这个世界上绝大部分真实的事情都是恐怖的，不然我们做游戏的素材从哪里来？"白柳起身把写了这些字的纸折好放进了一本书里，转头又看向牧四诚。

牧四诚幽幽地看着白柳。

白柳耸肩："不过看起来你不太愿意接受，并且感情上我觉得我似乎应该给你一个可以逃避或接受的缓冲空间，所以我说这件事情也有可能不是这样的，毕竟的确也有概率是第一种和第二种可能性。"

牧四诚："……"

你妈的，但是你这和直接告诉我就是第三种可能性有什么差别！

牧四诚瘫坐在椅子上很久很久，才有点茫然地看向白柳，问："白柳，如果我们所在的现实也不过是一场游戏，那真正的现实在什么地方？存在真正的现实吗？什么东西对我们来说才是有真实意义的？你为什么不因为这种游戏般的现实感到恐惧？"

白柳并没有被牧四诚这些连珠炮的问题给问蒙，他思索片刻。

"我从十几岁的时候就开始问自己'现实到底是什么'，和'什么东西对我最有意义'这种问题了。"白柳摊手，"但除了我的一位至交好友，大部分的同龄人都无法理解我，我后来就发现他们或许终生都不会思考这个问题，在这种虚妄的现实里也可以很好地存活着。"

"无论现实是游戏还是真实的，相信我，对于绝大多数人来讲，其实对他们都没有任何影响，用一种客观的唯心主义观点来诠释，人对本体和世界的客观认知构成人的价值逻辑链条，那只要'我'是真实的，'我'所追求的事情是真实的，那这个世界对于'我'来说就是真实的。"

白柳很平静地说：“这个世界对于我来说，是一场游戏或是别的什么，都无所谓。”

“只要人类货币存在一天，我对金钱的欲望就不会熄灭，这就是我的真实和意义。”

“如果你暂时找不到自己的意义，你要不要试着用用我的？”白柳拿起了挂在门后的钥匙，回头看愣怔的牧四诚，“你试着追寻一下可见的货币，比如游戏竞赛冠军的五个亿积分试试？”

“到时候，你说不定可以用钱买到你想要的真实。”白柳推开门，“五个亿的积分，我觉得你可以买一个地球用来创造你想要的那种‘真实世界’了。”

牧四诚表情扭曲地沉默了一会儿。

“白柳，你的口才真的是干传销锻炼的吧？”

他又一次被这个神经病奇形怪状的逻辑说服了！

“所以你的答案是？”白柳挑眉问，“参加联赛吗？”

牧四诚咬了咬牙：“我参加！”然后他很快询问：“但你起码要凑齐五个玩家吧？不然我们怎么参加？”

“这个你就不用担心了，我会解决的，你等我通知就行。”白柳转头问牧四诚，“我要出门找我朋友吃火锅了，你一起吗？”

牧四诚：“……”

都什么时候了，为什么你还有心情吃火锅？！

可能是牧四诚过于狰狞的表情暴露了他的质问，白柳从兜里掏出两张纸晃了一下，简单解释了一下：“因为我有两张火锅店的打折券，今天不吃就要过期了。”

牧四诚：“……”

牧四诚无法和白柳这个心理素质强到变态的人比，这个被白柳冲击了世界观的大学生明显还有点回不过神来，拒绝了白柳一起吃火锅的邀请之后，牧四诚和白柳交换了联系方式和学校地址，独自一人回宿舍思考人生了。

白柳怀揣着两张火锅打折券出门了，神色愉悦，一点都不像是刚刚从一场生死逃亡的游戏里出来，也不像是刚刚在牧四诚面前揭露了魔幻世界真相的人。

牧四诚匪夷所思又无语地感叹了一句："你看起来，居然心情还不错？"

"对。"白柳点头承认了，他弯眼笑笑，"现在算是我的下班时间了，我当然心情好。"

牧四诚："……"

他又想起白柳那套恐怖游戏上班论了。

操！！这家伙是真的觉得自己下班了！！

这彪悍的心理素质。

这家伙到底是什么环境才能养出来的怪物？！

白柳和神志恍惚的牧四诚告别之后就去找陆驿站了。

因为白柳一觉醒来发现陆驿站给他打了两个电话，但是由于他在游戏里，都没有接，白柳给陆驿站发了条短信问他怎么了，陆驿站说当面聊。

说起当面聊，白柳想到接下来两个月他很有可能都要失联的情况，如果他就这么不声不响地不见了，陆驿站这个警察找不到他绝对会报案，白柳觉得自己有必要当面和陆驿站报备一下，于是就在短信里把陆驿站约到了火锅店，准备和陆驿站当面聊聊。

白柳到火锅店的时候还比较早，店里没有什么人，他点了个锅底和一些菜，和老板确定优惠券还能用之后就老老实实等着了。

老板下去之前把店里的电视给白柳打开了，电视里正在播放的是一个正午新闻节目，白柳一抬头，就看到电视屏幕上李狗眼睛打了码的照片。

电视中西装革履的男主持人一本正经地双手交叉在桌前，用一种很正统的播音腔娓娓播报道："欢迎大家收看《午间新闻》栏目。近日，高三少女碎尸案的重大犯罪嫌疑人李某的关键作案证据终于找到……李某的罪行如果属实，最高可判至死刑，但就

在审判结果确定之前，昨日，李某在狱中突然被一位同样犯有杀人罪行的狱友王某乱刀砍成碎块……"

男主持低着头翻了一下桌面上的新闻稿，继续抬头播报："近日，我市一私人捐办的幼儿福利院爆发小规模集体食物中毒事件，该福利院大批儿童紧急入院，警方介入调查之后发现该福利院因为运营不善，濒临倒闭，因此采买了许多廉价食材，这些食材很多腐烂变质，导致孩子们食用之后腹泻呕吐，严重者脱水休克……对此我们呼吁社会各界爱心人士向福利院捐赠善款……"

白柳正看得津津有味，陆驿站满脸疲惫风尘仆仆地来了。

白柳一看他这副标准的社畜脸就知道这人最近熬夜不少。

陆驿站坐下先猛灌了自己两口茶，看着白柳就开始喋喋不休地痛苦抱怨："我丢！你不知道我最近有多忙！我快要忙死了！一上午连喝口茶的时间都没有！"

"我上次和你吃饭也没过几天吧？"白柳眉尾上扬，"准备结婚这么恐怖的吗？"

陆驿站疲惫地挥挥手，他抬头一看看到了电视上的新闻，脸色一变，找来服务员，嗓门压低："不光是结婚的事情。服务员，可以给我们换个包间吗？"

现在的人还不多，服务员很爽快地就给白柳和陆驿站换了个小包间。

陆驿站一进包间脸色就很凝肃，他拿了一根烟出来抽。

白柳已经很久没见过陆驿站抽烟了，这人在交了女友之后就被管成了二十四孝男友，抽烟打游戏打牌这些不良习惯全部戒掉，出来喝瓶可乐都是偷偷摸摸的，因为他女友——不对，现在要说未婚妻了——对可乐杀精伤身这一点深信不疑，严禁陆驿站喝任何碳酸饮料。

对此白柳表示，幸好陆驿站未婚妻不知道啤酒也算是碳酸饮料的一种，不然陆驿站喝酒吃烧烤这唯一的人生乐趣都要被剥夺了。

白柳很从容地笑问抽烟抽得一脸苦大仇深的陆驿站："我现在是不是应该很担忧地问，出什么事情了陆驿站，你怎么抽烟了？你当年不是发誓除了世界崩塌再也不会碰烟这种软性毒品吗？怎么，你的世界在我离去短短几天之内崩塌了是吗？"

"咳咳咳！"陆驿站被白柳调戏得呛了一口烟，他没忍住笑了一下，陆驿站是很标准很讨老年人喜欢的那种很方正大气的年轻人长相，笑起来有点憨帅，"白柳，你问问题就问！非要提我的中二黑历史！"

"说吧。"白柳给陆驿站倒了一杯茶推过去，"我现在下班了，可以浪费一点我宝贵的时间听一下让你世界崩塌的人生烦恼。"

"结婚的事情的确很多很烦，"陆驿站接过白柳递给他的茶杯沉默了几秒，"但我最烦的不是结婚。你看到刚刚那个电视上幼儿福利院的新闻了吧？"

白柳点头："看到了，怎么了？"

"我一个同事在处理这件事，他说看起来不像是寻常的食物中毒，很多小孩儿现在都在紧急抢救，还没调查出具体结果。"陆驿站拧眉，"但菌菇类中毒……福利院你和我都待过的，镜城又不是什么菌菇产地，菌菇价格偏高，这里的福利院很少会采买菌菇这种价格相对较贵又容易出事的素菜，又是一个濒临倒闭的私人捐赠的福利院……"

"总而言之我觉得这事不对劲，但目前的解决方案还是倾向于把这个福利院保存下来，在还没查清楚的情况下，留在福利院内的孩子的安全其实是得不到很好的保障的……"

"听起来好像挺复杂的。"白柳很冷静地问，"但这又关你什么事吗？陆驿站，虽然你是警察，但这不是你的工作吧？"

陆驿站沉默了一会儿，说："我主动去加入调查组了。"

白柳看了陆驿站一眼，没说话。

"你也知道我快结婚了，点姐（陆驿站的未婚妻）的身体不太好……医生说她很有可能不能怀孕，我们在订婚之前就商量着

要不要领养一个孩子……"陆驿站的手指扣紧了杯子，他苦笑了一下，"白柳，我知道你一定会觉得我太冲动了，我现在的经济状况也不算很好……"

陆驿站吸气："但我和点姐商量了之后，准备去这个福利院领养一个孩子，毕竟少一个孩子处在那种不安定的情况中都好，毕竟我也是从福利院里出来的，算是回馈社会吧。"

"所以你和我说一件你明知道我应该不太会赞同你做法的事情，目的是什么呢？"白柳语气很平静地询问，"你想我帮你做什么？"

陆驿站低着头拨弄了一下他指尖上的香烟，没说话。

服务员来上了一口火辣辣的红锅，红汤在沉默的两个人之间咕噜噜地冒着泡。

然后陆驿站自言自语般地开口了："白柳，其实我很不想把你搅进这种事情里来，但你的脑子在这种事情上，实在是太好用了。"

"如果一件事情涉及的犯罪利益很大，你几乎立马就能猜出对方的下一步做法，你是这个这方面的天才。"

白柳目无表情地喝了一口茶："我就当你夸我了，你也不是第一次多管闲事找上我了，有事直说。"

"你能不能帮我看看这次的事情？"陆驿站抬头看向白柳，"我同事那边的调查思路卡住了，之前有这类事情找你时你给我的破局思路都很对，所以……"

陆站似有几分难以启齿地开了口："我知道我是在多管闲事，但我知道了，就没办法看着不管，都是些小孩儿——"

白柳抬手"啪"一声拆开了一双一次性筷子，打断了陆驿站还没说完的话："我可以帮你看看，但我不白干，老规矩——这顿你请。"

陆驿站点头，对白柳要求报酬这点已经很熟悉了。

"而且我只有一天时间可以帮你多管闲事。"白柳说，"我明天要出一趟差，两个月不会回来。”

陆驿站惊了一下：“两个月？这么久？你这工作到底是做什么的？如果是上次你说的那种表演性质的工作，不用两个月那么久吧？”

白柳顿了下，考虑到游戏的屏蔽机制，他换了一种说法：“这次我要带着一个猴、一个小少爷和一些人组队，在台子上玩游戏表演给观众看，要表演两个月。”

“……”陆驿站的表情十分复杂，“你这工作真的合法吗？”

白柳说：“合法。”

“又是猴子又是少爷，还玩游戏给观众看，还合法的，还有表演两个月……”陆驿站思考了一会儿，恍然大悟地拍了一下大腿，看着白柳斩钉截铁地下了判断，“你们是一个马戏团表演团队对吧？两个月你们是要开巡演了对吗？”

“……”白柳沉默几秒，“是的。”

# Embrace You till the End of the Game

壶鱼辣椒 著

第一卷②·爆裂末班车

- 完 -

www.ingramcontent.com/pod-product-compliance
Lightning Source LLC
Chambersburg PA
CBHW071432200726
48294CB00002B/601